忘了告白

I forgot to tell you

沒有告白，愛情還是會開始，
悄悄上映在心底，觀眾只有自己。

出・版・緣・起

三百六十度全媒體出版

城邦原創創辦人　何飛鵬

當數位變革浪潮風起雲湧之際，做為一個紙本出版人，我就開始預想會不會有數位原生內容出版社出現？如果會的話，數位原生出版會以什麼樣貌出現？而我又將如何面對這種數位原生出版行為？

就在這個時候，我看到了大陸的起點網，這個線上創作平台，聚集了無數的寫手，形成數量龐大的創作內容，無數的素人作家在此找到了夢許之地，也成就了一個創作與閱讀的交流平台，而手機付費閱讀的習慣養成，更讓起點網成為全世界獨一無二、有生意模式的創作閱讀平台。

基於這樣的想像，我們決定在繁體中文世界打造另一個線上創作平台，這就是POPO原創網誕生的背景。

做為一個後進者，再加上我們源自紙本出版工作者，因此我們在POPO上增加了許多的新功能，除了必備的創作機制之外，專業編輯的協助必不可少，因此我們保留了實體出版的編輯角色，讓有心成為專業作家的人，能夠得到編輯的協助，我們會觀察寫作者的內容、進度，選擇有潛力的創作者，給予意見，並在正式收費出版之前，進行最終的包裝，並適當的加入行銷概念，讓讀者能快速認識作者與作品。

這就是POPO原創平台，一個集全素人創作、編輯、公開發行、閱讀、收費與互動的一條龍全數位的價值鏈。

經過這些年的實驗之後，POPO已成功的培養出一些線上原創作者，也擁有部分對新生事物好奇的讀者，不過我們也看到其中的不足——我們並未提供紙本出版服務。眞實世界中，仍有許多作家用紙寫作，還有更多讀者習慣紙本閱讀，如果我們只提供線上服務，似乎仍有缺憾。

爲此我們決定拼上最後一塊全媒體出版的拼圖，爲創作者再提供紙本出版的服務，讓所有在線上創作的作家、作品，有機會用紙本媒介與讀者溝通，這是POPO原創紙本出版品的由來。

如果說線上創作是無門檻的出版行爲，而紙本則有門檻的限制，線上世界寫作只要有心，就能上網、就可露出，就有人會閱讀，沒有印刷成本的門檻限制。可是回到紙本，門檻限制依舊在。因此，我們會針對POPO原創網上適合紙本出版的作品，提供紙本出版的服務，我們無法讓所有線上作品都有線下紙本出版品，但我們開啓一種可能，也讓POPO原創網完成了「三百六十度全媒體出版」的完整產業及閱讀鏈。

不過我們的紙本出版服務，與線下出版社仍有不同，我們提供了不同規格的紙本出版服務：（一）符合紙本出版規格的大眾出版品，門檻在三千本以上。（二）印刷規格在五百到二千本之間的試驗型出版品。（三）五百本以下，少量的限量出版品。

我們的宗旨是：「替作者圓夢，替讀者服務」，在作者與讀者之間搭起一座無障礙橋梁。

我們的信念是：「一日出版人，終生出版人」、「內容永有、書本不死、只是轉型、只是改變」。

我們更相信：知識是改變一個人、一個組織、一個社會、一個國家的起點。讓想像實現、讓創意露出、讓經驗傳承、讓知識留存。我手寫我思，我手寫我見，我手寫我知，我手寫我創，變成一本本的書，這是人類持續向前的動力。

我們永遠是「讀書花園的園丁」，不論實體或虛擬、線上或線下、紙本或數位，我們永遠在，城邦、POPO原創永遠是閱讀世界的一顆螺絲釘。

楔子

那個女生長得很美。

眞的很美。

他想，她長得有點像昨天剛上映的那部校園電影裡的女配角——沒錯，不是主角，她太搶眼，當不了平凡清秀的女主角。深棕色的長髮柔順地披在白色制服上，杏眼微揚，天生淡紅的薄唇正緊緊地抿住了情緒。

啪！

一記響亮的耳光直接賞上她的左臉。

髮絲擋住了她偏過的臉頰，隱約之中，紅色的掌印在雪白的肌膚上浮現，不難想見那人施了多大的力氣，似乎只要再多一分力道，她的臉頰就會滲出鮮紅的血液。

「不要臉。」

他的目光轉移到另一位女孩身上，聽見她恨恨地低語，眼睛噙著淚水，好像那一巴掌不是出自她的手，而是打在她頰上一樣痛苦。

至於她，那位女配角，早已恢復了原有的姿態，即使左臉上的指掌印記鮮明得刺眼，她的眼神卻沒有一分一毫脆弱，就是那麼直接正面地迎向對方那帶著千百種控訴的哀傷。

「……滿意了嗎？」她揚著下巴，語調是冷冽的平靜，「這樣妳就開心了嗎？別怪我沒告訴妳，就算妳把我打死，他也不會回到妳身邊，妳搞清楚，他不愛妳了。」

那方羞憤，又想落下第二記耳光。

這回，她止住了朝她揮來的手，不再白白挨打。

「憑什麼？」不甘找不到地方宣洩，女孩的手不住顫抖，「妳憑什麼搶走別人的男朋友！妳明明知道、明明知道我有多愛他……爲什麼要這麼做？爲什麼……于珊妳告訴我啊！」

放學後的校園很安靜，靜得只聽得見眼淚的控訴。

許多年後，他想不起這場無意間撞見的爭執如何落幕，他只記得那位名叫于珊的女孩，她的眼神，她的驕傲，她昂首離去的步伐。

以及她轉過身時，不小心跌落的一滴淚珠。

Chapter 1

我要瘋了。

重申一次，我要瘋了。

「你說他們現在人在機場？」對著手機的另一端，我不敢置信地大叫。

半夜收到組員的回報，二十六小時沒闔眼的昏沉頓時消失得無影無蹤，可是……搞什麼！實力派演員周佑民和偶像歌手芝芝？這一對完全沒有徵兆啊！

騰出手，我迅速紮起馬尾，「我現在馬上過去！」

「珊珊姊，來不及了啦，他們已經準備要出境！」

「攔住他們。」

「蛤？」

「我叫你攔住他們！」聽不懂人話是不是？我真的快被這些菜鳥搞瘋了！「我不管你用什麼方法，偷走他們的行李，還是躺在地上裝死逼他們叫救護車都好，就是想辦法給我攔下來！」

「珊——」

掛斷通話，隨手抓了錢包手機鑰匙，我甩上家門往外衝刺，電梯……媽的，還在七樓！我掉頭跑向另一個方向，大力推開逃生門，把社區主委下令不准我半夜在樓梯間狂奔的最後通牒拋在腦後，逼自己在二十秒內衝到地下二樓的停車場，坐上停在C16車位的歐洲跑旅。

三天前才買的新車，沒想到這麼快就派上用場了。啓動引擎，大力踩下油門，仗著深夜無人，我連後照鏡都沒瞄一眼，直上通往地面的車道，轉彎的瞬間聽見輪胎在停車場地板發出吱嘎聲響，緊握方向盤，感受車體甩尾的強勁力道。

這使得我想起上星期看過的賽車電影，我看了兩次，一次是爲了創作才子，一次是爲了宅男女神，兩次都跟到半夜沒睡覺，結局卻同樣一無所獲，王哥氣得不讓我的電影票報公帳！六百多塊耶！一想到就——

叭叭叭叭叭！狂按了五下喇叭。

深夜的台北街頭少了多餘的人車阻擋我的前進，所有的瘋狂集中於右腳的油門，我不知道我開得多快，基本上速度到達一定程度以後，從擋風玻璃看出去的畫面都差不多了，下一個路口的號誌是綠燈，我毫不猶豫地衝過。

接下來是黃燈，當然衝！

至於紅燈？廢話，沒車就衝啊！

松山機場……我咬唇思考，趁著前方是一長條直線道路，我拿出手機搜尋最近的航班。果然，他們的目的地是日本東京，再想想，情人節快到了，周先生該不會是想帶女朋友到日本度過一個浪漫的情人節吧？

「最佳情人當之無愧！周佑民攜小女友芝芝前往日本愛之旅。」

腦中浮現頭條新聞的榮耀，我勾起的唇角差點沒飛到太陽穴，降下車窗，感受強風吹拂，我開始想像王哥的表情，這幾個月他不曉得退了我們組幾次稿、飆了我們幾次罵，這次絕對要讓王哥刮目相看！

「走了？」我喃喃低語。

「珊珊姊……」

「走了？」我試著冷靜。

「珊珊……」

「你他媽怎麼會讓他們走了！」我冷靜不了，放聲尖叫。

不顧周遭人群的竊竊私語與投來視線，也不管阿仁、小東跪在地上苦苦求饒，我一腳踹開他們纏上來的雙手，想也不想便轉過身，像個瘋婆子似地在機場跑起百米，往航空公司櫃台奔去。

「給我最近一班飛東京的機票！」大掌一拍，豪氣干雲。

「小姐……」

「珊珊姊！」

阿仁不曉得什麼時候跑到我身後，他一把架住我的肩膀往後撤退，小東不停對航空公司的地勤人員哈腰道歉，好像我很丟人似的。一把心頭火起，我那個怒啊，要不是你們這兩個白痴，我何必呢？我需要這樣嗎？

我可是于珊！

于珊！

當我好不容易平息內心的混亂，冷靜地找了一處安靜的角落就座，我馬上傳訊息給王哥，告知他機場發生的狀況，問他需不需要追著周佑民和芝芝去到日本。不管怎麼說，這都是千載難逢的大好機會，不只是對我而言，對公司也是……

唉，等消息吧。

放下手機，我平靜地看著頭低得比飽滿的稻穗還低的阿仁和小東。

「所以，到底發生了什麼事？」我怎麼也想不透，好好的一條大魚怎麼會讓他溜了呢？「周佑民求你們了是嗎？」

他倆對看一眼，一致搖頭。

「不然是芝芝？」男生嘛，面對女生楚楚可憐的樣子都會心軟，再加上他們沒什麼經驗，雖然無奈，但我能夠理解……他們又是搖頭，這下我可迷惑了，不解地望著他們，卻見阿仁閃避我的視線。

見狀，我直接看向小東。

「小東，你說。」

「啊？我……」小東一慌，整張臉紅了起來，「珊珊姊，人跑都跑了，原因……其實原因也不是那麼重要嘛，對吧？」

「到底我是前輩還是你是前輩？我說重要就是重要，我叫你說就給我說，要是這次沒檢討出原因，你們下次又中同一招怎麼辦？說啊，下次又想把誰跟丟？周杰倫嗎？蔡依林嗎？」

「好啦，我說、我說！」受不了激，阿仁跳起來大喊。

這才像話。

雙手環胸，我等著他們的檢討報告。

沒想到……我越聽越火大，怎麼也沒想到會是這樣的原因，那個卑鄙小人！我早該猜到是他搞的鬼，周佑民可是他的搖錢樹，還是專掉千元鈔票的那種搖錢樹，他爲了保護周佑民當然無所不用其極，只是——

這眞的太卑鄙了！

「珊珊姊妳……」小東小心翼翼地觀察我的表情，「難道妳眞的像大翔哥說的一樣，有一個不能說的祕密情人啊？」

宋大翔這個卑鄙小人……

「我再確認一次，」深呼吸，我試圖控制飆高的血壓，「宋大翔說，如果我繼續追這條線，他就會把我的事情洩漏出去？」

「是這樣沒錯。可是珊珊姊妳眞的——」

「他說，如果『我』繼續追的話？」我在「我」字上特別加強了咬字。

「對啊，他有說叫于珊不要繼續追，否則——」

指名道姓，很好。

「我不追了。」兩手一攤，我樂得輕鬆。

「什麼！」他倆齊心大喊，公司運動會都沒見他們這麼團結。

揉揉受虐的耳朵，王哥的訊息此時傳來，我不想看阿仁、小東的驚愕神色，逕自低頭看向手機點開訊息。如我所想，王哥也認爲這條線非追不可，馬上允許我們前往日本跟拍。

壓下心裡翻湧的躁動，我一咬牙，下定決心。

「小東、阿仁。」

「珊珊姊？」

「回台北拿護照，你們追！」

♪

送仁東二人組上飛機之前，我千交代、萬交代絕不能讓這條線失敗，如果有任何狀況馬上打給我，雖然我沒辦法追到日本，可我的心絕對與他們同在。爲了以防萬一，我還連夜拜託日本當地的記者朋友好生照顧他們這兩名初出茅廬的蠢蛋。

結束半夜的這場紛亂，驅車回到市區時，天色已亮，繁忙的台北跟著醒了，車流堵在壅塞的路口，沒辦法像凌晨那時上演極速狂飆的戲碼，我疲憊地等待紅燈轉綠，打開車窗，讓清晨的涼風送進。

王哥特許我今天不用進辦公室，於是我此刻的目的地是溫暖的家，而不是有著一堆待辦事項的辦公地獄。

手機響起，我按下藍牙耳機。

「喂？」

「聽說妳又在半夜運動了？」

……我半夜還在停車場學藤原拓海呢。到底是哪個鄰居半夜不睡覺都在偷聽別人的動靜？抓耙子，小時候一定很愛報告老師！

「于珊？」

「方哲宇，」我喚著他的名字，牛頭不對馬嘴地回：「我肚子餓。」

他頓了頓，無奈地嘆了口氣，「中式？西式？」

「燒餅油條，火腿起司三明治，再來一杯紅茶豆漿！」又中又西，最後來個中西合併，perfect!

感謝食物的誘惑，回家路途不再無聊冗長，就連一向使我發怒的一百二十秒紅燈都影響不了我的好心情，只要想著再過幾個路口、再轉幾個彎，我的油條、我的燒餅、我的三明治就會進到我的口中。

嘶，口水都流出來了。

「我回來啦！」

踏進家門，迎接我的是滿室的食物香氣。

當然，還有方哲宇。

「先去洗手。」他擋住我的手，不讓我拿燒餅。

小氣鬼，洗就洗。

我偷偷對他做了個鬼臉，小跳步地前往浴室洗手，洗著洗著，突然覺得鏡中的臉龐沾滿了空氣的髒汙，於是順便洗了臉，結果不小心弄濕頭髮，乾脆連頭髮也一併洗了……

等我再次走出浴室，已經是二十分鐘後的事。

咬下溫熱的燒餅油條，我滿足地喟嘆。

這才是人生啊！我終於理解沛芸爲什麼老是把美食掛在嘴邊，原來人在經過數不盡的折騰之後，需要的不是金錢報酬，也不是歡欣慶祝，只要一桌療癒的食物和一個放鬆的環境，便足以撫慰疲憊的心靈。

再喝一口紅茶豆漿，我閉上眼睛細細品嘗人生的美好。

只不過，天底下就是有人不解風情。

「頭髮。」

「吃完再吹。」我想也不想便答。

方哲宇面無表情地望我一眼，我沒理他，他也沒煩我，只是默默地從沙發上起身，走進他的房間，出來的時候手上多了一支吹風機。

熱烘烘的風襲來，他輕輕地撥弄我的長髮。

放下吃到一半的燒餅油條，我嘴饞地拿起一旁的火腿起司三明治換換口味，一口三明治、一口燒餅油條，偶爾嫌棄方哲宇擋到我的視線……天啊，我想不到更美好的休息時光了。

頭髮乾得差不多，方哲宇關掉吹風機，客廳安靜了下來。

「方哲宇。」

「嗯？」

「宋大翔說要把我們的事說出去。」我說，一邊整理吃完的空袋子。

「是喔。」

「是喔？」我模仿他的語氣，挑眉注視他的一臉平靜，「要是被你公司知道我們住在一起的話，你的合約不會有影響嗎？」

「不會。」

「眞的？」

「嗯。」

「爲什麼？你們公司的規定不是很嚴嗎？」我喝完豆漿，順便把桌上的垃圾一股腦兒推向方哲宇，「更何況是尙未出道的藝人。噯，你要不要確定一下啊？我可不想毀了你的大好前──」

「于珊，我們有牽手嗎？」

什麼？

我來不及反應，一抬眼，就見方哲宇靜靜地盯著我瞧，他坐得離我很近，不到半個人身的距離，我可以清楚看見他的眼睛出現我的倒影。

「我們有接吻嗎？」

「方哲……」

「于珊，我們有上──」

「你什麼意思啊！」意識到他未完的話，我臉上一熱，用力推開他的肩膀。

方哲宇淡淡地睞我一眼。

「我們什麼都沒有，對吧？」

「對對對對對！」

「既然什麼都沒有，那會有什麼問題？」

方哲宇的眼神很是挑釁，偏偏我這人最經不起的就是挑釁，我不甘示弱地跟在他前去倒垃圾的身影後頭，急著想挫挫他不知從何而來的銳氣。拜託，他不過是方哲宇，區區一介方哲宇，什麼時候可以和我頂嘴了？

我不准！

「不會有問題？這可是你自己說的喔！」我邊走邊跳，試圖和他的視線平視……可惡，脫下高跟鞋的我實在是太沒氣勢了，「那我待會打電話到你們公司，用記者的身分指定找培訓部主管詢問，問他如果培訓藝人和異性同居的話會——」

「于珊。」

「怎樣？」

「妳想要我搬出去可以直說。」

「我哪有！」

「但妳的行動似乎不是這麼表示。」他丟完垃圾，順手為陽台上的花澆了點水。

那些花好像是我說想種的天竺葵，啊，還有瑪格麗特。

我頓時無語。

看看長得欣欣向榮的花朵，再看看方哲宇那副八風吹不動的神情，我突然不曉得該說什麼才好，不到三坪大的陽台塞了我們兩個人，那一刻，氧氣竟然有些不足……

別誤會，我身材很纖細，需要的空氣不多，一定都是方哲宇吸光光的。

「嗳，其實我、其實我是……」

「我知道。」

蛤？

我都不知道自己想說什麼了，你知道？

狐疑地看向方哲宇，他倒是坦蕩，迎著我的目光毫不轉移。

「于珊，我簽的不是藝人約，而是創作約。」

「嗯哼？」

差別在哪？方哲宇所屬的公司——眞實音樂，可是以出產創作歌手聞名的，他家藝人哪個不會創作？他可別想欺騙我這名專跑娛樂線的記者，給我三秒，我絕對可以舉出一大堆例子。

「我不會在大家面前唱歌，不會出現在大眾面前。」方哲宇一步步走向我，「意思就是，無論我私底下做了什麼事都不會有人在乎，妳明白嗎？」

不明白。

我動也不動，故作鎭定地直盯著他長得讓人羨慕忌妒恨的睫毛，想著他什麼時候變成這副模樣？爲什麼這麼……我不知道該怎麼說，以前的方哲宇才不是現在這個樣子，而是、而是更加……

可惡，男生好熱。

不是，我的意思是……反正就是字面上的意思。當方哲宇緩緩走到我的身前，我完全能夠感受到從他身上散發的熱氣，少了冷氣調節的陽台更像是一個大蒸籠，而方哲宇就是那顆鮮肉包子，熱氣騰騰地朝著我襲來。

「于珊。」

他、他想幹麼？

「妳忘記穿拖鞋出來，地板很髒。」他低聲在我耳邊說了一句。

♪

之所以會和方哲宇同居是有原因的，正如他所說，我們既沒有交往，也沒有任何不清不白的關係，我們就只是朋友，就只是室友，就只是誤打誤撞認識的大學同學。

「拍到照片了？拍到照片了？拍到照片了！」我興奮地朝著手機大聲再三確認，阿仁和小東則在另一端痛哭流涕，「白痴，這是好事，哭什麼啊？趕快回台灣，珊珊姊請你們吃飯！」

天啊，這兩名小蠢蛋總算沒丟我的臉！

經過兩天的跟蹤拍攝，阿仁和小東總算在代官山街頭拍到周佑民、芝芝的交往鐵證，更誇張的是，不曉得是不是新手運，還是該說傻人有傻福，他們竟然拍到那兩人親暱摟抱走進高級旅館的照片。

「王哥，王哥，王哥，」我腳步輕盈地踩著Jimmy Choo高跟鞋，晃到部長的辦公桌前，甩了甩昨天才洗過的飄逸長髮，「你聽說了吧？」

他停下書寫，不冷不熱地輕掃我一眼。

「嗯。」

咦？

怎麼是這種反應？

「那我要不要趕快叫阿仁把照片傳回來，現在馬上發布——」

「不用了。」

什麼意思？

我登時愣怔，「這可是大消息，你不是也這樣認爲……」

王哥放下手中的鋼筆，旋過他牛皮製的辦公大椅，轉了大約四十度角的時候停住，窗外的光線正巧在他臉上打出頗具深意的陰影，我猜這個動作王哥一定做過了千百回，不然不可能這麼剛好。

「上頭說不可以放。」

怎麼會？

我驚訝得說不出話，這則消息可是獨家新聞，播出去的話絕對會是收視率冠軍，上頭怎麼可能放過這個機會，除非……

思緒一轉，我的腦海中浮現某張笑得陽光燦爛的臉孔。

王哥也許看出了我的想法，他先是沉重地點了點頭，接著愛莫能助地搖了搖頭，好像眞的沒有辦法似的，天曉得他到底有沒有試著爭取！

這樣下去不行，我不能讓阿仁、小東的努力白白浪費……

思及此，我猛地跺腳，轉身離開辦公室。

他不爭，我爭！

十五分鐘後，我已經來到國內最大的電影製作公司——樹人，位於十七樓的經紀部辦公室，此時此刻，宋大翔的助理正在爲我倒咖啡，不愧是樹人，就連招待客人的咖啡都是好貨。

只可惜宋大翔不是好人。

「于小姐，大翔哥的會議預計於下午兩點結束，麻煩您稍坐片刻。」

宋大翔是樹人的資深經紀，我一直覺得這個頭銜很不好聽，就像是專門監管犯人的邪惡貪官，可明明其他同業公司也設有同樣的職位，卻不會讓我萌生這種想法，如此深思，問題大概是出在宋大翔身上。

除了聽來有點威風的職稱以外，宋大翔另一個身分是我的高中學長，沒錯，就是看盡彼此青澀蠢樣的高中學長學妹——雖然我很想這樣說，但宋大翔在我的回憶中，一點也不青澀、一點也不蠢，他還是很威風，走路超級有風。

瞧，這個世界一點也不公平。

「珊珊，好久不見。」

突來的聲音使得我心裡一震，故作輕鬆地端起咖啡就口，透過杯緣上方瞥見宋大翔不變的燦爛笑容。

「卑鄙小人，好久不見。」我說。

他沒在意我的無禮，一派自在地在對面入座。

「妳還是一樣漂亮。」

「你還是一樣奸詐。」

宋大翔大笑，爽朗的笑聲響徹了整間會客室，聽了眞讓人不爽。我又喝了口咖啡，清清喉嚨，打算直接進入正題。

未料，宋大翔搶得發話先機。

「最近過得好嗎？」

「你說呢？」見他擺明裝傻，我心頭火起，沒心情和他噓寒問暖，「不曉得是哪隻來頭特大的討厭鬼擋路，人家工作做得好好的，居然不要臉地威脅我不准採訪！好，這不打緊，我可以忍，問題是我們的人好不容易拍到了，卻又擺出土皇帝的架子，一聲令下不准我們放消息……你說，我是該去宮廟收驚驅鬼好呢？還是打電話給捕狗大隊說這裡有隻不長眼的擋路狗？」

「這是我份內的工作。」

「哦？拿別人的私事來要脅對方也是你份內的工作？人必須活得光明正大，公平競爭你懂不懂？老是做這種檯面下的勾當，你乾脆拿我的生辰八字去下降頭算了！」

「手上若有籌碼，當然是不用白不用。」宋大翔居然不否認，嘴邊噙著笑意，笑得讓人想掐死他，「兵不厭詐啊，珊珊，這是戰爭。」

這隻可惡的狐狸！

「我不管，我已經聽從你的話沒有親自追這條消息了，我的組員難得立了大功，宋大翔你不可以不講道理。」

「珊珊，我講的是業界的道理。」

「放屁。」我嗤之以鼻。

「先不說公司，這條消息一出，周佑民的個人形象絕對會受到影響，多少女生愛他是因爲他螢幕上的形象正義凜然，要是被爆出和小他十多歲的女生談戀愛，這對他的事業無非是一大打擊。」

「關我什麼事？知道自己是靠什麼吃飯的話，就不要和小妹妹談戀愛啊！」我們做的是新聞，可不是幫著藝人打造虛假形象，欺騙大眾。

「芝芝不是小妹妹，她成年了。」

「我知道！」聽出宋大翔故意模糊焦點，我狠狠地瞪他，「既然沒有犯法，又覺得自己行得正坐得直，那讓我們報導有什麼關係？說到底，不就是你們怕觀眾不再買他的帳，不是嗎？」

講來講去，就是爲了錢。

「沒錯，所以這是我的工作。」

可惡，我眞的很討厭他那一副理直氣壯的樣子。

我很清楚樹人在業界的影響力有多大，許多實力派與聲勢皆具的明星都簽在他們旗下，更別說有些國外大牌藝人的接洽也得透過樹人牽線才有機會談成，正因如此，宋大翔才能壓下這條肯定會造成轟動的大新聞。

畢竟損失頭條事小，往後的長遠合作事大，我們公司當然不會想要得罪這個手腕強硬得足以搞垮一間電視台的大公司。

「……宋大翔，我們各退一步。」一個深呼吸過後，我說。

聞言，他挑眉示意我繼續往下說。

「你讓我們發新聞，我會將報導導向對你們有利的方向。」我謹慎地斟酌用詞，「放心，我不會寫什麼誘拐少女、戀童癖、蘿莉控，我保證讓周佑民的深情好男人形象更上一層樓。」

這才不只一步，我可是于珊，根本是退了三百萬步。

宋大翔想了想，「不要。」

什麼？

我瞠大眼望著他，突然講不出話來。

「珊珊，妳自己說，這對我有什麼好處呢？」宋大翔倚著沙發，微斂的目光看不出他到底在打什麼主意，「縱使妳家的報導帶了風向，大眾評論也是正面反應，那又怎樣？我對經營國民情侶可不感興趣。」

「你這是……」

「妳以爲周佑民是第一次鬧出這種事？」

「他從來沒有……」

宋大翔笑了，卻不若以往的陽光，「珊珊，妳眞的很天眞。」

我才不天眞！

我怎麼可能天眞？我只是……

人本來就是一種複雜的生物，眼見不一定爲憑，即使是形象清純美好的女神，私底下也有可能患有嚴重的大頭症；滿口愛情箴言的兩性作家，文章沒有一篇不是參考他人手筆；親切和藹的大牌主持人，屢次被爆外遇出軌。

可是周佑民不一樣，他的工作態度是出了名的努力敬業，個性更是人盡皆知的親民友善，面對記者不懷好意的提問，總是能以極高的EQ禮貌回應，這樣的人怎麼會……

怎麼不會呢？

我不是早就知道嗎？

人，是複雜的啊。

「他不是壞人，只是談不來長久的愛情。」說著，宋大翔總算動了擺在他桌前好一會兒的咖啡，「身爲經紀人，我能理解自己的藝人，但大眾能嗎？與其讓媒體三天兩頭報導他跟誰交往、分手，樹狀關係圖茂密得比迷宮還複雜，倒不如花點錢、使點手段，讓他繼續維持檯面上的良好形象。」

原來這就是周佑民從來沒有花邊新聞的原因。

聽完這些，我不失望，只是嘆了口氣，爲的是輕易被操縱的觀眾，以及自己。

「珊珊，妳懂了嗎？」

「……宋大翔，我一直很想問你，」閉了閉眼，我迎向宋大翔的笑臉，「不好意思，我有准許你這樣叫我嗎？」

左一句珊珊、右一句珊珊，我聽了不舒服，我想吐。

「有關係嗎？以前——」

「不要跟我談以前，你沒資格跟我談以前。」我聽見自己冷漠的聲音防衛著他的親近，然而，我的眼睛卻是狼狽地閃躲著他。

想起那段日子，心頓時揪成一團。

會客室裡靜默一片，我不知道宋大翔此刻臉上是何神情。

試圖找回消失的冷靜，我再次端起所剩無幾的咖啡一口氣飲盡，放下杯子，抬眸一看，我才發現宋大翔的視線始終停在我身上。

他的眼神變了，變得深沉，帶著從前我所孰悉的那份誘惑與親暱，只要我一不小心就會掉入他所設下的陷阱。

「珊珊……」

「不要這樣叫我！」

我倏地起身，逼著自己迎向他直直投來的目光。我能感覺到手腕上的脈搏跳動劇烈，我討厭自己如此反應過度，這表示我還很在意，可我並不想承認宋大翔究竟在我心底留下了多深刻的痕跡。

那會讓我顯得很脆弱，我不要。

「我要走了。」

幾乎是落荒而逃，我不甘心地聽見自己的足音慌亂，無視宋大翔助理面露驚訝，我快步來到電梯前面，顫抖的手止不住地按了好幾次向下的按鈕……

早知道就不要來了，指甲深深掐進掌心，我氣惱著自己的失態。

都是過去的事了，不是嗎？

踏進電梯，門關上的瞬間，我差點嗚咽出聲。

就因爲他，宋大翔。

我的前男友。

最後，周佑民那條消息還是被壓了下去。

儘管如此，我依然信守承諾請阿仁和小東吃飯。不管怎麼說，他們的努力都不該被埋沒，就算全公司、全世界的人都不曉得他們曾經拍到了什麼，我都必須爲他們記住，他們曾經做到了什麼。

♪

這是我身爲前輩、身爲上司的職責。

「說穿了，我們的工作就是狗仔隊嘛！」三杯黃湯下肚，阿仁講話開始大膽起來，「什麼娛樂記者？我念大學的時候多不屑跑這條線啊！成天小情小愛煩不煩，國家大事怎麼都沒見那些偶像明星放點屁，拜託，我的天命是揭穿這個世界的不公不義啊！」

「是是是，委屈你了。」我繼續把他的酒杯斟滿。

「不，珊珊姊才是，委屈妳了，」阿仁福泰的大臉苦澀地皺了起來，一臉沉痛地舉杯向我致意，「對不起，讓妳因爲世界的不公不義受委屈了。」

聞言，我笑了笑，回敬一杯，「怎麼會是你向我道歉呢？」

比起剛從大學畢業、當兵退伍的他們，從事新聞業三年有餘的我早已習慣這個圈子運作的方式，所謂的黑箱、所謂的關說、所謂的潛規則，多少檯面下的動作頻頻，方能塑造出檯面上的光鮮亮麗，如此醜陋的惡習卻是誰也無法改變。

如同阿仁覺得自己的志向無處發揮，起初積極想跑社會線的我，一開始也很難接受自己居然被分派到娛樂線，說是看不起也好，那時的我的確覺得娛樂線是三流新聞，根本不值一提。

現在想想，那時的自己眞的很狂妄。

「對了，珊珊姊，」小東放下酒杯，眨了眨迷茫的眼睛突然問道：「我從導播那裡聽說，珊珊姊妳本來是想當主播的，這是眞的嗎？」

「是啊。」我點頭，沒有否認。

「那怎麼會……」

是啊，事情怎麼會變成這樣呢？

一口飲完杯中的生啤，我想了想該怎麼說才好。

這麼說好了，大四那年，我報名參加電視台的主播徵選，順利加入了實習培訓計畫。實習內容主要是熟悉新聞作業流程，包括練習播報、配音、寫新聞稿、還有翻譯國際消息等等，當然最少不了的，就是跟著前輩前往各地採訪，偶爾訓練一下播報口條。

爲期一學期的實習結束後，一紙眞實的主播合約放在我面前，我沒有珍惜，等到……不是，總之，我放棄了那紙合約，主動要求擔任記者，甚至得寸進尺地要求跑社會線。

大概被認爲是不知好歹吧？等到人事令正式發放下來，我是成爲了記者沒錯，卻是專門跑演藝消息的娛樂記者，三不五時跟蹤、偷拍、問奇怪的問題被藝人討厭，粉絲還會跑到私人臉書罵我們記者低智商、台灣記者不意外、工作做成這樣媽媽知道嗎？

順便說一下，我媽知道，她可心疼的呢！不過再怎麼說，這就是身爲記者的職責所在，大家互相體諒一下嘛，何必造成彼此的仇恨呢，唉。

「……記者難當啊。」我搖搖頭。

幸好我現在記者做得挺愉快，和一些藝人的關係打得挺好，有時候他們的經紀人還會介紹我一些活動主持賺點外快，姑且不說我幽默風趣，廠商也覺得我長得漂亮，賞心悅目嘛，哈哈。

這場小組聚餐直至深夜，盡情大口吃肉、大口喝酒，我記不清楚細節，小東好像傾訴了一些愛情煩惱，哭得一把鼻涕一把眼淚；阿仁好像說了一些線上遊戲的事情，根本沒人搭理他。

「去你的宋大翔！去你的長官！去你的王哥！」我喝得一頭熱，站在椅子上大吼大叫，「總有一天，我一定會要你們好看！絕對絕對絕對不會再讓我們的心血白費！」

「珊珊姊！珊珊姊！珊珊姊！」

「來吧，夥伴們！」我高高舉起斟滿酒的杯子，對著熱淚盈眶的阿仁、小東喊話：「再乾一杯，我們不醉不歸！」

♪

再次醒來，我的人已經躺在我房間的床上。

低頭看了看，衣服沒換，還是那套襯衫、A字裙，還好，如果不是的話，或者該說，如果身上沒了這套衣服的話……那些沒有發生的事就不用多想了，現在的重點是我覺得自己好臭，滿身酒味，還流了一身大汗，實在噁心死了！

撐著昏沉的腦袋起身，花了點時間找到被我丟在床角的睡衣拎在手上，走出房門前，我看了一眼桌上的夜光時鐘，凌晨三點四十五分。

洗完澡，我沒急著回房間補眠，癱倒在客廳沙發上，脖子靠著扶手，任憑半濕的長髮披散在空中，我閉上眼，四周一片寧靜，只存在著時鐘走動的微弱聲響，滴答、滴答、滴答……

「于珊。」

「早安，哲哲。」

我沒睜眼，隨口招呼，大概是酒醉未退，我覺得身體輕飄飄的，卻一點也不想移動。

「想睡回房間睡。」

「我沒有在睡覺呀。」我只是閉眼睛。

沉默。

沉默。

還是沉默。

「噯，方哲宇，你還在嗎？」

沉默。

沉——

「我在。」

「你倒是說說話嘛。」我笑了笑，即使眼睛閉著，我依然抬起手擋住路燈從窗外投進的黃光，「你不說話，我不知道你還在不在呀？」

氣氛仍是安靜，我沒有出聲催促，只是想像方哲宇常有的無奈神情，兀自偷笑個不停。過了半晌，伴隨著遠處呼嘯而過的車聲，他總算開口了。

「喝了多少？」方哲宇語氣平淡。

「嗯……不知道。」我傻笑。

「幹麼喝？」

「嗯……慶功。」沒人知道的功。

「開心嗎？」

「當然，慶功嘛！」

「那妳哭什麼呢？」

忽地，方哲宇的聲音來到我的身邊。很近。

「我哪有哭……」

「嗯。」他移開我擋在眼睛上的手。

「我沒有哭。」

「嗯，妳沒有哭。」方哲宇輕輕抹去我頰上的濕意，我能感受到他指尖所帶來的溫暖，「我看錯了。」

「……方哲宇。」

「嗯？」

「唱歌給我聽。」

「……好。」

我眞的很喜歡聽他唱歌。

方哲宇的歌聲很醇厚，就像是濃度百分之七十的熱可可，溫柔地滑入了聽者的心裡，當你以爲他的歌聲是甜蜜的傾訴，他卻在餘韻留下了特有的苦味。

眼淚不聽話地落下，我想，我還是很不甘心。

我討厭我的無能爲力，以及我的袖手旁觀，我厭惡明明知道業界的運作方式是多麼令人作嘔，還是必須笑笑地向後輩說：這就是現實世界。

我更討厭面對宋大翔依然脆弱的自己。

面對無法改變的環境，我可以堅強地努力學著調適，學著不讓世界改變我，我還可以是那個驕傲的于珊。然而，一遇上宋大翔，我感覺自己又變回那個傷心得哭到不能自己的大蠢蛋，窩囊地獨自舔著傷口。

我不要這樣。

我怕得快死了……

「So tell me when you're gonna let me in…… I'm getting tired and I need somewhere to begin……」方哲宇的歌聲流淌在我的耳邊，他不再觸碰我，只是倚著沙發坐在地板上，輕聲爲我歌唱。

幸好，我還有方哲宇。

我可以脆弱，還可以脆弱。

So why don't we go somewhere only we know……

Somewhere only we know……

在這個只有我們知道的地方。

Chapter 2

現在回想起來，和方哲宇熟識起來，大概是我人生當中最值得感謝的事情之一，當然，也是最離奇的事情之一。

方哲宇和我相識於大學二年級的一場聯誼，聯誼的過程就不多提了，畢竟我們既不是搭檔，整場活動下來也沒什麼交集，既然如此，爲什麼我們還會牽扯在一塊兒？

好問題，眞是好問題。

記得是大二必修的通識課，我的同居密友三人分散成兩組，小蜻蜓和家榕跑去上什麼文化研習，沛芸則是選了話劇研究。原本我打算和她們選同一堂課，可我一對文化沒有興趣，二對演戲感到尷尬無比，審愼考慮過後，獨自選了音樂賞析。

無奈上了幾個星期的課，我的音樂素養全仰賴周公培養。

「……方哲宇？」

走進通識教室，瞥見某個有點熟悉的背影，我試探地喚了一聲，果不其然，那人回過頭，就是我記憶中的那一張面孔。

只不過，這回他臉上的表情正常許多。

「你也上這一堂課？」

「嗯。」

「是喔。」我放下包包，逕自在他隔壁的座位坐下，「我怎麼都沒有印象？」

方哲宇看了我一眼，好像我很沒自知之明似的。

是啦，我這堂課唯一認識的人就是剛才提到的周先生，之所以會選這門課也是因為聽學長說老師人超好、學分超好拿，但方哲宇有需要用十足鄙視的眼神看我嗎？

我必須說，我覺得他這個人有點……奇怪，尤其是他聯誼當天的怪異舉動，一直讓我耿耿於懷，那天方哲宇一見到我，表情只有三個字可以形容：看、到、鬼！

拜託，看到鬼？

搞清楚狀況好不好！我是于珊，再怎麼說也是仙女，怎麼可能和鬼扯得上邊？驚訝和驚嚇差了不只一線之隔，我絕對是屬於驚為天人那一邊，而他絕對是屬於眼睛脫窗那一派，哼！

憑著他那副表情，方哲宇這位平凡無奇的小人物就這麼被我給記下，不過是記仇，還是記恨呢？隨便啦……偷覷方哲宇的側臉，要不是有這麼一段插曲，他勉強算是清秀的長相，一向不在我的追蹤範圍之列。

沛芸她們老說我是外貌協會榮譽會長，我是沒否認啦，畢竟除了擁有透視能力的超級英雄，誰可以直接看見別人的內在？外表順不順眼當然是建立關係的第一要件，我只是要求的門檻高了一點罷了，我承認，我坦蕩，說穿了，我還學不來某些人的假清高呢。

教室燈光暗下時，我的「職業病」犯了，一雙眼落在鄰座的方哲宇身上，因為無聊，我難得仔細觀察起不感興趣的對象。

論身高，他其實挺高的，大概一八二、一八三左右；體重的話嘛，光看身材有點單薄，瘦削的體型給人弱不禁風的感覺；頭髮……嘖，跳過不提；至於，穿著打扮——

「你上次聯誼是不是也穿這件？」我受不了了，直接湊過去問。

被我嚇了一跳，方哲宇頓了約莫三秒，長長的三秒，才願意施捨一記目光給我，而藏在其中的情緒很明顯，就是「關妳屁事」。

問一下會死喔？撇撇嘴，我識相地坐回我的位子。

普通的黑色T恤，白色的英文印字註有校名、系名、學級……沒錯，這是一件系服，一件除了系上活動以外，千不該、萬不該出現在其他地方的衣服。說句老實話，我就連參與系上活動都沒穿過系服，白白浪費了大一繳的系會費。

沒辦法，我得了穿醜衣服就會過敏的病。

由於方哲宇課上得很認真，真的很認真的那種認真，害得我忍不住轉頭看向教室前方的投影螢幕，確認上頭播放的是難懂的現代音樂，而不是男生最愛的LOL實況轉播。

過了十分鐘，我開始有點睡意。

方哲宇的目光依然炯炯有神。

再過五分鐘，我的眼皮已然沉重。

方哲宇依然精神奕奕。

又過了……奇怪了，方哲宇又不是中央伍，我幹麼一直以他為標準？挺直上半身環顧四周，其他人老早睡成一片，心裡不由得一陣憤慨，為了方哲宇，我居然硬撐了二十分鐘！

可惡，不過是方哲宇而已，又不是什麼帥氣逼人的大帥哥，為了他犧牲睡眠一點也不划算！忿忿地趴下，我再次偷覷他一眼。

方哲宇的側臉線條不算銳利，偏向日本人所說的「鹽味男子」，氣質清淡、輪廓不甚深邃的那種類型，或許是教室的環境幫了大忙，此時此刻，他認眞的目光映著投影螢幕的光線，眼睛一閃一閃……

沒來得及細想，下一秒，我的意識逐漸飄遠。

我睡著了，毫無疑問。

不過，喚醒我的不是〈月下小丑〉的歌聲，而是一來一往的討論聲。

「……這樣改的話，音樂性比較豐富。」

「會不會模糊焦點？」

「如果加重節奏呢？」

「也是，我回去試試看。那麼老師覺得……」

待我好不容易脫離手麻的折騰，才發現教室早已空空蕩蕩，只剩下方哲宇和老師還站在講台上熱烈地談話，我有點茫然，感覺自己一覺醒來到了異次元空間。

呆坐在位子上，我動也不是，不動也不是。

「同學，妳醒啦？」老師終於發現我的存在。

「啊？嗯，老師……呃……」尷尬非常，我簡直丟臉丟到銀河系，「不好意思我睡著了，那個，對不起……」

「沒關係。」老師很酷地打斷我不知所云的道歉，「簽到之後就可以離開了。」

這堂課的簽到通常都在第一節課結束後的休息時間，也就是說我睡到不醒人事，就連下課的喧鬧聲都沒能讓我的睡眠受到一絲干擾。

簽上名字，我閉了閉眼，做足心理準備才敢抬頭。

「謝謝老師，我先走了。」

得到老師不以爲意的頷首，我的目光不自覺飄向一旁的方哲宇，他正看著我，用一種清清淡淡、彷彿完全不在意的眼神看著我。

奇怪，他幹麼不叫醒我！

的確，我和方哲宇不算朋友，他不需要有朋友道義，可基於同窗之誼，好歹發揮一下同學愛……好吧，退一萬步說，就算他認爲不同系不能算是同學好了，惻隱之心，人皆有之，即使只是「認識的人」，方哲宇不也該盡點舉手之勞，幫幫一個不小心睡到忘了簽到、忘了醒來的無辜女學生嗎？

我承認我有起床氣，我遷怒，我自首。

但這一點都不阻礙我找方哲宇麻煩。

「喂。」

「……妳還沒走？」方哲宇皺起眉宇，好像很不想見到我似的。

憑著這點，我又暗自記上一筆。

「你幹麼不叫醒我？」我講得一副理直氣壯的樣子。

找碴的第一要件就是理直氣壯。

聞言，方哲宇定定地看我，我當然不甘示弱，直直地迎向他黑白分明的眼睛，以及俐落的單眼皮……等等，我看錯了，他是內雙！方哲宇是內雙！

「我要走了。」

「內……不是，方哲宇！」

「幹麼？」

「你、你……」我叫住他做什麼呢？于珊妳是哪根筋不對啊……眼看方哲宇又要露出令人惱火的不以爲然，我心一橫，大聲問他：「你現在有空嗎？要不要一起去吃東西？」

我，于珊，居然會找他，方哲宇，去吃東西？

天啊，我一定是睡到腦袋壞掉了，我怎麼會想和方哲宇一起吃飯？而且，這時間吃的還是下午茶，方哲宇和下午茶八竿子打不著，他看起來就像是只愛吃陽春麵和肉圓，順便再切一點豆皮海帶。

「不要。」方哲宇淡淡地說。

等等，他說什麼？

不要？

「你說不要？」我這是威脅的語氣，要是他敢再拒絕一次……

「嗯，不要。」

他拒絕了！

方哲宇一臉「怎樣？不行嗎？」的表情，讓我頓時語塞，他逕自往樓梯瞥了一眼，再次開口。

「我可以走了嗎？」

這回我沒再攔阻。

眼睜睜看著方哲宇的身影消失在轉角。

♪

「妳們家有沒有養狗？」推開剩下不到幾口的野菜咖哩飯，我放下湯匙，拿起紙巾按了按唇角，順道喝了口檸檬水。

聽見我突然的提問，我那三個室友愣了愣。

「狗？」

「對啊。」我朝沛芸翻白眼，對她驚訝的語氣很不屑，「狗，又稱犬，哺乳動物，狼的近親，聽說是人類最好的朋友。狗，妳對這種動物有印象嗎？」

「我知道啦，妳很煩欸！」沛芸氣急敗壞地揍我一拳，不是我誇張，這女人手勁眞的亂大一把，痛得我回敬她好幾下。

打鬧好一陣，最後是家榕先受不了，出言止住了我和沛芸的戰爭。

「我媽對狗毛過敏。」等到餐桌回歸平靜之後，小蜻蜓聳聳肩說：「以前有親戚想分我們一隻長毛臘腸，結果我媽當天噴嚏打到她頭都暈了，只好送回去不養了。」

「這麼嚴重？」我咋舌。

「那我家對阿姨來說是禁區。」家榕喝了口附餐飲料，「因爲院子大，我爸養了三隻米克斯，成天家裡門外跑個不停，機車踏板上都是狗毛，而且最近可能還會再多養一隻。」

「好好喔！我家的人都是貓派，只有我是犬派。」沛芸哭喪著臉，提起上次她到收容所做義工的事，「我本來想領養狗狗回家，結果電話才講到一半，就被罵到臭頭，我姊說我存心要謀殺她的小公主，我多冤啊！」

這也不能怪沛芸的姊姊啦，畢竟她對愛貓的一片丹心有目共睹，臉書上全是貓咪的日常生活分享，像是美容保養、有機零食等等，甚至她還會模擬貓咪的語氣發布動態，主人當得比寵物還沒存在感。

「不過妳問這個幹麼？」小蜻蜓把話題轉回到我身上，「妳家有養狗嗎？」

「有啊……」話才說完，我隨即搖頭，「其實也不算，牠是流浪狗，平常都在社區出沒，附近鄰居看牠乖巧，每天都會送剩菜剩飯給牠吃。幾年下來，雖然沒人帶回家養，可牠不知不覺也變成我們社區的一份子了。」

「感覺好溫馨喔！」

「喜歡的話，妳也可以來我們社區住啊。」見沛芸一臉羨慕，我面不改色地提議，「阿吉家旁邊還有位子。」

「阿吉？誰啊？」

「那隻狗。」

三秒之後，餐桌上再次出現許沛芸的怒吼。

我一邊笑著抵擋沛芸的攻擊，一邊建議她可以多帶一些狗罐頭當見面禮。雖然我一直都猜不準阿吉那隻淡定狗的心理，但大多數的狗狗對於食物通常都會欣然接受吧？

小狗阿吉。

我的腦海裡忽然充滿了關於牠的許多回憶。

回到租屋處洗過澡後，我撥了通電話回台中的家，想問問阿吉最近過得好不好、附近的小朋友有沒有亂餵牠吃不該吃的東西……唉，明明阿吉一點也不愛我，我幹麼這麼惦記牠？

「什麼小狗阿吉，是老狗阿吉吧？」二哥嘲諷的語氣從手機傳來，「難得打電話回家，居然是問阿吉的事。姓于的，妳有沒有良心？」

「姓于的，你才沒良心！上次不曉得是誰把我忘在大賣場，某人到了家才發現可愛的妹妹沒坐上機車……」

「且慢、且慢，這位沒良心小姐，妳都不知道哥哥我多有愛，我擔心妳心情不好，擔心妳爲什麼突然不講話，有良心的哥哥，也就是我本人，爲了逗妳開心，一路上一直跟空氣對話耶！我看路人都以爲我是神經病吧？」

「你、活、該！」想像那幅畫面，我不小心笑出聲。

「還笑！果眞沒良心！嗳，哥，等一下，我還沒罵夠……」二哥的聲音遠離話筒，下一刻，另一道低沉的嗓音隨之響起。

「換人了。」

「大哥！」我喜出望外，嘴角大大地揚起，「你怎麼在家？什麼時候回來的？我上星期回家沒看到你，媽說你臨時到美國出差，害我好失望喔……」

「今天下午剛到。」大哥的聲音帶笑，後方不時傳來二哥吵死人的叫喊，「珊珊，妳是不是說過喜歡吉爾德利的海鹽巧克力？」

「對啊。」

「我有買回來喔。」

呆了三秒，我直接尖叫：「于仲，我最愛你了！」

「妳這星期會回家嗎？要不要大哥寄宅急便到宿舍給妳？」

「不用這麼麻煩啦……」我的腦海忽然閃過同住一個屋簷下的那三個女人，「呃，如果大哥不嫌麻煩的話，可以幫我寄上來嗎？我想分給室友吃吃看。」

「當然好。」

「耶，謝謝大哥！」大哥果然最疼我了，呵呵呵。

「客氣什麼？」大哥低笑，答應明天就會寄出巧克力。「對了，妳剛剛是不是跟于季聊起阿吉的事，阿吉怎麼了嗎？」

對喔，阿吉，差點都給忘了。

「我只是突然想到牠啊，不知道牠過得好不好……都是于季啦，混淆重點、跳開話題！」仗著二哥聽不見通話內容，我趁機跟大哥告狀，「不過，大哥，你最近看到阿吉是什麼時候啊？」

雖說阿吉在社區花園有個固定睡覺的地方，但牠終究是流浪狗，很愛亂跑，三天兩頭沒回來是常事，我上次回台中就沒見到牠。

「今天才看到而已。」

「牠看起來怎麼樣？」我的語氣出乎意料地急切，老實說，我也不懂我幹麼突然這麼想念阿吉，以前都不會這樣的……

「看起來怎樣啊……」大哥被我一問，沉吟了半晌，「嗯，阿吉不就是那樣嗎？明明是一隻狗，卻跩跩地不搭理人；給牠飯也是要吃不吃，吃了也是一副勉強賞光的樣子；想跟牠玩，牠還不屑跟你玩。說真的，我還沒見過像阿吉一樣冷漠的——」

聽著聽著，我突然想到了什麼，驚訝地摀住嘴巴。

「天啊……」

「珊珊？怎麼了嗎？」

「沒、沒事，我沒事！」我連忙扯了別的話題帶過。

幾分鐘之後，掛上與大哥的通話，我無力地倒向床鋪，瞪著天花板，腦中除了小狗阿吉的冷淡眼神，還有另一個身影默默浮現，用著相同的冷漠目光靜靜地瞅著我。

方哲宇。

方哲宇和阿吉根本一模一樣。

♪

不用問也知道，要是被別人說你和一隻狗很像的話，無論是再樂觀、再正面的人也絕對開心不起來，更何況是看起來一點也不歡樂，甚至有點陰沉的方哲宇。所以，我並不打算跟方哲宇說起阿吉的事——

「方哲宇，我們社區有一隻狗叫阿吉……」哦，我這壞嘴！

好險，方哲宇沒打算理我。

每次到了音樂賞析這門課，我都會拋棄向來最喜愛的倒數第三排、靠近後門的座位，熱臉貼冷屁股地坐到方哲宇隔壁。

有點奇怪，是吧？

但要是將我看似反常的行爲拿來和我與阿吉的日常互動相對照，一切又會變得合情合理。

方哲宇對我來說就是阿吉。

不瞞您說，我對阿吉就是如此死纏爛打，不管牠再怎麼不理睬我、再怎麼撇過頭、再怎麼閉上眼睛，試圖對我眼不見爲淨，這些都阻止不了我想要「干擾」牠的慾望……二哥于季說我有病，但我眞的很想看見阿吉對我搖尾巴。

無奈的是，有句話是這麼說的：狗眼看人低。

阿吉是狗，我是人，我一直都被牠看得很低……

阿吉到現在都不怎麼喜歡我。

「方哲宇，你記不記得上個星期——」

噓！

他用眼神警告我閉嘴，我只得悻悻然地坐好。

今天的課程延續上週未完的日治時期，講到歌手純純與作曲家鄧雨賢的曖昧情愫，老師配合音樂劇片段，娓娓述說台灣當時的唱片產業發展，我沒怎麼認眞聽，只顧在意著明明已婚，卻還是用一首〈四月望雨〉和純純互訴情意的鄧雨賢。

儘管演員的歌聲再好，我心底一點感動也沒有。

「花心。」我不由得嗤之以鼻。

方哲宇看了我一眼，這回換我不搭理他。

本來就是嘛……目光緊鎖在投影螢幕上，明知故事的時空背景與現在的觀念不同，然而看著元配孤單等候忙碌丈夫回家的獨角戲，我依然忍不住紅了眼眶，深深吸了口氣，不想讓人發現我的眼淚。

教室裡的燈亮起，故事暫停，我低頭抹掉頰上的濕意，螢幕上的畫面停在戰爭爆發之際，耳邊聽著老師講解台灣音樂的發展歷史，腦海閃過了某些畫面，思緒繞著適才的劇情不斷打轉。

我知道，大時代的動亂造成了情感的顛沛流離，愛與不愛沒有一定的道理，可是我就是不懂為何人們無法堅守一份純粹的感情。

堅貞不渝，是我所嚮往的愛情。

「妳……」

難得方哲宇先開了口，飽含哭音的嗓子卻害得我不想回應。

「……幹麼？」聲音小得差點連我自己都聽不見。

他默默將面紙放到我的桌上。

我怔了好一會兒，才取出面紙按去眼角的淚痕，小心翼翼地避開眼線，以免破壞我費盡心思化好的妝容。

「他們沒在一起。」

「什麼？」

「鄧雨賢最後還是跟元配在一起。」

方哲宇沒有看我，只是一個勁地整理桌面上的紙張，好像那疊紙有惹到他似的，我看得出他是在遮掩尷尬，因爲他光是同一疊紙就弄了三次……啊，現在是第四次了。

「你看過了？」我的情緒稍微平復了些。

「嗯。」

「是喔……」

「雖說是歷史改編的音樂劇，但其中不曉得參雜了多少旁人的穿鑿附會，說不定他們之間根本沒有感情牽扯。」嘴上說著狀似安慰的話語，方哲宇的目光卻始終沒轉向我，「如果妳想知道結局，可以跟老師借影片回去看。」

話音方落，老師正好宣布下課。

班上同學陸續走出教室，方哲宇也不例外，他這次沒有留下來找老師討論事情，逕自離開，而我不知道哪來的衝動，居然跟了上去。

但我沒有叫住他，就是跟著。

跟蹤狂的跟。

默默跟在方哲宇身後十公尺處，我跟著他的步伐一腳踏進學生餐廳，聞到滿室食物的味道，突然想起晚上還有個不是很重要的約，好像是什麼派對吧？

算了，不去了。

我拿出手機，迅速打了幾行字，找藉口取消赴約。

好不容易應付完對方的訊息，我在學生餐廳裡兜兜轉轉一陣，才找到方哲宇的身影，他正在吃拉麵，而且就快要吃完了。

「你吃什麼？」我一屁股在他的對面坐下。

方哲宇手中的湯匙停在半空，無言地盯著我瞧。

「你吃這麼辣呀？」我往他的碗裡看了一眼，整碗紅通通的。

「……有事？」

「方同學，我們是同學啊，不要這麼見外……哈囉！好久不見！」話講到一半就看到幾個外系的朋友朝我走來，我沒站起來，坐在位子上和他們寒暄了一會兒，才把他們給送走。等我的視線再次回到方哲宇身上時，他的湯碗已經見底，乾淨得一滴不剩。

他沒給我說話的機會，隨即起身。

「我要走了。」

「噯，等我一下不行嗎？」我不著急，聲音卻大了點。

我想不透方哲宇爲什麼老是避我如蛇蠍？

難道我做了什麼對不起他的事嗎？可我說過了，方哲宇不是我的菜，正常情況之下，我應該不會跟他有什麼交集才是……呃，但他的兄弟我就不曉得了，我不能保證，世事難料嘛，話不能說太死。

也許他終於看見我的眞心誠意，方哲宇重新坐回位子上。

「……妳想怎樣？」他問，有點無奈。

我聳聳肩，「不怎樣啊。」

「不是要吃東西?」他再問。

我搖搖頭，「沒呀，我不餓。」

家榕總說我有個壞習慣，叫做「得寸進尺」。

方哲宇冷冷瞪視著我，似乎想把我拖去餐廳外面揍個兩拳，讓我想起阿吉也總是用這種恨不得咬我兩口的眼神盯著我。雖然很有病，可我一時之間眞覺得親切感倍增。

唉，我再這樣下去，若不是眞的被打，就是眞的得病。

「我只是想問你，你上課的時候都在寫什麼?」

大概是上上星期吧，我突然發現方哲宇在上課的時候，並不若我以爲的認眞專注，他的講義下面其實暗藏著一本筆記本，只可惜筆記本上的字跡十分潦草，從我的角度看去實在是一片迷茫。

於是，包括今天，我觀察了方哲宇整整四堂課，終於能分辨出筆記本上的文字交雜著中文、英文，以及密密麻麻的樂譜，數量之多，簡直令人眼花。

「方哲宇，你玩音樂?」

「妳到底想幹麼?」

我差點翻白眼……哦，我眞的翻了，對不起。

方哲宇的防備心何必這麼重啊?要是給外人看了他那副警戒的模樣，還以爲我是哪位穿越來的山寨頭子下山強搶民女咧!

「重申一次，我沒有要幹麼。」我一字一字說得極慢。

「那——」

「交個朋友不行嗎？方哲宇。」說完，我主動伸手，釋出絕佳的善意。

一秒。

兩秒。

三秒。

「不行。」

「……你、你說什麼？」

我非常震驚，我的手僵在空中收不回來，傻眼地望著一臉平靜的方哲宇，他究竟知不知道自己拒絕了什麼！

而且還是第二次！

「……爲什麼？」可能是有了上次的經驗，這回我按捺住性子追問：「只是當個朋友而已，爲什麼不行？我有得罪過你嗎？」

「沒有。」

「既然沒有——」

「我們不可能成爲朋友。」

不、可、能？

「你——」

「而且，」方哲宇冷淡地睨著我，「我也不想和妳當朋友。」

不想？

他說他不想？

想不想這種話輪得到你來說嗎？

憑什麼？

方哲宇憑、什、麼！

我絕對絕對絕對要和你勢不兩立！

♪

自從那日過後，我的生活不再和方哲宇有任何交集。老實說，我和他的交集也不過是每個星期四的兩堂通識課而已，爲了避開他，上周我甚至還翹了一次課，掐指算算，方哲宇和我已經有十多天不見。

「妳有沒有發現一件事？」沛芸挾了口高麗菜塞進嘴巴。

戳了戳滷得入味的甜不辣，我心不在焉，「發現什麼？」

「于珊妳啊，最近都沒有提到帥哥學弟的事耶。」沛芸含著筷子問我，眨眨困惑的一雙大眼，「怎麼？不追了嗎？有新對象了？誰啊？」

方哲宇的臉突然從我腦海中閃過，一把火瞬間直冒了上來，我用力把筷子往桌上一拍！

「什麼新對象，他才不可能是我的新對象！」

「蛤？」

「方——」

要不是沛芸的一臉蠢樣及時喚回我的理智，我差點就要翻桌明志。

「于大小姐妳中邪喔？凶屁啊！」捉準我發愣的時機，沛芸拿著沾滿口水的筷子作勢戳我，逼得我抓起筷子和她對打。「大膽妖孽，妳把傳說中的帥哥學弟藏哪兒去了？還不快從實招來！」

「什麼妖孽，妳才巴豆妖啦！」我哭笑不得。

「竟敢回嘴！」

「許沛芸，妳敢用那雙筷子碰到我的臉就死定了。」

沛芸口中所謂的帥哥學弟是一個名叫陸以南的男生。

這件事說來話長，想當初爲了找到只有一面之緣的他，不曉得動用了多少我在學校裡的人脈，自從探聽到陸以南在酒吧打工以後，我每天晚上都往那間酒吧跑。我原本以爲他會像以前那些男生一樣，用不著多久就會問我什麼時候有空、要不要一起去看電影……

可是，沒有，什麼邀約都沒有。

想想陸以南、想想方哲宇，我的魅力究竟哪裡出了問題？

以前的我才不是這樣的！我若是回高中母校，肯定會有老師還記得當年我在情人節收到滿坑滿谷的巧克力，數量多到必須請大哥開車來載回家……莫非，我是變醜了不成？

拿出鏡子，我連忙檢查今天化的小惡魔妝。

「說眞的，我好像很少看到妳對一個男生這麼執著。」

聽見沛芸這麼說，我心下一怔，視線僵硬地停在鏡中的自己。

她沒注意到我的遲疑，繼續說了下去。

「于珊妳不是說過嗎？要是男生對妳有意思的話，女生只需要給點暗示就好，才不需要倒追。倒追就算了，追久了又怕人家嫌煩，傷自尊、傷感情，搞得自己什麼都不是。」沛芸頓了頓，挾起盤中的滷味往嘴裡送，「不過，妳這次倒是堅持了很長一段時間耶，爲什麼？帥哥學弟有哪裡特別嗎？」

或許吧。

陸以南是特別的，應該說，我希望他是特別的。

並非單指他出色的外貌，雖然他最初吸引我的確實是他的外貌沒錯……可當我看到他工作時的認眞模樣，與他實際接觸過幾次之後，我覺得他有可能是我在找尋的那一個人。能夠給我一段長久感情的那一個人。

只是……

嘆了口氣，和沛芸分開之後，我獨自走在前往系館的路上，心裡想的卻是晚上不曉得該用什麼藉口和陸以南攀談。

其實我很清楚，陸以南不喜歡我，不是討厭，也不是不願見到我的那種不喜歡，而是……他只把我當成朋友，當成客人，從來不把我當成一個戀愛對象看待。

再次嘆了口長氣，心底悶得發慌。

前方的人工湖泊波光粼粼，微風拂過湖面，送來清爽的涼意，我攏過飛揚的長髮，腳下步伐未停，忽然瞥見湖畔的長椅上，躺著一抹熟悉的身影。

「方哲宇？」

奇怪，他幹麼睡在這裡啊？

艷陽高照，正值午後時刻，在校園裡走動的學生不多，方哲宇的午覺看來睡得很是舒爽。

今天的他總算不是穿著那一件萬年系服，雖然品味還是沒好到哪去，但我總不能要求方哲宇一夕變身時尚達人，至少他身上的深藍色T恤看起來很新，既沒有荷葉邊領口，也沒有曬到褪色，光是這幾點便足以得到一次愛的鼓勵。

方哲宇睡得很熟，過長的瀏海蓋住了右眼，毫無防備的睡顏有些稚氣，即使昏沉睡去，他的雙手依然穩穩地交疊在胸腹之上，保護著胸前的那一疊紙張，更準確地說，那是一疊樂譜。

站在他身前，擋住了映照著他半張臉的陽光，我抵不過好奇心，悄悄地彎下腰，湊近想看仔細樂譜上頭寫些什麼。

除了音符、音符，還是音符。

可惡，我看不懂！

正當我整個人幾乎懸在方哲宇身上，鬼祟地伸手翻開第二張樂譜時，附近一陣談笑聲拉回我迷失的理智，我這才注意到我和方哲宇之間的距離已經近到能夠數清他的眼睫毛……等等，這傢伙憑什麼有這麼長的睫毛！

不是，現在不是說這個的時候！來不及管睫毛還是腿毛，談笑聲更近了，我趕緊往後退幾步，假裝若無其事地繼續往系館的方向前進。

「嗳，方哲宇耶！」

是方哲宇的朋友嗎？

有幾個人似乎正在和方哲宇搭話，我的耳朵不受控地豎起，腳步跟著放慢，可惜我只能依稀聽見他們的笑鬧聲，不知爲何，那讓我心裡很不舒服。

「……夠了沒？」

心下一突，我倏地回過頭，發現方哲宇已經站起身，與那群男生對峙。

不曉得發生了什麼事，方哲宇的表情很難看，站在他面前的那幾個男生卻是嘻皮笑臉，臉上帶著明顯的惡意。

雖然站在遠處，但我仍能感受到氣氛的僵持。

應該不會有事吧，而且這也不關我的事啊……我極力說服自己走開，雙腳卻怎麼都不肯移動半步。

夠了，于珊，快點走！

再怎麼樣也不過是兩方意見不合，有些爭執而已，還能發生多大的衝突？或許是有人像我一樣討厭方哲宇的臭臉，也有可能是方……啊，大家都是大學生了，又不是青春期的小屁孩，什麼該做、什麼不該做，總是知道分寸——

「靠！」

我忘了形象，無法遏止地大叫。

漫天飛舞的樂譜逆著陽光在空中飄落，時間似乎慢了下來，飛散的樂譜讓我看不清方哲宇的身影、看不清他的表情，世界突然安靜，我只能看見樂譜一張張落到了地面、落到了草地、落到了湖上。

那時我想起的，是他連睡著都不忘保護樂譜的畫面。

「還不快撿！」

沒時間在意旁人，我氣急敗壞地衝到方哲宇身邊，忘了看他的表情，只顧著一張一張撿回散落四處的樂譜。

「別撿了。」有人搭上了我的肩，是方哲宇的聲音。

我甩開他的手，「這不是很重要的東西嗎？你……」

「我說，別撿了。」

「該撿就撿，方哲宇你不要耍脾——」

話還沒說完，另一道充滿嘲諷的聲音打斷了我們的對話。

「于珊，沒想到妳和這種人居然是朋友？」

這是什麼鬼話？

我起身回頭，認出了說話的那個人是誰。

「陳永浩。」原來是他啊。

我往前站了一步，剛好與方哲宇並肩。

陳永浩笑了笑，「于珊，妳怎麼會認識這種人？」

這種人、這種人……

「什麼叫做這種人？」

「咦？妳不知道啊？那也難怪妳還敢和他在一起了。」陳永浩的眼神輕蔑得令人不悅，「我告訴妳，他啊，去年的音樂比賽抄襲別人的作品，被發現還死不承認，要不是評審老師站出來證實他剽竊，不然誰知道這傢伙還要嘴硬到什麼時候！」

剽竊。

抄襲。

一時之間，我消化不了這兩個攻擊力強大的字眼。

「所以說啦，像他這種人怎麼還有臉待在學校呢？一點自知之明都沒有。」陳永浩說著，一手就要往方哲宇臉上鄙夷地拍去，「不、要、臉。」

「你少碰他。」

拍開陳永浩的手，我擋在動也不動的方哲宇身前。

此刻的他就像是石化了一樣，不辯駁、不吭聲，只是站著任憑別人羞辱。我不知道事情的始末，我也不想管方哲宇有沒有抄襲，但這樣槁木死灰的他讓我很生氣……氣什麼？誰在乎啊！我就是看不順眼！

天底下只有我可以欺負他！

「于珊妳居然要站在這種——」

「你再說一次『這種人』試試看。」我冷著聲音，勾起了嘴角道：「口口聲聲『這種人』、『這種人』……別笑死人了，陳永浩，我倒想問問，你是什麼東西？」

「妳不要搞不清楚狀況，他——」

「我是問你！陳永浩，捫心自問，你是什麼東西？少在這裡裝出一副聖人的姿態撻伐別人，你沒有比較高尚，請不要以爲你做了什麼都沒人知道！」

「于珊，我警告妳不要亂說……」

「亂說？」我做作地摀住嘴巴，換了另外一種語氣，「唉唷，你不要這麼凶啦，我只是『夢到』而已，你不要在意喔！」

「妳——」

「偷偷告訴你，我夢到行銷系二年級的某位同學風評好差！聽說他時常在夜店惡意灌女生酒，趁人家醉到沒有力氣反抗，要不強行帶回家，要不直接在廁所……」我的話故意停在這裡，直視著他的眼睛裡浮現顯而易見的倉皇，「最過分的是，他被抓包還敢推說一切都是你情我願，一點guts都沒有！嗳，陳永浩，你說說看，『這種東西』是不是很不要臉？怎麼有臉走在路上不怕被人拖去打啊？噢，對了，你上次上法院是去做義工嗎？好善良喲！」

我瞇起眼假笑，滿意地看著陳永浩的臉色一陣青一陣白。

知道這件官司的人不多，偏偏我就是人脈廣、就是八卦多，很「幸運」地得知這件無聊的消息，只是沒想過這種「廢掛」竟然有派得上用場的一天。

陳永浩仗著家裡有錢，自以爲能夠神不知鬼不覺地解決，可縱使金錢壓得下案底，卻堵不了他人的嘴巴，壞事不可能藏得住，儘管這件事只在小圈子裡流傳，他可以在不知情的人面前耀武揚威，但是他休想假裝清高，拿著自以爲正義的石頭砸傷別人。

尤其是我的人。

「……妳想幹麼？」又是同一隻手拉住了我的肩膀。

噢，木頭醒來變回木頭人了嗎？

我回過頭，迎向方哲宇的目光，「撿譜。」

三兩下趕跑了陳永浩，第一次親眼目睹什麼叫做夾著尾巴逃跑，也是第一次聽見「妳給我走著瞧」之類的窩囊話，想來是他電影看得太少，不曉得講出這句話的同時，就是爲自己奠定了小嘍囉的角色定位。

踢掉鞋子，捲起褲管，不顧方哲宇訝異的眼神，我大步走近湖邊，觀察飄在水面上的樂譜，目測距離，應該只要走個幾步就可以撿回來了。

「妳幹麼……」他又跑來拉我。

「我說我要撿譜！你聽不懂人話是不是？噢，對不起，我也不會講木頭話，既然如此，我不管你，你也不要管我，讓我去吧，哦？」

「我又沒有要妳撿！」

「但我要撿！」

「那是我的譜，我有權說不要撿！」方哲宇衝著我大聲說話。

聽他大聲我更氣了，該大聲的時候不大聲，傻在那裡像個小可憐任人罵，姊看不過去幫你出氣，現在倒好，你竟然這麼大聲罵我？

好你個方哲宇，反過來咬自己的主人，阿吉都沒這樣對我！

「好啊，你說你不要了，不要了就是垃圾！我天生善良愛環保，我是環保小尖兵，我看到垃圾就手癢，我想撿垃圾！我要撿垃圾！我愛垃圾！怎麼樣？我就是想要下水去撿、垃、圾！」

我根本瘋了，亂講一通，竟然把自己形容成一個愛好垃圾的神經病……就算如此，我也不准自己露出一絲懊惱，目光炯炯地瞪著方哲宇不放。

「……噗。」

噗？

噯，這傢伙笑屁啊？我有准你笑嗎？

「喂。」

「哈哈哈哈……」

「方哲宇你夠了喔！」

「哈哈哈……怎麼會有人說自己愛垃圾，哈哈哈……」

「不准笑！」

我本來想疾言厲色地嚇阻住他的笑聲，無奈我這人真的天生善良，不但凶不起來，嘴角甚至很沒骨氣地跟著上揚，到了最後，我居然也跟著笑得亂七八糟，笑到忘了笑的對象是我自己，簡直沒面子到了極點。

後來我堅持要把樂譜撿回來，方哲宇又不准我下水去撿，於是我們兩個就近找了根長樹枝，蹲在湖畔不停地撈呀撈地，我一會兒嫌他動作遲鈍，下一會兒換他罵我礙手礙腳，我倆就這麼忘我地沉浸在撈譜小遊戲裡。

濕淋淋的樂譜變得很脆弱，我小心翼翼地攤開，紙上的符號淡化得幾乎不可見，不好繼續拿在手中，只好暫時放在一旁的石頭上，我才轉身想說些什麼，只見方哲宇直望著樂譜發愣。

明明很難過，剛才幹麼還嘴硬說他不要了？

唉，男人，真愛面子。

「喂，方哲宇。」

他看向我，幾秒前的失落早已收起。

「我跟你說，我家有一隻狗叫做阿吉……」

夏日炎炎，微風徐徐。

從此以後，我們變成了彼此最要好的朋友……

才怪。

Chapter 3

方哲宇和我的關係變得有點微妙，變得……該怎麼說呢？我們有了彼此的聯絡方式，相處的時間卻依然只有星期四的兩堂通識課；我們在路上碰到面不一定會打招呼，可偶爾會碰巧坐在一起吃飯。

這種相處模式說朋友不是朋友，說是陌生人又嫌太生疏，但我和方哲宇的確維持著如此難以定義的關係好長一段時日。

直到學期末那次突發事件爲止。

老實說，即使是現在，我還是想不透爲什麼我會在失戀之後跑去找方哲宇喝酒……唯一的可能是潛意識控制了我，打算藉著發酒瘋的機會把方哲宇家的東西砸光光。

那天過後，我有好一陣子沒辦法面對方哲宇，畢竟那眞的很糗啊！在一個男生面前哭得唏哩嘩啦的醜死了，喜歡我的男生也許還能鬼遮眼地說「這樣的妳好可愛」，但方哲宇大概只會說「這樣的妳好可怕」。

我只能說人生眞是讓人猜不透。

這才是人生。

大三新學期展開的第一天，我總算攢了足夠的勇氣和方哲宇聯絡，傳訊息問他有沒有空，我想請他喝飲料，算是爲那天的失態道歉。當然，道歉那句話我只藏在心底，半個字都沒對方哲宇說出口。

我只求自己安心，才不管他有沒有收到我的心意。

「……妳很喜歡他？」

手上的杯子一頓，我嘆了口氣，「方哲宇，你不開門見山就不會說話了是嗎？我可是失戀耶，好歹婉轉一點。」

方哲宇靜靜地望著我，「那麼，請問妳很喜歡他嗎？」

……這算哪門子的婉轉？

「是的，我曾經很喜歡他。曾經，was，過去式。Do you understand? 」我很難用平靜的語氣談起這些，總是忍不住顯得不耐煩，「……再說，都是別人的男朋友了。」

更正確……或者，更殘酷地說，陸以南現在是小蜻蜓的男朋友。

朋友的男朋友，聽起來多像是一齣連續劇。

那時事情發生的很突然，突然到每個人都措手不及，突然到讓我忘了冷靜，任憑情緒控制了理智，脫口而出的那些尖銳言辭，只是爲了讓痛苦的自己好過一點。事後回想起來，其實我們身邊早就出現了很多提示，只是我們從來不曾注意那些枝微末節。

幸好，都過去了，都放下了。

一切都好了。

「……妳眞的沒事了？」

「喲，方哲宇，你關心我呀？」我瞇起眼笑，手指在桌上輕敲。

他沒好氣地橫我一眼，低頭猛喝那一杯檸檬冰沙。

「方方？」我喚。

他不理我。

「哲哲？」我再喚。

還是不理我。

「宇——」

「妳很煩。」他抬頭，一字一字從牙縫裡迸出來說。

我大笑，只差沒有摟摟他的肩，輕聲安慰他不要緊，「哲哲，你就乾脆承認自己關心我嘛，又不是壞事，姊姊我覺得很溫暖呀。」

我是說眞的。

小蜻蜓能夠和陸以南順利交往，我很開心，也很祝福，沒人比我更了解他們兩個是多好的人，兩個好人在一起是理所當然的事，就像是童話故事裡的男女主角，擁有從此幸福快樂的美好結局。

只是，我呢？

我忽然懷疑自己究竟是不是哪裡錯了？

我喜歡于珊，我喜歡當于珊，我一向認爲自己很好，旁人的反應也是這麼告訴我的。或許是因爲我漂亮、我聰明、我什麼都好，所以我想要的，從來沒有得不到的，從小到大，我不曾質疑過這樣的自己。

因爲我是于珊，我什麼都可以要，不是嗎？

「唉。」

「還在想他？」

「就跟你說了沒有！」我狠瞪向他，故意用眼神恫嚇方哲宇不准再問。

不過，剛才陸以南的身影的確在我心裡閃過，但不是因為我喜歡他喜歡到時時刻刻無法忘記他，而是我突然很想衝過去問個清楚，問他我到底哪裡不好、問他為什麼不喜歡我。若是我眞的衝去問了，我眞的會被他列爲拒絕往來戶。

再說，我的自尊也不容許我這麼做。

只是……唉，我不自覺又嘆了口氣。

「哲哲，心情不好的時候該怎麼辦？」

方哲宇望著我，滿臉無言，大概是因爲我叫他哲哲。

「你每次這樣看我，都會讓我想到阿吉。」我自顧自地說著，假裝沒注意到他變了臉色，「你知道嗎？這次寒假回去，我發現阿吉居然當爸了耶，阿吉耶！那個跟你很像的小狗阿吉當爸了！人家阿吉都當爸了，方哲宇你還沒談過戀愛，這樣不——」

方哲宇霍地起身，不發一語地注視著我。

我有點嚇到，三秒說不出話。

「好、好啦，阿吉當爸是牠家的事，你——」

「走吧。」

說完，方哲宇率先走出了店門。

♪

我從來沒來過這種地方。

密閉。

安靜。

狹小。

昏暗。

而且，沒有人。

方哲宇在我身後關上門，徹底阻隔了外界的聲音，原本已經足夠安靜的氛圍更加寂靜，彷彿整個空間都眞空了，導致我產生一種錯覺，以爲自己來到外太空，只要腳尖輕輕點地，身子就能一躍而起。

「你……」

「不要亂動。」

方哲宇止住我走向他的步伐，我一怔，只見他的眼睛在昏暗中閃爍。

他走近我。

一步、兩步、三步……方哲宇伸出手，按住了我頰邊的牆。

莫非這就是傳說中的壁咚——

燈，亮了。

空調，開了。

「好了。」

方哲宇擋在我眼前的身軀一移開，我終於看清這個神奇空間的全貌，電腦螢幕、喇叭音箱、電子鍵盤……其中，最奪人目光的，莫過於那組充滿存在感，一般人只能在電視上見到，長得超像飛機駕駛系統的大型設備。

倏地，燈又亮了。

乾淨透亮的玻璃隔著燈光暈黃的小房間，裡頭簡單擺著看起來很專業的麥克風，上頭掛著一副看起來同樣很專業的耳機。

這是一間錄音室。

動了動腳底板，我踩在隔音地毯上，方哲宇正在整理紅色一字沙發，他像是來過這裡幾百回似的，逕自走到一旁的小冰箱取出一瓶冰得瓶身起霧的礦泉水。

「要喝嗎？」他問。

我點頭，他直接拋了過來。

扭開瓶蓋喝了一口，我試著用冰水澆回我的冷靜。其實我也沒有恐慌，我只是覺得眼前的一切太不真實了，尤其是現在走到機台前面開機的方哲宇，他一連串熟練的程序動作，差點害我以爲他其實是隱身在大學裡的戰鬥機飛行員。

「這一台是什麼？」我走到他身旁，指著那架滿是複雜按鈕的器材，不得不說，近看更讓人眼花撩亂。

「混音器。」

「感覺好厲害……」抱持著一股敬畏的心情，我站得直挺挺地觀望著它，不敢碰到一分半毫。

雖然我的確是很想學一下製作人、DJ什麼的，盡情地移動器材上的各個按鈕過過乾癮，可如果不小心推壞了哪個小物件，說不定就得賠個上千上萬，想來便令我手軟。

「所以……」

「嗯？」方哲宇盯著螢幕，手上操弄著我看不懂的程式。

他似乎變了。

自從碰上這些有的沒的器材的那一刻起，方哲宇的注意力就不在我身上——好啦，他向來無視我的魅力，注意力從來沒有停在我身上一秒。

總之，他現在似乎成了另一個人，全心投入在眼前的事物上。

「哲哲。」

方哲宇一頓，總算願意看向我。

「你帶我來這裡幹麼？」我問。

他聳肩，「沒幹麼。」

「……Excuse me？」

「妳去那邊坐吧。」他用眼神朝後方的紅色沙發示意，然後又不理我了。

OK, fine.

我會自己找事做。

翻了個白眼，我很聽話地按照方哲宇的指示，坐進沙發正中央的位子，踢掉鞋、翹起腳，拿出手機開始回一下子就99+的訊息。

奇怪，明明是他帶我來的，我卻淪落到自個兒玩手機的地步。已讀幾個群組的打屁聊天，回了幾個好感度不賴的男生的問候，再順手滑了一下臉書的最新動態……這時，沛芸私訊問我跑哪去了，我說我被綁架。

「喔。」

「喔？妳有沒有同學愛？」我馬上回傳。

「不然妳要我怎麼辦？」沛芸附上一張挖鼻孔的貼圖。

「著急地尋找我在哪裡，然後，來、救、我！」

「白痴，妳都可以用臉書了，是不會打卡喔？」

打卡？瞬間理解她的意思，我大笑出聲。

「Good idea!」

正當我想繼續和沛芸瞎聊，突來的音樂聲卻倏地拉走了我的注意力。

最初，是簡單的鋼琴單音，近乎單調地敲著孤單的樂音，漸漸地，樂聲變得豐富、變得激昂，鼓聲加強著節奏，旋律繚繞在耳邊，帶走了我所有的思緒，情緒不知不覺隨著音樂攀升、攀升——

樂聲突弱，微弱得令人繃緊了心弦傾聽。

曲末，只剩鋼琴的單音繼續寂寞，回歸平靜。

我的淚水竟然不自覺地淌下。

「……這是？」我悄悄抹掉眼淚，故作若無其事地問著仍坐在椅子上的方哲宇。

他旋過椅子面向我，應該沒看出我的不對勁。

「那時候的曲子。」

那時候……

「你是說，掉到湖裡的那一首？」

「嗯。」

「所以你帶我來這裡，是想讓我聽這首曲子？」

「一開始不是，現在是了。」

什麼東……算了，不計較。

「方哲——」

「其實它原本不是妳現在聽見的樣子。」方哲宇似乎打開了話匣子，主動接續話題，「妳想聽嗎？聽聽看前後的差別。」

他一問完，我心裡頓時湧現出一股衝動，惡趣味的那種，很想知道如果我說不想聽的話會怎樣？因爲方哲宇看起來早就準備好要讓我聽了，他的手已經按在滑鼠上，只待我點頭說好。

儘管作弄他的欲望蠢蠢欲動，但我終究還是點了點頭。

樂聲再次充斥了錄音室，聽得出來是相同的曲調，好聽是好聽，但不曉得是編曲、還是使用的樂器不同，我並非專業，實在指不出其中差異，總而言之，原本的曲子給人的感觸比較沒有那麼強烈。

「改過的版本比較好。」聽到一半，我出聲評論。

「我知道。」方哲宇按掉音樂，再次旋過椅子看著我，「……這首曲子是因爲妳才改的。」

「我？」

「正確來說，妳的失戀。」

轟地一聲，我又想起自己那天晚上丟臉的模樣。

猶記得啤酒入喉的苦澀遠比不上眼淚的酸澀，我癱坐在方哲宇家的地板上大哭，抓著他不放，硬要他陪著我。我喝下一罐又一罐啤酒，偶爾還會突然衝著他出氣，然而大多數的時間，他只是安靜地坐在我身邊讓我倚著掉淚……

不行，不要想了！

彷彿聽見自己那晚的泣訴，我的臉頰火熱熱地發燙。

「是、是喔，哈哈，那還眞是……」

「我之前覺得妳很花痴。」

臉色無法克制地僵住，我再次升起一股想狠狠過肩摔方哲宇的衝動……不行、不行，我得忍，我必須忍！來吧，于珊，深呼吸——

啊，這世界多麼美好！

啊，這空氣多麼清新！

「……嗯哼。」撐出笑，嘴角彷彿掛了千斤重，「然後呢？」

「但我想，或許那就是愛情的模樣。」

愛情的……

「你講這句話都不會嘴軟的喔？」我臉上一熱，賞他一記白眼，低頭玩著手中的礦泉水瓶，試著壓下心中怦怦的害臊，「沒有談過戀愛的人，說什麼愛情的模……」

「所以，謝謝妳。」

噯，太肉麻了，我說不完整。

謝謝……我？

不小心迎上方哲宇平靜如常的目光，我愣得無法動彈，不知爲何，我有預感我不會喜歡他接下來要說的話，但最奇怪的是，我想，我也不會討厭……不曉得我到底該不該聽，耳朵又不像眼睛能夠閉上，更別說方哲宇的嘴巴長在他臉上，我哪來的資格堵住——

腦中閃過一幕不該出現的畫面，我的臉頰又更熱了。

「就像妳說的，我沒談過戀愛。」也許是燈光的緣故，方哲宇沒因爲我發紅的臉頰停下話語，「是妳讓我看見一個人戀愛的時候會有多麼投入，失戀的時候又會有多麼暴烈——」

他突然一頓，彷彿想到什麼似地笑了。

「這不就是愛情的模樣嗎？」

♪

後來我才知道，那間錄音室是大二那門音樂賞析課的老師借給方哲宇的；後來我才知道，原來老師在業界是很有名的作曲家；後來我才知道，方哲宇是老師的助理……我後來才知道的事情如此多，還包括——

方哲宇有虎牙這件事。

「哲哲。」我喚，往方哲宇臉前一探。

「幹麼？」

我像是看牙醫似地張大嘴，「啊——」

「……妳很煩。」

自從方哲宇上次不小心笑了，被我發現他其實有著很可愛的虎牙開始，我一天沒見到那兩顆虎牙，我心情就不好，為了身體健康著想，我只好每天都跑來煩方哲宇，滋潤我的弱小心靈。

也因為我如此白目的舉動，方哲宇終於相信我走出失戀的陰霾，不過，對於我的陰魂不散，方哲宇嘴上嫌歸嫌，倒是沒有真正趕過我。

於是，我們的關係比微妙還要微妙了。

懶洋洋地賴在紅色沙發上，我把錄音室當成自己家，滑著手機，聽著方哲宇有一下沒一下地彈著鍵盤譜出不成曲的音樂，興致一來，我還會模仿選秀節目的評審，對他說一句：「請你加油，好嗎？」

這樣的日子過得實在愜意，我都忘了我以前是怎麼生活的，夜衝、夜唱、夜店、舞會……莫非大三真的老了？我現在恨不得能多睡一點是一點，何苦三更半夜待在外頭不回家？

噢，天啊，看來我真的老了。

「哲哲。」

「幹麼？」他頭也不回。

「我們去唱歌。」

說是唱歌，其實我這人根本不唱歌。

以前和朋友同學去夜唱，我總是很有技巧地躲開麥克風的靠近。不是假裝餓了三天三夜地埋頭苦吃，就是三不五時帶大家玩遊戲，若是發現情況不對，我還會在其他人發現我一首歌都沒唱之前，拿起麥克風在別人的歌聲後面附和一兩句，好讓大家知道我有在出聲。

即使我躲麥的技巧駕輕就熟，唱歌依然是我最討厭的一項邀約。

既然如此，我幹麼找方哲宇唱歌？

好問題，眞是好問題。

下了計程車，和那些在KTV門口來來去去的路人相較，方哲宇的身影很是侷促，簡直就像是待會兒要衝進去搶劫的新手強盜，讓人一眼看穿他的害怕。

「哲哲你緊張什麼？沒來過KTV 啊？」攏攏長髮，我隨口問了句。

他身形一僵，「……今天是星期五。」

是呀，火熱的星期五。

「所以？」我往前邁了一步，招招手示意他跟上。

「所以沒有包廂。」

誰說的？

我一笑，迎上朝著我們走來的接待員。

「請問有預約嗎？」她問。

「沒有。」我說。

「不好意思，我們現在……」

微笑聽著接待員的送客程序，方哲宇不安地扯了扯我的包包背帶，我不著痕跡地用拐子撞他，警告他安分一點。

「這樣啊，好可惜喔……」我假裝失落，十分有禮地頷首，眼神一轉，不經意地與櫃檯那位打從一進門就盯著我瞧的男性主管對上眼。

一秒。

兩秒。

三……

「小姐兩位而已嗎？」他走了出來，笑臉盈盈地詢問。

我點點頭，交代自己務必表現得一臉無辜。

「兩位的話……」查看過手中的PAD，他抬頭對我笑著說：「還有一間小包廂。小姐這邊請，六樓會有人帶領。」

Yes!

進電梯之前，我把我的LINE帳號給了那位男性主管。

進電梯之後，我從鏡中瞥見方哲宇滿滿不認同的眼神。

「幹麼？」

「……沒有。」他冷冷地說。

明明就有。

我當然知道他的眼神意味著什麼。

「哲哲，這社會是很現實的呀。」高舉手機，我亮出螢幕上一整列加入好友通知，「這麼多人，你覺得我會在意剛才那個主管嗎？」

除非下次再遇上任何「需要幫忙」的狀況，否則我是不會和這位主管聯繫的，不說別的，他光外表就不是我的菜，第一關直接刷掉！

不過，這倒是讓我想到另外一件事。

「你啊，居然一點都不引人誤會。」

方哲宇原本還在觀察包廂的環境，聽見這句話，他觀察的對象變成了我，冷冷的目光瞬也不瞬地停在我的臉上。

似乎，帶著一點點不悅。

「本來就是。」我笑了笑，手指輕點觸控螢幕，一頁頁地瀏覽熱門歌曲排行榜，「你跟我站得這麼近，他卻完全沒有懷疑你是不是我的男朋友，甚至大膽地跟我要聯絡方式，這不擺明認爲你一點威脅性也沒有嗎？哲哲，你被小看了吶。」

若說我沒有想惹他的意圖是騙人的，不過，方哲宇是眞的生氣了。

他不是因爲沒被誤會成我的男友生氣，純粹是男生的尊嚴問題，其中的差異很難定義，我們馬馬虎虎地略過吧。總之，他生氣了，獨自坐在沙發邊上，和我隔著一小段距離，悶著不說話。

這時候的方哲宇，依然很像阿吉。

我很喜歡拿雜草在阿吉的黑鼻子上搔呀搔地，看牠一臉淡定地轉頭不理我，左轉、右轉，阿吉沒什麼耐心，大概左右各轉兩回，牠就會停下來冷冷地瞪著我，鼻子噴出大氣，扭頭把臉藏進牠的毛肚子。

此時的方哲宇，只差一個毛肚子供他躲藏。

「喂，哲哲。」我喚。

「……幹麼？」

「唱歌呀。」

「妳自己不會唱喔。」他的聲音有著一絲彆扭。

唉呀，怎麼有點可愛？

「我不會唱呀。」我說著，偷偷靠近他。

方哲宇一頓，「……那妳來這裡幹麼？」

「我想聽你唱。」

這是實話。

但我沒料到的是，方哲宇卻更加沉默了。

「哲哲？」

「于珊。」

……這好像是他第一次叫我的名字。

或許因爲如此，我忘了回話。

「上次陳永浩講的事情，妳難道一點都不在意嗎？」

「什麼事……喔，你是說，抄——」

方哲宇淡淡掃來一眼，沒帶情緒，我卻止住了口。

抄襲。

說眞的，我還眞不在意。

怎麼說呢，也許是因爲這不甘我的事，沒擋著我的路，沒礙到我的權益，所以我話可以說得很輕鬆，說我根本一點也不在意。

而且，我並不相信方哲宇會做出這種事，當然，這只是直覺而已，沒有什麼可靠的證據支持我的直覺就是對的。

可不管我在不在意，我看得出來，方哲宇很在意。

「你想說嗎？」我問。

他聳聳肩，好像無所謂的樣子。

可惜，方哲宇肯定不知道他的演技有多差勁。

「如果你想說，我會聽的喔。」

我摟住他的肩，想帶給他一點大姊頭的溫暖，方哲宇一如往常地不識貨，他扭過肩，嫌棄地抖掉我的溫暖。

「欸，方哲——」

來不及發難，方哲宇低低的話聲便傳進了我的耳中。

「大一那年，我參加了一場原創音樂競賽。」他的語調很平靜，視線卻是僵硬地停在地面不動，「我很幸運，作品一路通過了初賽、複賽，決賽評比的評審之一甚至有我的作曲老師。」

「音樂賞析的……」

「不是，不是他。」他搖搖頭，沒有多作解釋，「決賽當天，我準時到場，工作人員和我確認細項，我緊張得連主辦單位發的便當都吃不下。比賽開始之前，我的老師特地過來拍拍我的肩膀爲我加油，一小時之後，我就聽見台上有人演唱的曲子跟我的作品幾乎一模一樣。」

當下他完全傻了，根本不曉得該怎麼辦。

在這種時候，最可怕的是，排在前面先登台表演的人，無論如何都在形勢上占了優勢，後來才登場者的演出若是似曾相識，必然會成爲觀眾議論紛紛的焦點。儘管方哲宇抵住了心裡的不安，勉力完成演出，台下的反應卻是一片竊竊私語。

沒有掌聲，只有凝聚成巨大壓力的交頭接耳。

「主辦單位緊急召開會議，得出的結論是我涉及抄襲，證人則是我的作曲老師。」

他試著抗議，卻被老師拉到後台「曉以大義」。

老師說，他想安排那位新人出道。

老師說，他想讓新人有個響亮的名號。

「他說會補償我，拜託我不要張揚，他一定會把我介紹給唱片公司、介紹我認識更多有名的作曲老師……」燈光昏暗之中，方哲宇隱約勾起了唇角，「哈，摸頭摸得有夠爛，他也不想想，誰會願意碰一個和抄襲沾上邊的創作人？」

事情就這麼了結。

後來，那位新人在唱片公司強大的行銷策略之下，專輯賣到慶功改版，所謂的「創作冠軍」，也不過是他專輯腰封上的一小行文字，小到根本沒人注意。

而他，區區一個方哲宇，不過是個無名大學生的方哲宇，除了明白自己的無能爲力，提早了解業界的龐大黑幕以外，他什麼都沒有了。

「所以，我不想再唱……喂，妳有沒有在聽啊？」

「有啊。」從手機裡抬起頭來，我坦蕩迎向方哲宇特別不爽的目光，「不就是你被敬重的老師誣賴抄襲，被迫將冠軍拱手讓人，束手無策又心灰意冷，從此以後不想再唱歌嗎？」

我覺得我超強，很會整理重點，加強記憶。

「……嗯。」

找不到地方反駁，方哲宇也只能點頭。

我搖搖手指，嘖嘖道：「這就是你不對了。」

「我？」

「抹黑當然不應該，爲此消沉卻是你的不對！」無視方哲宇的驚愕，我再次將手機亮到他的眼前，「走吧，在哪裡跌倒就該在哪裡站起來！我剛才已經幫你報名了，這次一定要把冠軍奪回來！」

沒錯！

萌萌都站起來了，沒道理哲哲站不起來！

來吧，哲哲，一起把原創音樂大獎的獎盃帶回家吧！

♪

方哲宇差點沒殺死我。

他硬是跟我冷戰了三天三夜，電話不肯接，訊息不願回，就連跑到他上課的教室堵人也對我視而不見，搞得全校都以爲我在倒追方哲宇，謠傳我是換了口味還是摔壞了腦袋，居然轉性愛上陰沉宅男。

拜託，這眞是天底下最好笑的笑話了。

好不容易在方哲宇的現任老闆，也就是那門音樂賞析課的老師的說服之下，頑石總算點頭答應參賽，我和他之間的謠言也終於停在「于珊求愛未果，揚言以死相逼」，不再繼續超展開。

不過，我原以爲方哲宇會選用現有的作品參賽，沒想到他說什麼就是要寫一首全新的曲子，爲了趕上上傳檔案的截止日期，方哲宇沒日沒夜地把自己關在錄音室。我說過我很善良，我怕他餓死，只好每天帶著晚餐探監……噢，不，探班。

「阿吉來，阿吉吃飯了喔！」

「……于珊。」

我眨眨眼，假裝沒看懂方哲宇眼中的殺氣，「嗯？」

他無言，但也拿我沒轍。

見方哲宇終於離開他坐了整天的電腦椅朝我走來，我忍不住調侃他，坐了這麼久都不活動，屁股一暝大一吋，比昨天又大了一點點。

「吃完飯一起去散步吧？」我說，一邊把湯碗推過去，「你眞的該運動一下，呼吸新鮮空氣，活絡活絡腦袋。」

他顧著扒飯，幾不可見地點了點頭。

我看著他，心裡湧現出奇怪的滿足感。

大概是因爲我又把方哲宇和阿吉連結在一起了吧。以往看阿吉吃飯，見牠吃得開心，我也開心，覺得很想把全世界的鮮肉都獻給牠；看方哲宇吃飯嘛……不知道，應該是差不多的感覺吧？

用過晚餐，我們走出位於地下室的錄音室，初冬的冷風呼呼地吹過，我們沒有目的地，只是隨意沿著巷子行走。

和方哲宇相處，大多數的時間都是我在嘰哩呱啦地說話，可這並不表示方哲宇是個沉默的人，他的話其實不少，尤其談到音樂的時候，不用我出聲附和，他的話便能有如對皇上的景仰，濤濤江水綿延不絕。

「……快結束了吧？」我搗著暖暖包，隨口問他。

「嗯。」方哲宇的視線習慣性地盯著地上，「只差一點後期調整，過幾天應該就可以上傳了。」

「有信心嗎？」

他沒正面回答，反倒睞我一眼，「妳呢？」

「我？」我失笑，「又不是我要比賽，我有信心是要賣給誰？」

——賣給我。

突然，我讀懂了方哲宇眼裡的意思。

「嗳，哲哲，你別擔心呀。」我大力拍拍他的背，順勢勾上他的手臂，「你知道的，雖然我這人沒什麼音樂素養，但勉強還分得出曲子好不好聽，我對你的音樂很有信心！別怕，姊姊給你靠！」

「誰是姊姊啊……」

「哎喲，敢情是拿翹了？」我斜眼瞪他，不識相的傢伙眞沒長進，「告訴你，我不只是你姊，還是你的救曲恩人、救自尊恩人，如果你哪天把命弄丢了，我還可以勉爲其難地當一下救命恩人。怎麼樣？夠義氣吧？」

「妳只是想讓我欠妳吧。」

「此言差矣。憑良心講，我是能圖你什麼？」你全身草，我渾身是寶，到底是誰圖誰來著？「頂多要你唱歌給我聽。」

「好啊。」

咦？

我愣住了。

「眞的？」我不敢相信。

「嗯。」

「眞的的眞的？」我確認。

「嗯。」

「眞的的眞的的眞——」

「不要就算了。」

「噯！」我趕緊大叫。

多問幾次都不行，這麼沒耐心怎麼可以？

方哲宇笑了，露出兩顆小小的虎牙，有點可愛。

「想聽什麼？」他問。

「我想聽什麼都可以？你人體點唱機啊？」

「試試看嘍。」他居然一副自信滿滿的樣子。

可惡，區區一介方哲宇，誰准你囂張了？

「〈雙人枕頭〉。」我說。

他著實一愣，「蛤？」

「不會唱啊？」哼哼，看吧，你也不是那麼厲害嘛！我自以為占了上風，得寸進尺地補充：「這可是經典台語歌，連這首都不會唱，居然還敢——」

「不，我會唱。」

「哦？那……」

「這首有對唱版本。」方哲宇看向我，眸裡找不著半分慌亂，「一起唱嗎？」

Shit.

我的表情肯定很僵。

「于珊？」

「算了，我不要聽了。」我埋頭往前衝，就像是受驚的鴕鳥。

「爲什麼？」他追上來。

「沒爲什麼。」

「可是我——」

「煩死了！誰怕誰，唱就唱！」我突然停下腳步，跟在我身後的方哲宇差點撞上來，我心頭一亂，根本失去了理智，「唱啊！」

被我突如其來的反轉給嚇了一跳，方哲宇的表情有點尷尬，他大概沒想到我會這麼抗拒唱歌，更沒想到我會突然說要唱歌。

拜託，我自己也被自己給嚇到了。

我幹麼說要唱歌？

我幹麼挖坑給自己跳？

「你先。」強裝鎭定，我擺手示意他開始。

方哲宇眞的很擅長唱歌，只見他不慌不忙地調整呼吸，找到正確的音律，輕輕鬆鬆地唱出了記憶中的曲調。

而且，很好聽。

偏偏這時候的我根本沒有心思欣賞。

「……也會孤單。」

換我了。

「棉被卡厚，若無——方哲宇笑屁啊！」

他笑到飆淚。

我氣得猛往他身上打。

怎樣？我就是音痴啊！音痴不能唱歌嗎？音痴沒人權嗎？所以我最討厭唱歌了，會唱歌的人了不起啊！我五音不全還不是活得十全十美——

好，十全九美，但絕對瑕不掩瑜！

「笑夠了沒？」我冷著聲音，方哲宇總算停下他沒禮貌的嘲笑。

雖然他看我的時候，嘴角不小心抽動了一下。

「我以爲妳在開玩笑……」

「好笑嗎？」

「的確是滿——嗯，不好笑，一點都不好笑。」他低頭，兀自偷笑。

看方哲宇笑成這樣，我的心情實在好不起來。

我知道自己唱歌很難聽。

忘了是從什麼時候開始的，等我意識到的時候，音樂課就已經是我最討厭的一門課了，每次期中考試，我都很害怕老師會要考唱歌。合唱還好，我可以躲在別人的聲音裡面，可是一旦遇上獨唱，我怕得只差沒用產假逃避。

所以，我眞的很討厭唱歌。

「于珊？」

悶著頭坐上一旁的花圃護欄，我不想說話。

「妳生氣了？」

其實還好，只是一時笑不出來。

我想，方哲宇應該是第一次碰到女生生悶氣。起初，他手足無措地站在我的身前，好像想說什麼又怕說錯什麼，接著開始自責，猜想自己可能太過份了，最後，他發現無計可施，只好跟著我呆坐。

眞是木頭，大木頭。

「不然，我唱歌給妳聽，算是……道歉。」

我沒回話，只是靜靜地等待。

因爲我的沉默，我能感覺到方哲宇很不安，他躁動了一會兒，彷彿下定決心似地呼出一口氣，他起了音，低聲清唱。

他的聲音眞的很好聽。

略低，乾淨，帶著一點說不出的苦澀。

Right now there's a war between the vanities
But all I see is you and me
The fight for you is all I've ever known
So come home……Come home

〈Come Home〉OneRepublic

坐在空氣冰冷得令人發抖的路邊，方哲宇第一次唱歌給我聽。

那個時候，當我看著方哲宇垂眸輕唱的側臉，路燈的光線細細地描繪出他的輪廓，那一刻，我忽然很難想像他在眾人面前唱歌的樣子……我不知道，我想，我只是很喜歡他的聲音，喜歡到——

不想和他人分享而已。

♪

「我說哲哲呀。」

某日下午，我一如往常地賴在錄音室，一如往常地沒事做，放空的視線不受控地停在方哲宇身上，看著看著，忍不住喚了他一聲。

想當然耳，他不理我，但他一定聽見了。

「你有沒有想過整理一下你的頭髮、衣服、褲子、鞋子……」我嘴巴一項項說，眼睛一項項掃，「或許會好很多。」

「要妳——妳要幹麼啦！」

伴隨著方哲宇驚恐的大叫，我覺得自己就像是一隻飛躍的羚羊，迅雷不及掩耳地衝到他身邊，一把掀開遮蓋他印堂的過長瀏海——

喔。

緩緩放下手，我順手撫平他的頭髮。

印象中，漫畫、電影都是這樣演的，不起眼的主角只要拿下眼鏡、掀開瀏海、換件衣服，不管是在哪一個故事裡，再怎麼不起眼的男孩，只要做一點點小小的改變，他們都會搖身一變，變成超帥超美的校園偶像。

這不是美好故事的完美定律嗎？

奇蹟，果然不會出現在現實生活之中。

「……瀏海整理一下，比較有精神。」我試著假裝若無其事，卻彷彿做了什麼壞事似的，心虛地移開目光。

而且，我莫名地有種美夢破滅的感覺，有點失望。

「外表有這麼重要嗎？」忽地，方哲宇開口。

「什麼？」

「外表。」他很懶得重複整句話。

以往，我總是很理直氣壯地坦承不諱。

可這次不知爲何，我被問得有點慌。

「……見仁見智啦，至少我覺得很重要啊。」我還是說了實話。

聽完我的回答，方哲宇只是看了我幾秒，隨即轉過視線。

原本我以爲他的意思是「妳果然膚淺」或者是「妳懂個屁」，反正不是什麼好話就是了。沒想到幾日之後，當我無意間再次提起剪頭髮的事情，方哲宇居然點頭說好，甚至同意讓我全權做主。

我當下那個欣喜啊，簡直可以用「鑼鼓喧天」來形容心裡的歡騰，趕緊打電話連絡熟識的設計師，逼他為我盡快擠出時間。

於是，我和方哲宇現在才會出現在這裡。

坐在Enzo髮廊的舒適沙發上，我時不時抬頭檢視方哲宇的剪髮進度。很好，過長又沒有造型的瀏海已經消失，露出適當面積的額頭，讓眼睛重見天日，變得乾淨清爽，整個人的氣場都不一樣了！

就說不是我愛嘮叨，先天不足，後天更要努力才是。

你看看、你看看，方哲宇哪裡還有先前的陰沉宅宅樣？經過Enzo的巧手一弄，即使方哲宇堅持不染髮，他的外表也有了一百八十度大轉變。原本顯得銳利嚇人的內雙眼睛在髮型的調和之下柔和許多，再配合高䠷瘦削的身材——

嘖，方哲宇居然頗有幾分韓國歐巴的味道。

「走了。」

轟地一聲，夢，醒了。

他為什麼又穿系服！

我不悅地看著脫下剪髮圍巾的方哲宇，天底下衣服款式百百種，我不強求他走在時尚最前線，可他的衣櫃裡難道就不能出現一些穿得出門的小夥伴嗎？

Oh, no……韓國歐巴穿荷葉邊系服，我都快哭了。

「脫掉。」我做了個手勢，像是在脖子抹上一記狠刀。

沒錯，我就是要殺死這件衣服！

「什麼？」方哲宇不解，腳步卻向後退了一步。

我更是往前。

他跟著退後。

往前。

退後。

我大力往前，嘴角不受控地上揚。

方哲宇一臉戒慎恐懼，右腳遲疑地向後移動，他越是擔心害怕，越顯得我陰險狡獪……來吧，小娘子，不怕不怕，不痛不痛，乖乖地把衣服脫下來吧。

他跑了！

好你個方哲宇，竟然敢逃！

我拔腿直追，他逃得起勁，瞇眼看著方哲宇慌亂的腳步踏在光可鑑人的地板上，我在心裡哈哈哈笑了三大響，這會兒的心情就叫見獵心喜。

沒說你不知道，我國中可是田徑隊，短跑是我的強項，在我殺紅的眼中，方哲宇不過就是待獵的小羔羊，更別說這裡是哪裡？這裡是高級髮廊！我的地盤！方哲宇的迷宮！

哈，他轉錯方向，死、路、一、條！

「哲哲？」

「……于珊。」背倚著牆，他的眼中出現動搖。

咕嚕。

他的喉結滾動。

下一刻，我直接撲上——

結果Enzo把我們轟出髮廊，罪名是擾亂社會秩序以及妨礙風化。

方哲宇本來想找我吵架，但我冷靜地跟他分析情勢，告訴他身為一名歐巴，絕對不可以穿著隨便走在路上，人人肩上無不扛著一份社會責任，好比說，我的存在是為了淨化路人眼球，而平凡如他，不造成市容汙染已是萬幸。

諄諄教誨云云，方哲宇看我的眼神只有兩個字，有病。

有病歸有病，我終究是說服了他，讓我再次為他的人生做一次主，為他的重生增添一些錦上添花的小點綴，總之，就是替他準備星期五參加決賽的穿著。

出乎我意料之外的是，原來這不是一件簡單的事。

煩躁地翻著桿上的服裝，我一件一件審慎地想像方哲宇穿上的模樣，這件不行、那件不好，有些衣服根本不該出現在這個世界上……我這會兒才知道，男生的打扮比女生難多了。

呼出口長氣，我拿出手機連上LookBook，決定參考別人的想法。

網站上的穿搭照一張張滑過，說真的，那些人的穿搭都太有個性了，實在不適合正要開始摸索自己風格的時尚初心者，不是我要唱衰方哲宇，不過人總是得腳踏實地，一步一步慢慢來，越級打怪不會有好下場。

不懂？

舉例來說，方哲宇的身材偏瘦，多層次的衣服只會壓垮他的氣勢，時下流行的花美男造型也會讓他看起來陰柔纖弱，光是想像妖氣十足的方哲宇出現在我面前——

嗚呃，不小心打了個冷顫，手臂上的雞皮疙瘩全起。

等等！

滑過螢幕的手指瞬間停住，一張清新自然的男生照片躍入眼簾，我忍不住瞠大眼細瞧，霎時有一股茅塞頓開、醍醐灌頂之感。

就是這個！

這個一定很適合方——

「噢！」

TMD，哪個不長眼的踩到我的腳！

「……不好意思，妳有沒有怎樣？」

我恨恨地抬頭，嘴一張正要抱怨，一看清來人那張熟悉的臉之後，我就什麼話都說不出來了。

宋大翔。

「學、學長……」

「妳認識我？」宋大翔有點驚訝，隨即他突地一拍掌，笑意占據了彎月般的眼睛，「啊，妳是文中的學妹吧？我有印象，就是很多人追的那個于……」

「我是于珊！」我的語氣急切得讓我想找面牆來撞。

宋大翔。

文中第七十二屆學生會長，學年第一名，辯論社社長，高中演講比賽常勝軍，鋼琴檢定六級，興趣是打籃球，專長是三分鐘解完數獨，最令所有文中學生稱頌的事蹟是——

對，我是粉絲，我是迷妹，我的偶像是宋大翔！

……天啊。

感覺到臉頰的溫度直線上升，我幾乎不敢直視宋大翔的眼睛，雖然我不只一次想像過和宋大翔聊天的情景，可當他似笑非笑的眼神眞的停在我的臉上時，我卻慌亂得不知如何是好。

噢，怎麼辦啦？

「妳怎麼會在這裡？」大概是不想氣氛陷入尷尬，宋大翔貼心地起了話題，環顧四周，他笑著問我：「幫男朋友買衣服啊？」

男、男朋友？

「我沒有男朋友！」才脫口而出，我的腦海立刻閃過某道冷淡的身影。

就只是閃過而已。

「騙人。」他勾起唇，那弧度很勾人。

「我眞的沒有啦，我……」

急著想解釋，我那個慌啊，心跳差點停止。

更別說宋大翔的眼神是那麼的、那麼的……

「我開玩笑的。」宋大翔低笑，我還沒來得及說話，就見他抬手看了眼腕上的手錶，「不好意思，學妹，我還有事，我先走了。」

就這樣？

「學、學長再見……」

我盡力作出甜美的笑容，跟宋大翔揮手道別，心裡卻懊惱得亂七八糟。奇怪，剛才他看著我的眼神分明有著不一樣的情緒，他明明對我……

難道是我看錯了嗎？

「哦，對了。」

走沒幾步，宋大翔突然回過身。

我沒有防備，直接迎上他堪稱誘惑的目光。

「妳星期五有空嗎？」

心，無法克制地墜入。

現在回想起來，當我決定為了宋大翔爽約的那一刻，或許就是，我和方哲宇疏遠的那一瞬間。

Chapter 4

後來，方哲宇奪回了原創音樂大賽的冠軍。

我沒有親眼目睹，因爲我人不在比賽現場，那時的我正和宋大翔看電影、吃飯、看夜景……簡單來說，就是約會。

當然，比賽後我傳了訊息恭喜方哲宇，他也回傳了謝謝。

有些事情、有些感覺不用說破，我和他就是知道一切都和以前不一樣了。即使我們並沒有因爲我缺席觀賽而起了爭吵，甚至根本沒有就這件事進行討論，然而我們就是……不曉得該怎麼聯絡對方，不曉得該怎麼和對方說話，也不曉得該怎麼回到過去。

我天眞地以爲過一陣子就會沒事了，以爲過一陣子就能和方哲宇和好如初，可是我忘了時間帶走的，不只是當時誰也說不出口的疙瘩，時間同樣帶走了重修舊好的勇氣。

大三下學期，宋大翔在畢業舞會上向我告白。

他拉著我在舞池中央跳舞，唇邊的笑容不減，眼神溫柔得令人沉溺，我看進他的眼底，看著他映著燈光的眼睛反射出我的倒影，只有我一個人，宋大翔的眼中，只有我一個人。

他悄悄靠近，我屏息以待，他偏涼的唇瓣印上我的……

直至今日，我仍無法忘懷。

要是有人問我，跟偶像交往的感覺是什麼？

首先，妳會覺得每天都在演偶像劇，看著他的一舉一動都覺得很開心，即便他只是抽了一張衛生紙給妳，妳都會感激涕零，心想他怎麼會這麼貼心、這麼善良，簡直是難得遇見的稀有動物。

這時候的世界像是粉紅色的魔法樂園，隨時都會砰砰砰地開出小花、冒出滿天飛舞的粉紅色泡泡，讓妳整個人輕飄飄地漫步在雲端。

再來，妳和他會成天黏在一起，有時間到處放閃曬恩愛不用說，沒時間見面的話，視訊更是不可或缺的好夥伴，醒來說早安，中午問吃飽沒，睡前道晚安，任何生活小事都想和對方報告一回。

妳總是想，就是這個人了。

不可能再遇到比他更好的人了。

「沒想到是同一天。」宋大翔看著我的報到單，笑得有點苦澀，「入伍當天居然看不到自己女朋友來送行……妳說，天底下有我這麼可憐的男朋友嗎？」

我賴到他的背上，勾住他的脖子，「有啊。」

他轉頭，「誰？」

「沒有女朋友的人。」我嘻嘻笑，啄了他的臉頰一口。

宋大翔大笑，一個反身將我壓到床上。

大四下學期，學業輕鬆，空堂比課還多，我怕無聊，抱著不試白不試的心情，簡單準備了相關資料，報名了電視台的實習計畫，原本只想碰碰運氣，沒想到會收到錄取通知。

而且，培訓報到的日期正好撞上宋大翔入伍的日子。

「我會想妳。」他向來充滿自信的眼神出現了一絲寂寞。

撫上他的手臂，我笑了，「……撒嬌啊？」

宋大翔微微扯動了唇，不達眼底的笑意帶著失落，搭在我肩上的手臂頹了下來，他側身抱住我，臉龐埋進我的頸側，微熱的氣息隨著呼吸的頻率傳來。

「答應我，妳不可以亂跑。」他的大手在我背上摩娑。

我回抱住他，感受著他的溫度，「好。」

「不可以太晚回家。」

「好。」

「不可以不接電話。」

「好。」

「不可以讓我擔心。」

「好。」

「不可以……」

「嗯？」

宋大翔停頓了好一會兒，感覺到他呼出一口長氣，摟著我的手臂卻是收緊，我一下一下地輕撫他的背脊，試著緩解他即將入伍的不踏實。

他的氣息來到耳邊，「……不可以不愛我。」

我一怔，輕輕地笑了開來。

「我答應你。」

在未知的未來面前，宋大翔難得展露了他的不安，或許我無法眞正感同身受，卻也希望盡最大的努力理解他的心情……每個男生總要面對的兵役義務，可能是拘束，可能是未曾感受過的不自由，對他們來說，這是一段難以放鬆的空窗期。

身爲一個女朋友所能做的，就是讓他放心。

我很願意這麼做。

♪

「啊啊啊——」

「姓于的！妳再撞我一次試試看！」

午後的宿舍，我倒在沙發上胡亂翻滾，想要趕走在心裡橫衝直撞的憂鬱，這一滾不小心撞到坐在一旁的沛芸，她這個死沒良心的大壞蛋，居然大力地把我推到另一頭。

「我難受……」

「難受？難受什麼啊？」沛芸繼續賞我免錢的大白眼。

「帥氣男友缺乏症。」我翻身藏住自己，鼻間突然有點酸，這才幾天而已，我眞的好想好想宋大翔……

好想他的聲音，好想他的笑容，好想他的大手，好想他每天晚上哄我睡覺……少了他，一切都不對勁，我不想吃飯，更不想打開社群網站，只想關注無時無刻放在身邊的手機，深怕一不小心漏接他的來電。

「喂，妳幾點的班？」沛芸砰地一聲蓋上書本，她正忙著研究所複試。

我吸吸鼻子，「六點下南投。」

「那還不快點準備？」她拿起筆記拍打我的大腿催促，打還不夠，她乾脆起身，使勁拖行我爛泥似的身軀，「少在這裡哭哭啼啼地打擾我念書！告訴妳，除了宋大翔，這世界上還有很多重要的事！」

說完，她直接把我關進浴室，逼我洗澡更衣。

若說我爲了宋大翔行屍走肉，那沛芸則是爲了研究所性情大變，我們眞是一對意志不堅的好姊妹，眞虧我們受得了彼此，佩服佩服。

今天的工作是下鄉採訪人物專題，攝影大哥說行程很輕鬆，有吃有玩，南投人熱情好客，幾乎可說是工作兼度假，他建議我好好享受這兩天的時光。

我沒有認眞聽，只顧著尋找窗外指向台中的指標，想著正在成功嶺受訓的宋大翔，想他現在在做什麼？吃飯了沒有？睡好了沒有？雖然冬天好像沒蚊子，可他那麼容易被蚊子叮，不曉得寢室有沒有電蚊香，我好羨慕那些蚊子可以接近宋大翔……

唉，于珊，妳眞夠窩囊的了。

我們一行人在晚間十點多抵達飯店，一路睡了四個小時的攝影大哥早已餓得亂七八糟，吆喝著前輩和我一起去附近吃熱炒。

即使肚子填滿了思念，一點吃宵夜的念頭都沒有，但身爲後輩的我怎麼好意思拒絕？

我們一行三人隨意在路邊找了間熱鬧滾滾的小吃攤入座，深夜的小店人聲鼎沸，處處都是歡樂的大笑，時不時還有划拳聲響起。

我挪動板凳，想要坐得離水溝遠一些。

「于珊。」

「是？」聽見前輩叫喚，我連忙應答。

他定定地看著我，笑容耐人尋味。

被他看得莫名其妙，我低頭檢查了一下自己的服裝，襯衫沒沾到汗漬、釦子也有扣好，再摸摸重新綁過的馬尾，應該沒有亂掉才對呀……正當我想轉頭看看四周有沒有什麼值得注意的東西，前輩總算出聲了。

「妳一定被保護得很好，對吧？」年屆中年的前輩喝了口生啤。

保護。

這並不是一個完全正向的詞彙。

「這、我不……」

「別緊張，我沒說不好。」前輩推來另一杯生啤，我沒心思喝，他也不在乎，逕自說了下去，「新聞業呢，做久了就知道人生百態。妳生活過得好，可能有很多事情是妳無法想像的，也有許多人的想法是妳無法理解的，但妳必須清楚知道，這些人事物是眞的存在，而且，每一分每一秒都在上演。」

所謂的記者，要代替民眾前往事件發生的現場，負責將事實的眞相透過畫面、文字傳達給大眾。正因爲記者最接近眞相，所以更得堅守客觀的立場，絕對不可以理盲濫情，必須時時謹記不可依照個人想法評判是非對錯，誘導閱聽人的思考和判斷。

「沒有預設立場，腳步更要站得比誰都穩。身為一個人，妳自然會有自己的價值觀、認知、標準，但身為記者，妳必須把自己縮到最小，同時妳的思考卻又必須更加全面，否則，妳將永遠都是站在妳的角度看待事情，做不出客觀的報導。」

前輩的目光炯炯，讓我不敢逃離。

「于珊，妳做得到嗎？」

我……

我該說什麼呢？

「唉唷，老陳，又在新訓了喔？」攝影大哥點菜回來，一屁股坐上板凳，笑嘻嘻地看著我，「于妹妹，妳不要介意，老陳這人就是這樣，他不是故意這麼凶的。」

「沒關係……」

「喂，不是我想說你，但你就是這樣才升不上去啦！」攝影大哥說話的對象換成了前輩，「老陳你喔，就是太守舊了，現代人哪裡在乎什麼記者的存在意義？收視率、話題、點閱率，這些才是看得見的價值，才是上面那些大頭要的東西……唉，我相信你自己也知道啦，哪需要我提醒？」

「老江，我覺得這樣很好。」

「放屁！好在哪我看不到啦！」攝影大哥猛灌了一大口生啤，「你都幾歲了，職位卡在這裡不上不下，跟你同梯進來的那個誰，不是已經升上主管了嗎？拜託，你真的覺得這樣很好？」

「跑社會新聞，採訪人物專題，很好啊，哪裡不好？」相較於攝影大哥的激動，前輩的態度很和緩，只有手上的啤酒不斷減少。

我插不上話，只能默默吃著九層塔炒蛤蜊。

過了好一會兒，攝影江大哥還在持續激動，前輩陳哥還是相當淡定，我不小心扒了兩碗白飯，心裡想著這樣吃下來，明天不曉得又要多跑幾公里……

「于珊。」

「是！我在！」我放下碗，順手用手背抹了抹嘴。

「報告一下明天受訪者的背景。」

「好。」我點頭，想也不想便答：「黃老伯茶葉，網路人氣沖泡茶品，主打自產自銷有機茶葉、沖泡飲品，傳統產業轉型網路團購不到五年，創下狂銷百萬盒的銷售傳奇。」

「有做功課？」

「應該的。」

「很好。」

看著前輩的眼神，我突然覺得好害怕。

♪

不是說工作兼度假？

不是說要我好好享受？

攝影大哥騙人，前輩騙人啦，嗚嗚……癱倒在正午的豔陽之下，倚著長板凳，我已經懶得管自己會不會曬成黑炭或人乾，好不容易結束了採摘茶菁、日光萎凋的流程，我現在需要的是休息，再多走一步都不行。

「漂亮小姐，趕快來後面吃飯了喔！」遠遠聽見黃阿姨的呼喊聲。

我勉強抬頭笑了笑，揮揮手，說我馬上過去。

後院空地搭了遮陽棚子，簡易的大圓餐桌擺在陰涼處，黃老伯夫妻、陳哥和攝影大哥早已入座，幾道飽含興味的目光投射過來，糗得我一道都不敢對上。

「妹妹，很少運動吶？」黃老伯問，曬得黝黑的臉龐滿是笑意。

我吶吶點頭，抽了幾張面紙拭去額上的汗水。

黃阿姨布上碗筷，招呼我們用餐。

五菜一湯，簡樸豐富，材料全是當地的蔬菜，高麗菜青翠鮮甜，炒肉片鹹香下飯，竹筍湯新鮮清爽，光是黃阿姨拿手的炒米粉便足以讓我吃下三碗而不自知，就連陳哥他們也只顧著吃飯，忘了笑話我的不中用。

採訪行程說穿了，就是拍攝黃老伯夫妻的日常生活。

若僅僅只是如此，的確挺輕鬆的，誰知陳哥不曉得打哪來的主意，居然提議讓我體驗一下茶農工作，我當場傻了，但我孬，我認分，我不敢反抗，乖乖戴上斗笠和袖套，實實在在當了一回採茶姑娘。

聽說待會還要手工揉茶，手一軟，碗公差點捧不住。

幸好，午休結束過後，陳哥大發慈悲取消了我的專屬體驗營。

據他的說法是怕我下山得搭救護車，浪費社會資源，我沒有反駁，因爲我在那一瞬間愛上了陳哥，心情好比中樂透，他說什麼都是對的，只要別再折磨我受苦受難的虛弱身子就行。

沒了工作，我大部分的時間都在當陳哥的跟屁蟲。

傍晚時分，江大哥的攝影機架設在挑茶的桌子附近，黃老伯和黃阿姨夫妻倆一邊挑出茶梗，一邊接受陳哥的訪談。

說是訪談，更像是朋友之間的閒聊。

我站在江大哥身後幾步，透過攝影機小螢幕，觀看陳哥和黃老伯夫妻開心地閒話家常，從茶菁好壞聊到附近鄰居，從國家大事聊到街邊小吃，從畫面看來，幾乎感覺不到攝影機的存在，陳哥甚至不像位記者，他一點也不避諱在訪談過程中聊到自己的私事。

「小陳，你娶某呀沒？」黃老伯笑出一雙深深的魚尾紋，語帶調侃，「若是沒有，要不要我給你介紹一個水姑娘帶回家？」

「阿伯，你不要害我，看我的年紀也知道家裡有一個在等我，再帶一個回去是會戰爭的耶！」陳哥大笑，同樣以台語回應。

「對！我跟你說，你這樣就對了啦！你知道嗎？我這輩子最看不慣的就是那些有錢就作鬼作怪的查甫郎，不顧家，只會在外面養女人，根本打壞我們——你們年輕人是怎麼說的？啊，新好男人的名聲啦！」

「新好男人？你說你喔？」聽見黃老伯義憤填膺的發言，一旁默不作聲的黃阿姨說話了，「奇怪，我怎麼感覺不出來？」

「妳——」

沒料到會被老婆打槍，黃老伯頓時支支吾吾。

「我怎樣？說不出話來了喔？」

「阿姨，阿伯對妳不好嗎？」陳哥雙眼放光，一臉深感興趣的模樣，看來是打算深入這個話題，「妳有什麼委屈可以說出來啊，說出來不但心情會比較好，我們還可以幫妳評評理。」

「拜託，我哪敢說是委屈啦，我們這個時代的人，嫁了就嫁了，會有什麼命運也是注定好的啊，一人一款命，怎麼會說是委屈？」沒發現陳哥的意圖，黃阿姨半是叨念，手邊不停挑著滿桌的茶葉。

「妳的意思是說……以前有過得比較辛苦的時候嗎？」

「怎麼沒有？」

「比如說呢？」

「不說別的，就說學茶好了。那時候，我一個人什麼都不懂，笨笨地從台中嫁來南投，從頭開始學，從不會被罵到會，做錯了被念到沒一處好，做對了也沒一句稱讚，累得半死還要煮飯、顧小孩，菜煮得不合口味是我的不對，小孩生病也是我的罪過……有時候，我眞的很想什麼都不要了，包袱收一收離開這裡。」

「後來呢？」

黃阿姨停頓了一下，才說：「……不捨得啦。」

「怎麼說？」陳哥追問。

此話一出，現場不知爲何陷入了一股微妙的沉默，電風扇呼呼轉著，攝影秒數一秒秒增加，黃阿姨沒說話，黃老伯亦同，只有陳哥老神在在，嘴角噙著一抹似有若無的笑容等候回答。

「……說是認命也好，說是看破也罷，」半晌，黃阿姨開了口，她沒有停下茶葉揀選作業，微斂眸光，平靜地說：「我想了想，跑，是能跑到哪裡？我的生活在這裡，我的孩子在這裡，我的老伴在這裡……只剩我一個人，到哪裡都不快樂。」

「這麼說來，是不是有發生什麼事讓妳決定留下來？」

「是啊。」黃阿姨回得很快。

聞言，黃老伯身形一僵，他似乎以前未曾聽過妻子提起此事，儘管沒有轉頭，手上的動作卻放慢了些，彷彿深怕一不留神就會聽漏了任何一個字……黃老伯本人或許渾然不覺，但他的小心翼翼全落入了旁人眼中。

「可以告訴我們是什麼事嗎？」不曉得陳哥是不是也注意到了黃老伯的異狀，他笑了笑，若無其事地問。

有一瞬間，我其實是緊張的。

也許是現場的氣氛使然，我不知道這個問題能不能被追根究柢？心裡湧起了想要就此打住的不安，屏著氣息，就怕會冒犯了黃老伯夫妻。

飛蟲嗡嗡的日光燈下，黃阿姨嘆了口氣。

「說來說去，還不都是他。」她說。

話裡的「他」，指的當然就是黃老伯。

黃老伯像是想要假裝不在意似的，雙手忙碌地撥弄著滿桌的茶葉，黝黑的臉上沒了笑容，任誰都看得出他爲了妻子的回答感到緊張。

「自從我公公過世之後，茶園的經營越來越不好。」這次黃阿姨停下挑揀茶葉，回憶起過往的時光，目光落向遠處，「加上婆婆身體也出了狀況，不只是醫藥費、員工的薪水，還有家裡小孩子的開銷，帳單一筆接著一筆來，借錢借到親戚朋友一看到我便轉頭就走，那時候眞的想哭也沒有眼淚，唉，來不及哭啦。」

人情冷暖，生活轉瞬間落入了低谷。

黃阿姨話說得很輕，卻讓人更不捨她當時心中的苦澀。

「要是茶園不做，就不用煩惱員工薪水……你看，總不能我們沒錢，還拖累別人的家庭啊，對不對？」黃阿姨說著一笑，笑出了現實的無奈，「但是，這是黃家幾世代的家業，怎麼可能說放就放、說不做就不做？關掉茶園，或許日子可以比較輕鬆，可是自己心裡過得去嗎？」

我在心裡搖了搖頭，換成是我，哪怕是賭上最後一口氣，也得讓世代傳承的事業繼續經營下去，說什麼也不願讓它斷送在自己手上。

別說我了，身處其中的黃老伯更是義無反顧地這麼認爲。

「那是我第一次看到他求人。你別看他現在這樣，他以前多驕傲、多有氣焰，好像全世界的人都贏不了他……你不知道我看著他只差沒有跪下，姿態放得好低、好低，求到別人都不忍看，而且最後還什麼都求不到的時候，心內的感覺有多複雜……」

可卻也因爲如此，黃阿姨看見了黃老伯不畏艱難的誠意，她當時在心底打定了主意，不管再怎麼苦、再怎麼累，也要陪著黃老伯一起度過難關。

「說傻，我也是傻啦，但我就想說，反正一個人拚也是拚，倒不如兩個人一起努力，對不對？」說到這裡，黃阿姨總算抬頭，掃了身邊的丈夫一眼，「其實，這個人都是惦惦在做，做就要做到最好，有時候我也會覺得他爲什麼這麼笨？爲什麼不會變通？不過這就是他啊，笨笨地做，總有一天人家會看到的，是吧？」

「就像是阿姨妳看到了？」陳哥微笑。

黃阿姨跟著笑了。

望著黃老伯，她點了點頭，「對啊，看到了。」

「好了啦！都是過去的事了，還說這些有的沒的幹麼，反正他們也會剪掉啦！」黃老伯臉上閃過一抹暗紅，說什麼也不肯對上妻子的眼神，「……不過，以前讓妳受苦了，抱歉啊。」

這一句遲來卻意義深重的抱歉，使得早已釋懷的黃阿姨大笑出聲，黃老伯或許也覺得不好意思，默默地搖頭笑了。

成長於保守年代的黃老伯夫妻，個性靦腆害羞，不擅於表達情感，笑聲停歇以後，他們始終沒有看向對方，只是低著頭，噙著笑，繼續揀選茶葉，不曉得彼此眼中含著相同的閃爍淚光。

這一幕，悄悄地落入了攝影鏡頭之中。

屋內的採訪還在繼續，我忍不住退到門外，感受傍晚的徐徐涼意，用力呼吸，卻怎麼樣也止不住奔流的眼淚。

姓于的，妳哭什麼啊？

抹掉眼淚，我忿忿地問自己。

爲了平復不聽使喚的情緒，踩著向晚的餘暉光影，我在大院子裡不停地繞著慌亂的圈子，一圈又一圈，思緒彷彿隨著腳下的步伐，纏成了一團無解的結。

看著黃老伯夫妻，我想起了我的父母。

從小到大，數不清有多少人用欣羨的目光看著我，用欣羨的語氣對著我說：「于珊，妳有一個幸福美滿的家庭。」

我總是笑，也只能笑。

笑著對他們說：「對呀，我知道。」

是啊，我是幸福。

可我的家庭不若旁人想像的美滿。

打從我有記憶以來，我就知道，我的爸爸不是我一個人的爸爸，他的愛分給很多很多人，包括大哥、包括二哥，當然，還有我和媽媽。

除此之外，他卻有著另一個女人，另一個孩子，另一個家庭。

他不是我一個人的爸爸。

他不只是我們一個家庭的爸爸。

即使爸爸不曾和我提起這件事，即使在我眼中，爸媽的相處模式很普通，就像是我見過的同學家庭一樣普通，一起吃飯、一起看電視、一起到超市購物、一起牽手過馬路……說不定，還比某些夫妻甜蜜了些。

爸爸對我很好，不論我想要買什麼，或是學校有任何大小活動，只要我開口要求，他沒有缺席過任何一次，我知道，他絕對是愛我寵我的，我否認不了。

只是，當我看著爸爸步出家門的背影，我總是想著：你要去哪裡？是不是要去另一個家裡？你會不會抱著另一個女兒對她說我愛妳？

我不敢問媽媽，於是我問了大哥。

于仲說，感情是很複雜的事。

「身為于仲、于季、于珊的爸爸，他盡到了比許多父親都還更多的責任，他愛我們，我們也愛他，對吧？」甫上大學的于仲定定地看著我。

小學六年級的我點了點頭。

「然而，身為一名妻子的丈夫，他卻連最基本的忠誠都失了分。」于仲放輕音量，不讓待在客廳的媽媽聽見，「可是，那是他們夫妻之間的問題。珊珊，妳或許不能理解，但事實就是這麼回事，我們沒有資格批判他們兩人的問題。」

他們的問題，他們的決定。

我們無權置喙。

好幾年過去了，于仲的話言猶在耳。

現在的我，究竟比當初似懂非懂的我懂了多少呢？

我不知道。

我想要的愛情，我沒有在自己的父母身上看見。

「宋大翔……」

等我回過神來，我已經走在下山的路上。

站在一閃一滅的路燈之下，接起震動的手機，聽見宋大翔的聲音在另一端出現，我突然覺得自己脆弱得可以，所有情緒在心底碰撞出毫無章法的紊亂，像是觸碰到了什麼開關，心口抽著，哭得更加毫無保留。

「我好想你……」

漫無一人的郊外，只有我的寂寞與我同在。

♪

那日驚天動地的一哭，大概是嚇到了宋大翔，嚇得他一放假來不及回家，急著跑來我家找我，非得親眼確認我沒事才安心。

其實，比起宋大翔，我才是被嚇壞的那個人。

那可是連我自己都不曉得存在的地雷，究竟是何時在我心裡埋下的也不清楚，第一次發現便是如此震撼的大爆炸，砰地一聲，炸得我頭昏眼花，儘管過了好幾天，我依然不敢回想它存在的緣由。

「你不先回家沒關係嗎？」我心裡總覺得不好意思，坐在社區公園的鞦韆上，難為情地晃動腳丫，「這麼久沒見了，叔叔阿姨應該很想看看你吧？」

「是呀，這麼久不見了，妳幹麼急著趕我走？」側過身子，宋大翔的雙腳穩穩地踩在地上，他看著我，嘴角勾起還是一樣充滿自信的微笑，「可別我走了，自己又躲在棉被裡偷哭喔。」

「就說我沒事了嘛！」我回以一笑，有點心虛。

「眞的？」

迎向宋大翔眼中的關心，我的鼻間狠狠一酸。

可惡，我的淚腺被炸壞了是吧？

「大概吧。」聳聳肩，我不想正面回答這個問題。

「珊珊。」

也許是看出了我的逃避，宋大翔的呼喚多了無奈。

他或許覺得我故意不告訴他，或許覺得我不信任他，或許覺得我藏匿著什麼祕密……或許有很多關於或許的猜測，但那都不是我不回應的原因。

「我不知道。」腳尖不安地推著地板，鞦韆跟著失了節奏地晃蕩，我低著頭輕聲說：「宋大翔，我不知道。」

我沒說謊，我說的是實話。

只是我的「不知道」大概把氣氛搞糟了。

我們就這麼安靜了好一會兒，沒膽看宋大翔是什麼表情，我有點害怕他會繼續追問，也有點害怕他會因此生氣，再怎麼說，一個連我自己也不懂的「不知道」，又該如何奢望別人能夠理解呢？

所以，對於宋大翔可能會有的反應，我是有心理準備的。

「珊珊。」

「嗯？」

「我們出去玩吧。」

喔。

嗯……蛤？

什麼？

宋大翔一把將我從鞦韆上拉起，很快地往我頰上啄了一下，望著我肯定傻呼呼的臉，他微微一笑，笑得沉魚落雁、毀天滅地——姑且不論我的用詞是否正確，我當下感覺心臟猛然揪起，下一秒立刻大力跳動，宋大翔光是用笑容就可以爲我做CPR。

我眞的好喜歡、好喜歡他。

喜歡到想哭的程度。

「走吧。」他說。

我想，我眞的可以爲了他這一句「走吧」，跟著他到天涯海角。

傻吧？

可能眞的很傻吧。

但是，誰能明白我的心情呢？誰會比我更清楚，當一個女人換上漂亮的衣服，踏出家門，看著心愛的男人等在門口，帶著最寵溺的笑容凝視妳的出現，並且朝著妳伸出手，那種滿心膨脹的幸福感？

如果這樣是傻，那我寧願不要聰明，一輩子當個幸福的傻子。

坐在宋大翔的機車後座，我們隨興地玩了半個台中，去了一些去到不想再去的地方，也去了一些從未到過的景點，由於是臨時起意，我們的計畫就是沒有計畫，只要身邊的人對了，去哪裡又有什麼關係呢？

倚上宋大翔變得比以前更加寬闊的背，我全心全意感到滿足。

眞的很滿足。

「……要是讓高中的我知道，有一天于珊會和宋大翔在一起，她啊，一定活不到今天。」望高寮的夜景像是撒滿亮粉的畫軸，閃閃發亮，看得我目不轉睛，牽緊另一手傳來的溫熱。

「這是什麼話？」宋大翔微蹙著眉，從我身後擁住我。

抱著他的手臂，我緩緩地閉了閉眼，確認這不是一睜眼就會消失的夢境。

「因爲那時候的于珊會很開心、很開心，開心到忘了吃飯睡覺，只顧著開心。」我笑著說：「宋大翔，我以前眞的很喜歡你。」

他笑了，笑聲在胸膛轟隆隆，傳到我的心裡。

「只有以前？」

「對啊。」

「還敢『對啊』！」宋大翔模仿我的語氣，低沉的聲音藏不住笑意，手臂收緊了一點，作勢勒住我的脖子，「珊珊，妳最好把話說清楚喔。」

本來想和他演一齣「老爺不要」的戲碼，忍了幾秒，還是忍不住噗哧一笑。

「宋——」

我正想說點什麼，宋大翔卻在此時把我摟得更近。

於是我不說話，他也是。

那一瞬間，氣氛變得很安靜。

他身上的溫度暖暖地將我包圍，撫過他變得粗糙的手，想起他告訴我有關軍中的一切，我往後靠了一點點，將我們已經近得不得再近的距離再拉近一點點，即使只是一點點，我也不想離開他一點點。

「爲什麼喜歡我？」窩在宋大翔的懷裡，他的聲音響起，籠罩著我。

「以前？」

「以前，現在。」他邊說邊親了下我的頭髮。

我咯咯笑了幾聲，「讓我想想喔……」

「還需要想？」

「唉唷，我九九乘法也要想啊！大男人，體諒一下行不？」我用手肘輕輕撞了撞身後的他，換來他不痛不癢的笑聲。「以前，我眞的覺得你好帥。不只是外表的帥，你懂嗎？就是，我不知道原來眞的有人什麼都會，什麼都可以做得這麼好，而且，還長得這麼帥。」

「說來說去，還是爲了帥嘛。」

「不是那個意思啦！」我眞是……煩耶，外貌協會錯了嗎？我惱得要宋大翔不准再笑，等他眞的停了笑聲才願意說下去，「反正！在高中美少女于珊的眼中，宋大翔學長是一個不可接近的存在，我喜歡他，卻不敢接近他，就只是……遠遠地看著他，這樣就很滿足了。」

有時候，無所不能的于珊也只是一個普通的小女生，害怕被拒絕、害怕不被喜歡、害怕失敗後的一切一切……因此，高中的我從來不曾付出行動，主動前去認識隔壁樓的宋大翔，永遠只敢在經過他們班樓下時，假裝不經意地抬頭，希望他能正好出現。

「那，現在呢？」拜我的崇拜所賜，宋大翔的聲音揉進了更多的笑意，「走在路上捕獲野生學長的感想是什麼？」

「我嚇死了。」

「蛤？」

「我眞的有一瞬間以爲是整人節目！」我很認眞，沒在開玩笑，「你怎麼會突然出現在我的面前？雖然我知道你是活生生的人，但是……但是，對我來說太不眞實了，而且、而且──」

「而且，我居然會約妳出去。」

「拜託，我那麼漂亮，你不約我才奇怪。」本來就是，會被我誘惑的是禽獸，不被我誘惑的是禽獸不如，「可別讓我懷疑你哪裡有問題，呀──」

我的世界無預警地倒轉，嚇得我尖叫出聲。

宋大翔居然一把將我扛上肩頭，無視附近的情侶射來無數冷嗖嗖的目光，他大爺倒好，像個意氣風發的盜匪頭子，光榮地扛著他的戰利品下山去。

沒過多久，我從「被扛」變成「被背」。

走在下山的路上，我們誰都沒說話，安靜得能聽見彼此的呼吸，雙手摟著宋大翔的脖子，我埋進他的肩窩，讓每一口呼吸都充斥著他的味道，少了他慣用的Bvlgari男香，他的身上依然有著「宋大翔」的味道。

我喜歡的味道。

「珊珊。」

「嗯？」

「多依賴我一點。」

「……什麼？」我稍微撐起身子。

宋大翔一晃，又把我晃回了原位。

「多依賴我一點。」他穩穩地托著我，步伐平穩，「不要有顧慮，不要把事情藏在心底，再多依賴我一點，好嗎？」

「我……」

「我知道，妳不是故意逞強。」宋大翔的聲音好溫柔，溫柔到我好想哭，「可是，如果可以的話，我希望可以分擔妳的煩惱，不要擔心會對我造成負擔……噯，我是誰？我是妳的男朋友耶，多麻煩我一點好不好？」

「白痴喔……」

宋大翔輕嘆了口氣，「珊珊，我不想再看見妳哭。」

可我又哭了啊，因爲你。

靠著宋大翔的肩膀，我用他的衣服擦掉了奪眶而出的淚水。

「珊珊。」

我沒辦法回答，只能躲在他的背後偷哭。

「不論如何，還有我在這裡陪妳。」

眼淚不聽使喚地掉落，我什麼話都說不出來，心裡感動得亂七八糟，只知道自己胡亂點頭，用力抱緊了身前的他。

宋大翔，我能不能相信你是那個人？

那個能夠帶給我眞正的愛情的，那個人。

Chapter 5

播出黃老伯夫妻專訪的那天，我正跟著陳哥在台北市區跑一則縱火案，爲了等嫌犯做完偵訊，我們在警局外面足足守了四個小時，從晚間七點待到深夜十一點，晚餐是兩顆御飯糰，只有攝影江大哥說他卡位很辛苦，吩咐我多買兩顆茶葉蛋給他。

回到公司，完成過音剪帶以後，時間不知不覺過了十二點，站在茶水間的流理台前，我放空地望著漆黑一片的窗外，心想又是新的一天了，時間過得比想像中快上許多。

「喝咖啡？」

「啊？」我看看手中的即溶包，再看看倒著熱水的陳哥，突然想不起來自己在這裡站了多久，「對、對啊，喝咖啡……」

「不怕睡不著？」陳哥熱水喝得飛快，看得我喉嚨都快燒起來了。

嚥嚥口水，我點頭，「嗯，今天就不回家了。」

「這麼拚？」

「哪比得上你。」先說好，我沒在拍馬屁，前一晚我離開公司，陳哥還在，一早我進公司，陳哥還是在。「陳哥，你到底有沒有回家？」

「待會就走。」大概是發現我不相信的眼神，陳哥會心一笑，「眞的，我明天不進公司，我休假。」

「那就好。」

「小妹妹，輪不到妳擔心我。」陳哥睨我一眼，眉毛高高挑起，「倒是妳，好好的家不回，幹麼睡公司？要是半夜不敢坐計程車的話，跟陳哥說一聲，我可以送妳回家啊。」

不敢坐計程車？

笑話，我可是前任Party Queen，怎麼可能不敢半夜坐計程車？

「謝師兄好意，小師妹心領。」我做作地打揖，順便解釋原因，「其實是明天早上有集訓啦！你看，都這個時間了，我回家洗洗弄弄，躺到床上都不知道幾點了，睡沒多久又要起床多累啊，還是睡公司比較划算。」

陳哥搖頭失笑。

「妳眞是當記者的料。」

「什麼？」

「工作第一，不戀家，說起這些的時候還笑得很開心。」陳哥細數，我看不出他的表情是引以爲傲，還是幸災樂禍，「怎麼，要不要考慮別當主播了，直接下來當記者？」

「好啊。」我想也不想地回答。

「哦？」

老實說，我確實是考慮過的。

這幾個星期下來，比起待在公司上課，我發現跟著陳哥四處東奔西跑，才是我每天起床上班的動力，說眞的，就連我自己也沒想到我會這麼喜歡站在第一線採訪，那份成就感之大，光是看著自己跑的新聞上電視都可以配三碗飯。

其他實習生見我老想往外跑，跑的也不是輕鬆路線，總是一臉疑惑地問我：待在棚內吹冷氣不好嗎？採訪不累嗎？不覺得辛苦嗎？

是啊，當記者是很累，但很爽。

「不過我看上面對妳挺滿意的，大概不會輕易讓妳如願吧？」話鋒一轉，陳哥壓扁手中的紙杯，「女生嘛，如果有機會的話，當主播總是好一些，不必在外頭風吹雨打，每天打扮得漂漂亮亮的播新聞就好。」

我撇撇嘴，「眞不像你會說的話。」

「這叫忠告。」陳哥笑了笑，一手靠在檯面上，「妳沒聽老江說過我好幾次，做了幾年還是這麼不上不下的？做人和當記者一樣，可別太有理想風骨，不流行了。」

江大哥曾經告訴我，若是想了解陳哥這個人，跟著他跑新聞絕對比和他坐下來聊天更能懂得他到底在想什麼。

我曾經看著陳哥一邊和地頭蛇閒聊前一晚發生的械鬥案，一邊和偏遠山區的小學校長討論物資補助，兩相比較，長官要的當然是械鬥案祕辛，夠狠、夠辣，收視率才會高漲，但陳哥就是有辦法讓這兩則新聞一起在黃金時段排上稿，甚至讓觀眾願意慷慨解囊，爲偏遠山區的學童盡一份心。

這個社會最不缺乏的就是刺激，最需要的則是溫馨。

那時候，陳哥是這樣跟我說的。

「等我眞的拿到合約再說吧，還早呢。」我也笑了笑，心裡默默有了決定。

似乎是看穿了我的想法，陳哥嘴邊的微笑高深莫測起來。

然而這回他沒多說什麼，只叮嚀我注意安全，他要先回家了。

陳哥離開之後，即使外面不時傳來交談聲，只有我一個人的茶水間也像是另一個獨立的世界。我一口喝光涼掉的咖啡，拿出手機，螢幕上顯示著「02:24」的斗大數字，單手為手機解鎖，LINE亮起的紅色未讀訊息數量驚人，我才想起自己一整天忙得幾乎都忘了手機的存在。

小蜻蜓問我明天會不會去學校、沛芸叫我有空幫她買NARS的腮紅、家榕在群組裡問大家何時可以一起吃飯……我一一回覆每一則訊息，告訴小蜻蜓不會、命令沛芸自己去買、跟家榕說約好了再通知我時間地點。

最後，我看著宋大翔的簡訊，猶豫著不知道該怎麼回答。

「星期六出去走走？」

我寫下了一個「好」字……卻遲遲按不下送出鍵。

我會這麼猶豫是有原因的。

宋大翔結束新訓，下了部隊，逐漸習慣了軍旅生活，他每個星期幾乎都會放假，日子過得比以前還要規律，反觀我的培訓變得越來越忙，除了固定課程以外，時常因為臨時的採訪而放棄與他訂下的約會。

有好幾次，我和宋大翔都差點為此吵了起來。

我不想怪他，我知道他的生活比起從前平淡許多，他需要放鬆、需要我的陪伴，我當然也想見他，但我還想得到他的體諒，我希望他能理解我的不得已、我的工作所需……

有時候，我難免會覺得很累，可愛情不就是這樣，雙方總是要有人選擇退讓。

調出前幾天收到的班表，再三確認星期六的格子是空白的，為了以防萬一，我想了想，再次拿起手機，花了好一段時間撰寫另一則訊息，按下送出。

「去去去，想約會就直說，少在半夜傳出師表給我。」

幾分鐘之後，陳哥捎來回信。

我一邊偷笑，一邊感謝他的體諒。

終於，在凌晨三點的前一刻，我安心地答應了男朋友的約會。

♪

約會日之前的星期五，聽說是個事事合宜的黃道吉日。

此時，晶華酒店地下會議廳正準備舉行一場國際記者會，距離兩點開始還有一個小時的時間，我研究著手上的資料，不時和他台的文字記者詢問待會的流程如何進行。

「珊珊珊珊珊珊！」遠遠地，就聽見有人在喊我。

我抬起頭，只見人高馬大的攝影師Gary踏著小碎步朝我直奔而來。

「珊珊，妳會緊張嗎?不要緊張，當作是來玩、來實習，問題有別人會問，對不對？我們不要緊張，只要不出糗就好，妳唯一的任務就是把麥克風放好。啊，麥牌一定要出來，這很重要，不要忘了!然後不要亂發問，不要晃來晃去，不要擋人鏡頭，很簡單對不對?對嘛，所以不要緊張……」

你才緊張吧?

看著Gary停不下來的嘴巴，我只能露出一抹沉穩的微笑，點點頭，表現出一副從容的模樣讓他安心。

不過，看來是沒什麼效果。

「天兒呀，我好緊張！」Gary快瘋了。

說明一下現在的狀況。

今天早上，我本來只是到公司拿文件，拿完了文件，免不了和其他人喝杯咖啡聊聊天什麼的，這一聊不得了，說時遲那時快，娛樂組的總編王哥衝進辦公室，劈頭就是要人，要一個現在閒閒沒事做的人！

咦？那不就是我嗎？

所以，我來了。

代替掛急診的前輩充當一日的娛樂記者。

「不過這個……眞實音樂〈創作紀元〉出道記者會是什麼名堂？」我雖然搞懂了記者會流程，卻不懂這看似盛大的儀式有何意義，「居然可以邀請到這麼多記者……Gary你看，還有外國人耶！」

「小聲一點！妳是多怕別人不曉得妳是土包子？」Gary根本想假裝不認識我，可沒辦法，他只能無奈地撇撇嘴，拉著我彎下身講悄悄話，「眞實音樂是台灣擁有最多創作歌手的唱片公司，這妳知道吧？」

不知道。

我搖搖頭。

Gary的眼神說有多嫌棄就有多嫌棄。

Come on! 我是音痴耶，身爲被音樂之神遺棄的孤兒，不知道很正常吧？

「看妳打扮得漂漂亮亮，沒想到這麼落伍，上帝果然是公平的……我說到哪了？哦，重點是，雖然大家都知道眞實音樂是創作歌手大本營，但實際上有在賺錢的也不過那一、兩位天王天后。這次他們簽下這麼多位創作新人，大張旗鼓地舉辦國際記者會，不正是打算宣示改朝換代、開疆闢土嗎？」

「是喔。」

「什麼是喔！」Gary差點破音，他氣得拿頭撞我，「妳就知道社會線，卻不懂演藝圈的高深莫測，One day you are in, and the next day, you are out. 妳沒聽超級名模Heidi Klum這麼說過嗎？」

「那是時尚界吧……」我頭好痛。

「一樣啦！」Gary總算放手讓我起身，繼續對著我耳提面命，「反正妳待會就乖乖坐好，順便觀察一下其他記者是怎麼當的，至於提問妳就先別想了。」

等待記者會開始前，Gary忙著爲我惡補流行趨勢，他那一張嘴就像是壞掉的水龍頭，嘩啦嘩啦，完全停不下來，張口閉口全是現今演藝圈的形勢走向，外人聽了還以爲是哪國的股市行情，偏偏聽了也不會升息漲利，我眞的一點興趣也沒有。

好不容易熬到公關出來請大家回座，宣布記者會即將開始，我的耳根子才終於清淨。

結束開場介紹，會場燈光逐漸暗下，眾人的視線集中於前方的投影螢幕，待一切準備就緒，一聲巨大的落雷震撼地揭開了記者會的序幕。

驟雨急落，畫面上出現冷色調的廢墟場景，斑駁的牆面延伸出破敗的年代，倒塌的樓梯見證了多少前人的離散，落葉凋零，塵土飛揚……鏡頭拉遠，夜色寂寥，空無一人的破敗城堡只剩下寂寞，此時，一道清冷的女聲悠悠地響起。

高亢，空靈。

配合著畫面轉換，不同的歌聲連番出現。

帶著嘶啞的頹廢搖滾，引領眾人月夜狂歡；黎明前的黑暗搭配令人揪心的高音炫技；當太陽再次升起，甜美溫柔的清脆嗓音宛如草上一滴晶瑩的露珠。

明明是同一首曲子，這幾位歌者卻能用各有特色的風格演繹，合作訴說出一個完整故事，絲毫不顯突兀。

只用了四分鐘不到，他們撼動了全場。

「讓我們用掌聲迎來真實音樂〈創作紀元〉的來臨！」主持人熱烈地大喊，舞台側邊走上了幾道人影，「歡迎總監，歡迎製作人，還有為我們獻上完美演出，真實音樂最強大的新血──」

出場順序大概和適才的歌聲出現順序是一樣的。我一手拿著筆記，目光盯著台上，看著目前尚無明星光環的幾位新人，心想要怎麼區分他們的長相特徵，如果可以用性別區分就簡單多了，女生、男生、女生、女生……等等，這群新人什麼時候多一個男的？

而且，這個男的我還認識！

方哲宇站在台上，臉上的表情淡定到不行。

「方哲……」我沒想到他居然會出現，連忙低頭翻閱手上的資料，翻到一半，突然想起其他記者告訴過我，這回真實音樂為了保有新鮮感，新人的個人資料一概保密。

新鮮感是什麼?能吃嗎?

又不是菜市場的豬肉!

我呆坐在台下,傻傻地盯著方哲宇看。

許久不見,他給人的感覺沒什麼變,冷冷的、跩跩的,就是造型衣著有人打理,變得清爽亮眼,變得不那麼沒存在感了。

除此之外,方哲宇,還是方哲宇。

仗著有Gary撐場,加上他本來就叫我乖乖坐好,不懂不要亂問,於是我很放心地將注意力放在方哲宇身上,而且還是全放!梭哈!其他的事情等記者會結束之後再看Gary拍的帶子就好,現在我要觀察方哲宇,沒人可以阻止我。

好巧不巧,方哲宇也發現了我的存在,他很明顯被嚇了一大跳,身子一抖,撞到了站在他隔壁的小女生,他紅著耳朵道歉,再次換上淡定的神情,試圖假裝什麼事都沒發生。

看著他拙劣的演技,我差點沒笑場。

記者會非常順利地進行,內容被Gary猜得八九不離十,眞實音樂正是計畫藉由五位創作新人的加入,打造華人音樂界的新版圖,並且發下豪語,希望爲委靡許久的台灣唱片界注入一劑震撼的強心針。

即使聽來不免八股,可聽過了剛才的演出,不得不承認,這幾位新人的實力確實不容小覷……只是,方哲宇明明沒有唱啊?

我聽過他的歌聲,我分辨得出來!

「總監,如果我沒聽錯的話,適才宣傳影片中一共出現四個人的歌聲,可是現場卻有五位新人，請問是哪位沒有參與？又是爲什麼呢？」到了媒體發問時間，坐在最前排的資深記者便道出了我的疑問。

「哈哈，妳的耳朵很利。沒錯，只有四位參與影片的歌唱。」總監自在地回應，自在到像是一直在等人問出這個問題似的。「在座各位應該有發現這首曲子的編曲很特別，適當地融合了每個人的特色，很棒，對吧？雖然跟我比起來還差了一點，可我要很驕傲地介紹寫出這首曲子的，正是我們第五位新人，方哲宇。」

總監話才說完，坐在最旁邊的方哲宇馬上被一大片閃光燈淹沒。

記下筆記，我心中半是覺得理所當然，同時卻也感到驚訝。會覺得理所當然是因爲我可是比在場任何一位記者都還要清楚方哲宇的創作才華，驚訝則是因爲他竟然在短時間進步了這麼多，連我這堪稱「木耳」的人也聽得出來他有多厲害。

成爲眾所矚目的焦點，方哲宇依然面不改色，神色淡然得像是沒他的事。

我興味盎然地觀察他的一舉一動，猜想他現在在想些什麼，不知道看起來如此鎮定的他，心裡是不是正在偷偷傻笑？我就說方哲宇這人很悶騷嘛，難得這麼多人關注他，小氣鬼，笑一下會怎麼樣？

忽地，方哲宇的目光與我對上。

我沒多想，笑嘻嘻地想和他打招呼，手才抬起，他的視線卻冷冷地移了開。

方哲宇他……他明明看到我了，不是嗎？

笑容凝在嘴邊，我的手僵硬地停在半空。

怔怔地回想起剛才的畫面，他的冷漠在我的腦海中再度被證實。

瞬間，我意識到我們之間的距離。

不是台上台下的距離。

不是創作新人與實習記者的距離，而是……

我們，已經很久沒說話了吧？

所以我才會待在台下，驚訝地看著方哲宇出現在台上，我根本不知道他和唱片公司簽了約，若不是臨時擔任前輩的救火隊，說不定我要在很久很久以後才會發現這件事……

明明和方哲宇已經像是半個陌生人一樣，我卻還暗自竊喜我們之間的關係不同，有如自作多情的笨蛋。

後來記者會還發生了什麼，我不復記憶，只覺得身邊人來人往，眼前畫面來來去去，我想的全是我和方哲宇的過往，一字一句、一笑一鬧，感覺深刻，其實不甚清晰。

人與人之間，本來就是這樣的。

把記者會報導的文字稿交出去以後，我獨自離開了公司。

其實我該高興的，對吧？

爲了他的才能終於被看見而高興。

可是，我不知道該怎麼說才好，平心而論，確實，我和方哲宇並不是多要好的朋友，我該有自知之明，只是……

我想，我只是有點寂寞。

自以爲是地感到寂寞。

「恭喜你簽約了。」回宿舍的路上，我傳了簡訊給方哲宇。

春末夏初，深橙色的傍晚時分，踩著人行道磚，聽著腳下的高跟鞋傳出規律的聲響，我試著平復心情，握著手機的手卻忍不住掐緊。

我等著回音。

回音下落不明。

♪

記得第一次聽見方哲宇唱歌的那天，對，就是我唱〈雙人枕頭〉、被他笑得半死的那天，我曾經問過他，爲什麼喜歡唱歌？

「只有在唱歌的時候，我才知道原來自己也可以吸引別人的目光。」

他是這麼回答我的。

那我是怎麼回答他的呢？

「沒想到你這麼悶騷啊，哲哲。」

……馬的，現在想起來，我眞是沒良心。

「那我們等一下就去……珊珊？妳有在聽我說話嗎？」

什麼？

我回過神，不敢相信竟然忘了自己正在約會。

「啊啊，對不起，我沒聽見……」我搓搓手，歉疚地望向一臉無奈的宋大翔，「你可以再說一次嗎？我保證這次我一定認眞聽！」

宋大翔嘆口氣，曲起手指敲了下我的額頭。

「約會專心一點，我們都多久沒見了？」

「不多不少，正好十四天。」我眼睛眨也不眨地搶答，記得上星期我有班，難得他放假卻沒辦法見面，日子過著等著，兩個星期一下子過去。

「算得這麼清楚？」宋大翔淡淡地笑，神情有點複雜。

「那當然嘍，我多想你呀。」我怕他生氣，趕緊靠過去，勾住他的手臂搖呀搖地，「那你剛才說了什麼？再說一次給我聽。」

「我是說，吃完飯之後去我朋友的生日趴，他們在KTV訂了六點的包廂。怎麼了？妳不想去嗎？」見我面有難色，宋大翔問道。

也不是眞的不想去，就是……我別開眼，沒來由地感到煩躁，甚至有些倦怠，心裡頭糾結了半晌，什麼也沒想出來，就只是一個勁地想著能不能不去？而我能不能跟宋大翔說我不想去？

今天是約會，是我好不容易抽空陪伴他的日子，難得見面，我當然不想和他分開，可唱歌本來就不是我愛的邀約，而且是他朋友的生日趴，又不是我熟悉的場子，我實在……

天啊，于珊，妳什麼時候變得這麼扭扭捏捏？

要去，不去，一句話！

「可以不要去嗎？」我說。

話說出口的時候，我眞的以爲宋大翔會體諒我，我以爲。

他只是臉色一沉，嚴肅地看著我。

「……不行嗎？」我的語氣很怯生生，大概是因爲心虛吧，我心裡某個角落認爲自己不該不去。

「不是不行，但妳那是問句嗎？」宋大翔問得我一愣，他沒空理會我的困惑，逕自說：「如果妳都有答案了，不想去了，那又何必問我？」

他生氣了。

可是，爲什麼要生氣？

爲什麼非得挑我的毛病？

宋大翔突如其來的脾氣讓我跟著不開心，我知道我不該隨著他的情緒起舞，所以強壓下心頭的怒火，試著跟他講道理。

「我是眞的想問你我可不可以不去？」我勉力維持語氣的平和，卻瞥見到他眼中的不以爲然，沒能細想，一串話從我的嘴裡滾了出來，「……好啊，按照你的邏輯，我說不想去，你就不開心，你自己不也早有了答案，還自以爲貼心地問我想不想去，有意思嗎？」

白痴啊，于珊，不是說要冷靜下來講道理嗎？妳逞什麼口舌之快？

話一說完，我懊惱得想咬掉自己的舌頭。

果不其然，宋大翔被我的衝動給激怒。

「妳現在是想跟我吵架？」他問。

這是問句嗎？看著他堪稱不可一世的表情，我差點脫口而出。

「……我不想吵架，」悶著一肚子火，我警告自己這次眞的得壓下脾氣才行，「我說過了，我不是一定不去。沒錯，我是不想去，所以我問你可不可以不去？但是你連問都沒問我——」

爲什麼不問我爲什麼不想去？

這句話我沒機會說完整，宋大翔直接搶過話頭。

「妳的意思是我不尊重妳？」

「不是！我……」

我不喜歡吵架。

可是，我也知道自己只要覺得被誤會了、受委屈了，反應就會比誰都還要激動，而那從來不是想爭個輸贏，單純是因爲我不曉得該怎麼辦，唯一的方法，就是先保護自己別再受到傷害……

宋大翔臉色很難看，我不明白自己究竟做錯了什麼？

「我本來不想說這些，可是妳有沒有想過妳最近的態度？我好不容易放假，妳不是要工作，就是和其他人有約，妳有尊重我嗎？」宋大翔壓著聲音，目光直盯著我不放，「現在我不過是想和妳一起去朋友的生日派對，很過分嗎？」

我一句話都說不出來，我不想說，不知道怎麼說，此時此刻，我覺得宋大翔根本不懂我，不管我說什麼都沒有用，他不會懂。

宋大翔只是瞪著我，好像我真的錯得離譜。

「……我不想吵架。」

眼淚無聲滑落，我聽見自己這麼說。

也許同樣處在氣頭上，宋大翔沒有心思理解我的難過，我們之間的氣氛並沒有因爲我的淚水、我的示弱有任何改變，他別過頭，望向他方，不再和我有眼神接觸。

放在桌上的手機傳來震動，爲了暫時從僵局逃開，我抓過手機站起來，與宋大翔擦身而過時，不經意瞥見在他臉上一閃而過的不耐。

喉頭嗆上酸意，我看向手機螢幕，是公司來電。

「喂？主任嗎？」

老實說，我眞希望這通電話不要結束。

應承了那方的要求，代表我有告知這一方的義務。

回到座位上，對面的宋大翔依然沉默，他喝了口水，沒過問一句，至於我，可能是與其他人說過了話，情緒緩和許多。

「公司缺人，我要先走了。」我淡淡地說。

聞言，宋大翔冷冷看我一眼，「就這樣？」

不然要怎樣呢？

心口狠狠一緊，我想問，卻也不想問。

委屈湧上心頭，原來，宋大翔從來沒有試著理解、試著體諒過我的工作，苦的都是他、累的都是他，我的忙碌在他眼中彷彿不值一提，他抱怨我沒有時間陪伴他，他討厭我臨時拋下約會，不論有什麼理由，這一切全部都是我的錯。

「等你冷靜下來再說。」背起包包，我準備離開。

沒錯，就這樣。

我大步走在路上，故作瀟脫，隨手招了輛計程車坐進去，告知司機目的地。

轉頭望向窗外，感覺自己的心臟跳得飛快，一下又一下，疼著，痛著，彷彿正在預告我的世界即將崩塌。

幾個小時之後，宋大翔在半夜打電話向我道歉。

凌晨兩點多，他的語氣帶著飲酒過後的紊亂，他說對不起、他說他只是想和我在一起……即使有很多我聽不懂的喃喃自語參雜其中，我還是被宋大翔感動得亂七八糟。

然而這並不表示問題眞的解決了。

吵過了一次，就會有第二次、第三次……我們的感情正在一點一點消耗，打從基底一步一步瓦解，每當我們的爭吵又起，那種崩裂的聲音就會在我心中響起，而每一次的合好，就像是隨意在塌陷的地方添上自以爲的補強。

時間久了，我們漸漸習以爲常，就像是永遠好不了的傷口，有點痛，卻因爲習慣了而能夠忍耐，忍著忍著，任傷口發膿潰爛……

♪

「妳連畢業典禮都不來？」沛芸的質疑在手機另一端尖聲響起，她停頓了下，不解地問：「不是啊，這是大學畢業典禮耶，一生一次，妳眞的不來嗎？妳怎麼可以不來？于珊，妳是于珊耶！」

「是，我知道我是于珊，謝謝提醒。」前方紅燈亮起，我握緊公車拉環，順手調整了下背包的肩帶，「我又不是故意不去，我有班啊！嗳，妳有看新聞嗎？我有跑咖啡廳命案耶，強吧！」

「……妳變了。」

「什麼？」

「我說妳變了！」沛芸大喊，站在我隔壁的乘客大概都能聽見她的聲音，「以前只在乎周年慶可以搶到多少保養品的于大小姐，居然變成一個愛跑命案現場的工作狂！嗚嗚，怎麼會有人連畢業典禮都不來？我們鐵桿四姊妹要四缺一了啦……」

誰跟妳鐵桿四姊妹，有夠難聽。

「乖，不是說好月底要去畢業旅行嗎？我已經喬好時間了呀。」捺下下車鈴，我等著公車在路邊停靠，「而且妳想，畢業典禮嘛，要是我去了……哇，那些花啊、巧克力啊、娃娃啊，全部都會是我的，我若是女王，妳就只能當我的小婢女，乖乖幫我扛行李。」

別誤會，我可不是往自己臉上貼金，我這幾天的確收到不少問我會不會參加畢業典禮的訊息，不外乎是想送禮、想合照，高中的時候也是如此，我是習慣了當眾星拱月的注目焦點，但其他人可不想習慣當紅花旁邊的小綠葉。

「靠，妳還是別來了，我可以想像那畫面。」

「看吧！」我忍不住笑，排在前方的乘客後頭，「好啦，我先進公司了，拜。」

結束通話，我隨即下車。

踩上人行道的那一刻，我心裡想的，卻是沛芸那一句「妳變了」。

無心的話，往往最中人心。

深呼吸，我撐起笑臉走進公司，和警衛伯伯道早，和一同搭乘電梯的同事問候，停不下來的辦公室繁忙地運作，桌面隔板上貼著待辦事項，我今天唯一排定的要事，就是打算和主任表明我不當主播了。

我想當記者。

培訓進入尾聲，我或多或少得到暗示，這期的實習主播人選一定有我，前陣子連上個廁所都能聽見有人在談論我……不過，不是什麼好話就是了，就是包裹著忌妒的稱讚，我懂，我明白，我接受。

正因如此，我得趁名單公布之前，先讓主任知道我的志向。

「于珊，明天直接到市刑大集合。」陳哥敲了下我的桌子。

我連忙點頭，「我知道了。對了，陳哥……」

「嗯？」

「我待會要去跟主任說……」

「妳決定了？」不用我說，陳哥馬上懂了我的意思，他挑起眉，「要是當上主播，我敢保證，妳一定會是台內力推的明日之星，妳……真的不後悔？」

我堅定地頷首，「真的。」

「眞的的眞的？」

「這位大哥您幾歲了？少跟我玩幼稚這套。」我賞他一記白眼。

陳哥大笑，推了下我的頭，「翅膀硬了是不是？」

有人說，進到新聞這一行，帶你的前輩很重要。前輩是師傅，我們是弟子，他們傳授我們工作的技能與經驗，影響我們的工作態度與價值觀，小至採訪時的進退應對，大至記者應有的社會責任。

能夠遇到像陳哥一樣的師傅，是我的榮幸。

眼角餘光發現主任剛結束一通電話，我和正要離開公司的陳哥匆匆道過再見，隨手拿起桌上的資料夾，其實裡面什麼都沒有，我只是想拿點東西，試著裝出氣勢。

我在主任桌前站定，差點連第一句話都吐不出來。

「主任。」

「于珊？」主任往我一瞟，很快又把視線移回到電腦螢幕上，「怎麼了嗎？」

「那個，我想跟你談實習的事。」

「實習？」

「就是……」我深吸了口氣，「我不想當主播，我想當記者。」

喀。

滑鼠發出冷硬的機械聲，主任總算肯抬頭看我，久久地看著我。

「我們到會議室談。」

什麼？

出乎意料之外的發展使我來不及反應，眼看主任已經走進會議室，我這才回過神，趕緊跟進去。

「把門關上。」見我進門，主任背著手說。

我有點緊張，只能一個口令一個動作，聽話地帶上門。

「主任……」

正想要開口，主任抬手止住了我。

「于珊，這裡沒有別人，我就直說了。妳應該也知道公司下一期的主播名單裡有妳，上面也對妳很關注，大家都很期待妳將來的發展。事到如今，我實在不建議妳走記者這條路。」

「主任，我很感激公司的賞識，可經過這幾個月培訓下來，我發現我比較喜歡記者的工作，主播或許不適合我，而且——」

「妳沒聽懂我的意思嗎？」主任鎖緊眉間，面露不耐，「名單早已經列好了，後續的安排都在處理，妳現在這樣無非是讓公司難辦，快要出社會的人能不能懂事一點？都幾歲了，不要造成別人無謂的麻煩。」

「可是我……」

「再說，主播哪裡比不上記者？待遇也好、工作也好，多少女記者想要這個位子都得不到，妳不是本科系出身，妳難道不清楚自己比別人幸運，為什麼不好好珍惜公司給妳的機會？」

「我沒有不珍惜……」

見我還想爭辯，主任煩躁地嘖了聲，臉上寫著這傢伙眞是不知好歹。

「先給妳個忠告，妳不要以爲自己能力多好，自以爲有籌碼可以和我談判，要不是因爲妳的外表，妳以爲長官會注意到妳嗎？其他人不像妳，靠著皮相就能坐上主播檯，人要有自知之明，不要給妳臉還——」

「主任！」

會議室頓時靜默，我沒時間感受主任的不快，我什麼都無法思考，只覺得腦袋一熱，想要把自己的想法一股腦地說出來。

「……主任，我很感謝公司願意給我這麼好的機會，我也很珍惜。我或許沒有其他人有經驗，也或許不夠努力，沒能讓你看見我除了外表以外的能力，然而，這段跟著記者四處跑新聞的日子以來，我體認到自己想要從基層做起，站在第一線接觸現場。我並不想造成公司的麻煩，所以我才會趕在結訓之前和您提這件事，如果可以的話，我希望主任能給我機會，拜託了。」

深深地鞠躬，我第一次在人前放低了姿態。

主任沒有馬上給我答覆。

事實上，他直接叫我離開會議室。

收拾完東西，辦公室裡的眾人紛紛朝我投來含意不明的視線，我沒有理會，獨自走到前往電梯的走廊上，重新回想自己這些日子以來經歷的一切，每一個採訪對象、每一樁事件，以及在我每次剪完帶後，依然繚繞在腦海中的種種思緒。

我想知道更多，所以我選擇繼續走這一條路。

「……下一首歌，來自眞實音樂的創作新人一起合作的〈創作紀元〉。」

廣播裡傳來熟悉的曲調，我挺直背脊，盡力踩穩腳下的步伐，一步一步，不論結果如何，我只想走我自己的道路。

♪

主任還是沒給我答案。

即使是這樣，採訪依然得跑，帶子稿子依然要做，日子依然得過，唯一值得慶幸的是，宋大翔接到我的電話，二話不說就跑來陪我。

無論如何，宋大翔，依然是我的宋大翔。

「不開心就不要做了，大不了我養妳。」

「喂，你要是把這句話當成求婚，我會假裝沒聽到喔。」我藏不住笑，隨手拿起一旁的胡蘿蔔打他。

假日午後，我們手牽手去逛超市，打算待會回家煮壽喜燒來大快朵頤。聊起上次和主任的短暫會談，我多少擔心會影響之後的工作安排，不過宋大翔並不這麼想，他覺得公司如果認同我的能力，便不會因爲這點小事放手。

說來說去，都不是我們能夠決定的事。

「下星期我要去南部採訪。」挾了朵香菇到宋大翔碗裡，我一手撐著臉頰對他說：「然後再下星期，我要和小蜻蜓她們去澎湖玩。」

「唉。」

「幹麼啦？」我推推他的肩膀，放軟了聲音。

宋大翔吃掉香菇，搖頭晃腦，「沒有呀，女朋友工作好忙、朋友好多，男朋友覺得很開心，一點都不寂寞喔……」

「唉唷，又不是故意的，工作沒辦法推，和姊妹的畢旅更是這輩子只有一次，這兩件事我都不想錯過嘛！」我拚命把肉片往他碗裡堆放，「多吃點、多吃點，吃飽飽就不要生氣了，嗯？」

我討好地多挾了一隻剝好的蝦送到他嘴邊，眨了眨眼，默默觀察宋大翔的表情變化，生怕爭吵過無數回的我們又會再次興起波瀾。

幸好，今天他看起來心情不錯。

「算妳識相。」宋大翔一口吃掉了蝦，我不自覺鬆了口氣。

難得的兩人相處時光，說說笑笑，大半個晚上一下子過去。

用完餐後，我趕宋大翔去洗澡，不然這傢伙待會一碰上電腦就不知何時才會起身。我閒不下來，看到水槽堆著滿滿的鍋碗瓢盆就渾身不舒服，反正都是要洗，乾脆馬上整理乾淨比較舒心。

洗到一半，放在客廳的手機傳出聲響。

不是我的。

除了流理台的水聲、宋大翔洗澡的水聲，手機叮叮咚咚的訊息聲突兀地響徹了整間屋子，我停下動作，默默地盯著亮起螢幕的手機。

得不到回應的手機緊接著響起了來電鈴聲。

鈴聲響了又停，響得我心裡很不舒服。

以往我不曾在意過宋大翔的個人隱私，因爲那叫隱私，就連我自己忘了帶手機都沒和他借來用過，更別說像是定時查看他的手機……可是，不知爲何，我突然很在意這個時間到底是誰這麼急著找他。

這種在意的感覺很糟糕。

很不像我，也讓我覺得很不安。

我不知道該怎麼辦，我也不想因爲自個兒沒來由的疑慮而去偷看他的手機，我只是一邊洗碗，一邊盯著遠處的手機不放，心裡想著的，全是一些不好的事。

甚至，我想起了我爸爸。

他曾經在半夜接到一通電話後匆忙離家，曾經在外面聯絡不上，曾經在我不小心看見他撰寫手機訊息時刻意轉過了身……我並不常想起這些，或許是因爲不在意了，或許是習慣了，也或許，我是習慣了不去在意。

「珊珊？」

冰涼的水流突地被人關上，我抬眸，迎上宋大翔蹙著眉的臉。

「怎麼了？」他摀著我的雙手，熱烘烘的大手溫暖著我冰冷的指尖，「洗碗洗到出神了啊？手都凍成這樣了，妳別弄了，放著我來洗就好。」

「……有人傳訊息給你喔。」

宋大翔一頓，「是喔。」

「說不定是急事，你不先去看看嗎？」我很想停下試探，但是好難。

「應該不會吧。」他拉著我回到客廳桌前，拿起手機滑了一下，我看見他跳過了某則訊息沒看，逕自點開另外一個群組，嘴角泛起微笑，「哈，這群白痴。」

「……什麼？」我的思緒仍揪結於那則他沒看的訊息。

直覺告訴我，那絕對不是廣告訊息。

「妳看，這是我們這梯的群組。每一個人都超好笑的，他們遇到的事情也很妙，像是這個，」宋大翔直接把手機湊到我眼前，我沒看，不想看，只是觀察他的表情，「上次他們想躲雨，班長居然說他們是菜兵怕發芽……珊珊？」

宋大翔見我沒有吭聲，低下了頭看我。

我試著想從他的臉上看出些什麼。

只是，我想得到什麼呢？

他的眼神沒有一點心虛，只是專注地凝視著我，就像以往的任何一個時候，就是那樣的溫柔，就是那樣教人無以抗拒地沉溺……面對這樣的宋大翔，我又想從他的表情裡挖掘出什麼呢？

或者該說，我眞的敢知道嗎？

「珊珊……」

沒給他反應的機會，我主動迎上他靠近的唇瓣。

如果溫存可以遺忘縈繞在心頭的不安，我想，這是我目前唯一的解藥。

不說，不問，不在意。

我輕撫著他冒出新生鬍渣的下頷，告訴自己沒事的。

不會有事的。

我相信他。

♪

我一直覺得人給自己的心理暗示是很默默在起作用的，所以每次出門工作之前，我都會對著鏡子喊兩聲「于珊妳是最棒的！今天也要加油！」，提升一下正面能量，才有力氣到外頭面對那些豺狼虎豹。

或許是因爲我給自己的心理暗示起了作用，這陣子我和宋大翔處得特別好，即使沒有見面，也簡訊電話不斷，相較於先前動不動就吵架的緊繃，我不敢再奢求些什麼，我對於現況已經很滿意了。

儘管縈繞在心頭的不安始終未消，那日的情景也像是扎在心口的尖刺，只要我一不小心觸及，那股尖銳的劇痛就會猛然襲來，痛得我無法呼吸。

但我仍然選擇閉上眼睛，摀上耳朵，忍著那不知何時又會重複發作的痛苦，盲目地相信那個曾經給予我承諾的男人沒有改變。

趁著午後的工作空檔，我和陳哥各自拿著一瓶冰涼的汽水，坐在堤防邊的小雜貨店，有一搭沒一搭地閒聊。

這次的採訪主題是漁村的社區營造計畫，就像上次的黃老伯茶葉一樣，每個月我都會和陳哥一起到台灣各地進行人物專題採訪，這回也是，好在我終於沒再被逼著體驗漁家生活了。

我開玩笑地和陳哥提起這件事，他倒是很認真地說，我已經不再像初來乍到時那般生澀，怕東怕西，看起來一點也不想融入當地的樣子。

「……我也沒那麼誇張吧？」至少我真心沒那麼想。

「妳就是公主啊。」陳哥瞇起眼睛，彷彿很享受海風的吹拂，「不過……還好啦，這段時間訓練下來，妳進步很多，不只敢跟著我跑命案現場，剛才也沒有在魚塭裡面鬼吼鬼叫，不錯、不錯，不愧是我，教得還不錯。」

陳哥到底是在誇我，還是在誇他自己？

我冷冷地對陳哥做了個鬼臉，見他轉頭向我，趕緊換上笑臉，大力稱頌他這位師傅真是指導有方。

「對了，結訓日是什麼時候？」陳哥問：「主任還沒給妳答覆？」

我聳聳肩，告訴他結訓日期，「至於主任那邊怎麼決定……大概要等名單出來才會知道吧。」

別看我好像渾不在意，其實我並沒有那麼清心寡欲，擔心當然是有的，緊張也是有的，甚至我還做好了也許不能再繼續待在這間公司的心理準備，雖然覺得可惜，但又能怎麼樣呢？

「……明天應該可以提早結束。」

我沒聽清楚，「陳哥，你說什麼？」

「採訪啊，這兩天的進度不錯，明天提早收工，如何？」陳哥笑得宛如冬日裡的暖陽，「我們會在台中停留一下，我和老江說好了要去吃肉圓。至於妳呢，看妳是要回家，還是要去約會都可以，妳隔天再回台北也行。」

「眞的假的？」我眨眨眼，不敢相信。

「炸的。」

不管陳哥怎麼說，我是驚喜地連聲大叫了。

沒想到會有這麼好的事，我急急想傳簡訊和宋大翔報告，但訊息寫到一半，我突然停住了。

怎麼可以只有我一個人驚喜呢？

當然也要嚇嚇他才行。

根據我過往到車站接他的經驗，宋大翔平常都搭下午五點左右的區間車，而我們這一組人下午三、四點就會抵達台中，時間足夠我找好地方埋伏等待……好啦，其實我根本已經想好要坐在車站裡的漢堡店守株待兔。

當天採訪工作結束後，我在小漁村的紀念品店買了相思豆手鍊，一條給我，一條給宋大翔。我本來沒打算買，但店員告訴我，這裡販售的每一條手鍊都是獨一無二的，因爲世界上不會有一模一樣的相思豆，所以每一條相思豆手鍊都是世界上的唯一。

憑著這一點，我開心地買下手鍊。

人就是這樣，就算彼此心知肚明這只是商業話術、推銷手段，可只要說中了每個人心中的某個關鍵字，就算被騙也會被騙得爽快。

有人說，女人最沒辦法抗拒的是「限量」、是「最後一個」，然而，對我來說，「唯一」才是我夢寐以求的憧憬。

我想要的，不過就是成爲某個人心中的唯一。

隔天，我和陳哥他們道別，依照計畫，坐在漢堡店裡喝著加了檸檬片的紅茶，看著火車一班班來去，看著過往的旅客走了又來，不嫌煩，也不嫌無聊，我輕輕地撥弄著手腕上的相思豆手鍊，越接近五點，我的心情就越是雀躍。

光是想像宋大翔看見我的表情，我就傻樂個不停。

五點二十分，眼看時間差不多了，載滿乘客的區間車停靠在落地窗外的月台，一時之間人潮洶湧，我站起身，試圖從人群裡找到那個熟悉的身影。

等了老半天沒見到他，我想到宋大翔很有可能坐在後面的車廂，便急急忙忙跑出漢堡店，月台上的乘客散去不少，我杵在原地，以爲自己錯估了他的到站班次，猶豫著該不該放棄製造驚喜，直接打電話給他算了。

說來也巧，宋大翔突然就在這時出現在我的眼前。

我本來想朝他奔過去，但是我動不了。

宋大翔用他曾經牽過我的手勾著另一個女孩的肩，用他曾經給過我的寵溺笑容對著她……那一瞬間，我全身發冷，腦袋一片空白，完全無法思考，只能眼睜睜地看著形容親暱的他們穿過站前的扇形廣場。

怎麼會這樣？

爲什麼？

心底某個角落冒出了一個又一個微弱的問句。

我什麼都感覺不到，但是我在發抖；我想大喊，我的喉嚨卻像是被最牢固的鎖錮著，張開了嘴，卻只是抖著唇，什麼聲音都發不出來。

不知道過了多久，他們相偕的身影早已消失在街角，我還站在原地，怔怔地望著他們離去的方向，我突然很想知道是不是下雨了，於是，我仰頭看了一眼萬里無雲的藍天。

原來，只有我的世界在下雨。

「……于珊？」

透過模糊的視線，方哲宇重新出現在我的世界。

Chapter 6

後來，那條相思豆手鍊到哪裡去了呢？

我不知道。

也許不小心遺落在某個路口，也可能是被負氣的我丟進了車站的垃圾桶……其實，我不太記得之後發生的事了。

不是故意忘記，也不是不想記得……大概吧？唉，我真的不清楚，我只知道方哲宇之所以也會出現在那裡，是因爲他放結訓假，從成功嶺和同袍共乘計程車到台中車站，打算轉乘火車回台北，萬萬沒想到一下車就看見我站在路邊哭得稀里嘩啦。

這是方哲宇的說法。

我什麼都不記得，只記得最後我跟著方哲宇坐上返回台北的火車。

回到了台北，我沒有地方可去。

畢業典禮過後，我和沛芸她們一起合租的宿舍就退租了，我平時上班都是借住在宋大翔家，但此時此刻我怎麼可能再回去？

那裡的一切，我都不想再碰。

方哲宇就這樣收留了我，我就這樣在他家住了下來。

事情的發展就是那麼荒謬，卻又那麼理所當然。

還記得方哲宇收假離開之前，他站在房門口，也不管我有沒有在聽，只是冷靜到近乎冷漠地叮嚀我，冰箱裡面有微波食品和飲料，哭累了、缺水了，可以到廚房自行補給；如果要走的話，把鑰匙留在客廳；如果不走的話，出門記得關電器。

於是，我像是任何事都沒發生過一樣，每天出門都記得關冷氣，照樣跑新聞、剪帶、寫稿、念稿、上課……整整一個星期，我過得很好，沒人看出我有哪裡不對勁，直到方哲宇再次放假回來，我一見到他，再次忍不住大哭。

哭累了，睡著了。

醒來了，又哭了。

恍恍惚惚，我想起了好多事，好多我以爲一點也不重要的小事。

回憶很殘酷，它總是從妳最深層的記憶裡，無情地挖出妳以爲忘記的點點滴滴，以爲忘記，其實沒忘，正因爲沒忘，才發現自己根本忘不了。

忘不了那個曾在下大雨的午後，撐著傘朝我走來的他；忘不了那個因爲我一句不舒服，跑遍了附近夜市只爲了買一碗紅豆湯的他；忘不了那個碎念我感冒發燒，卻在半夜起床爲我換冰枕的他……

寧願眞的忘了，或許才能眞正不愛了。

♪

陽光從窗外灑落，喚醒了不知何時睡著的我，我茫然地眨了眨眼，發現自己安安穩穩地躺在床上，睡前的最後記憶，是方哲宇正在唱歌給我聽，唱的是那一首基音樂團的

〈Somewhere only we know〉……想來是方哲宇拖著爛醉的我回來的吧？

都幾年過去了，怎麼還會夢到那陣子的事？

甚至夢得鉅細靡遺，像場我不願再回顧的電影。

「妳眼睛好腫。」走出房門，一句不順耳的話飄來。

我瞪向餐桌前那位哪壺不開提哪壺的不識相大師，「……被蚊子叮啦。」

明明知道我昨天又是喝酒又是哭的，就算我是于珊，今天也不可能美到哪裡去……嘶，頭好痛，宿醉。

「嗯。」他推了一盤東西過來。

一盤火腿蛋和法國吐司。

或許是因爲那場夢，那一場長長的夢，我突然對這一盤早餐感到情怯，以往總是認爲理所當然，如今卻覺得何德何能……我不由得想，如果那時候沒有方哲宇的陪伴，我大概連接宋大翔電話的勇氣都沒有。

看著早餐，我遲遲不敢下手。

「幹麼不吃？」方哲宇問我，逕自咬了口吐司。

「怕下毒。」

他一笑，「爲什麼？」

「怕你積怨至今。」

「有道理。」

「喂！」我橫了他一眼，心裡那股奇怪的感覺仍未消散，與其藏在心裡，我選擇乾脆問出口：「說眞的，當初你怎麼肯讓我住進來？那時候，我們早就很久沒有聯絡了……」

現在才問或許太晚，但是想到了卻不問，就不是我的風格。

聞言，方哲宇沒有馬上回答我，他默默吃完了兩片法國吐司、火腿，還有一顆半熟荷包蛋，盤子乾乾淨淨，一滴蛋黃都沒留下。

「哲哲，你不要逃避我的問題。」我拿著叉子在他面前揮舞。

他冷冷地朝我一瞥，「吃早餐。」

「你不說我就不吃。」要賴我最會了。

「妳不吃我就不說。」

唉唷，翅膀硬了？

我玩味地看著坐在對面的方哲宇，他好整以暇，先是看看盤中的食物，再看看我，彷彿算準了我絕對會乖乖就範。

「先說好，我是肚子餓。」我叉起邊緣煎得香脆的火腿，往嘴裡一口塞去，「不過，該說的你還是得說。」

「吃完了再說。」他勾起笑，好像贏了什麼……

等等，我可不承認方哲宇贏我了喔，我說了我是肚子餓，吃飯皇帝大，我在吃飯，我是皇帝，我最大！

哼哼，方哲宇才沒贏我呢！

沒幾下子，我清空了方氏特製的經典小早餐，舔掉唇邊的番茄醬，感嘆這廝怎麼連普通的火腿蛋都能做得這麼好吃？不曉得是不是加了什麼特殊調味料……該不會眞的是毒吧？

我警戒的眼神被正在洗碗的方哲宇察覺，他挑眉看我，我朝他做了個鬼臉。

「幼稚。」他輕笑。

幼稚就幼稚唄，反正我面對的是我家哲哲，還怕形象崩壞嗎？我跳到他身邊，「方哲宇，還不趕快從實招來！」

「等我洗好碗。」

「你幹麼？拖延戰術？」我湊過去玩水，往他臉上灑了一串小水花，「快說。」

「夠了喔。」方哲宇把最後一個大盤子放好，無奈地轉過頭。

我嘿嘿地笑，期待他的「眞情告白」。

「再說一次妳的問題。」他走回客廳。

我緊跟在後，赤腳踩在地上蹦跳，「我是問你，當初你爲什麼肯收留我？那個時候，我們其實已經很久沒有聯絡了，對吧？」

「嗯。」

「所以，爲什麼呀？」我一屁股坐在他身邊的空位。

儘管沒表現得很明顯，可我看得出來，方哲宇很不自在。

他先是整理桌上的報紙，再拿著電視遙控器東摸西摸，然後拍鬆那個別人送我、他很不喜歡的貓頭鷹抱枕……

「方哲宇！」

「因爲，我覺得妳很可憐。」

可憐？

可憐的意思是，令人憐憫的，令人同情的，例如，我們會覺得流浪狗很「可憐」。

我當然知道這個詞彙是什麼意思，可是強迫症如我，依然上網搜尋了一下。

此外，它還有惹人喜愛的涵義。

我不覺得方哲宇是這個意思。

關掉網頁視窗，我抬手揉了揉發痛的太陽穴。

「于珊。」

王哥不知何時來到我的桌邊，曲指敲著辦公隔板。

「是？」

「節目部主任找妳，過去一下。」

「節目部？」我愣怔，不明白自己和節目部會有什麼關聯，「王哥，你先告訴我，讓我有點心理準備，是不是我得罪了哪位大哥大姊，現在他們人正等在那兒，準備要我下跪道歉吧？」

原本我只是開玩笑，未料王哥沒有附和的意思，他搖了搖頭，眼裡的意思是要我去就是了，別老是問這麼多。經他提醒，我才注意到附近有幾個人的目光投了過來，每個人的耳朵都在比誰撐得大。

嘖，我都看到啦，現在才裝忙，不嫌太遲呀？

我收了收東西，起身往節目部走去。

節目部的辦公室和新聞部格局相同，只是節目部的組別分得更細，幾乎是一個節目分成一個小組，因爲是錄影時間，辦公室裡的工作人員不多，我的出現沒有引起注意。還好，看起來也不像是有哪位大哥大姊在等著跟我算帳。

正當我來到最前面的主任辦公桌，納悶怎麼都沒有看到人時，身後突然響起一道俐落的女性嗓音。

「妳就是于珊吧？」她繞過我，直接坐回位子上。

「主任您好。」我點頭，「請問您找我有什麼事嗎？」

這是我第一次見到節目部主任。

綁著大馬尾、穿著一襲幹練褲裝的主任看起來不到四十歲，可聽別人說，她已經是年近半百的資深員工，曾經入圍過三次金鐘最佳製作人獎，得過一次最佳綜藝節目獎，單身，育有一名準備考大學的兒子，離婚原因聽說是——

娛樂記者當久了，滿腦子都是聽來的八卦資料。

「我手上有個娛樂新聞節目。」主任從一疊文件夾裡抽出其中一份遞給我，「之前模特兒莉娜主持的《發燒星聞》，妳應該有聽過吧？」

哦，就是那個把存證信函當榮譽獎狀領的八卦節目，評價不好，收視率平平，惹怒藝人這件事倒是常上版面，說它是新聞節目，可明明播出的內容都是在談論他人是非；說它是八卦節目，卻又好像裡頭的每個人在發言時都擺出一副有憑有據的樣子，這種節目實在讓人很難定義。

「我想讓妳接手。」

「……不好意思，我沒聽清楚。」

哈，我一定是聽錯了，怎麼可能讓我主持節目嘛！一定是想請我上節目討論明星藝人的花邊新聞，對吧？雖然不符合我的行事風格，但凡事都可以討論啊。

「我想讓妳主持這個節目。」主任話講得更明白了。

什麼？

我當場石化，一句話都講不出來。

「如何？」

「主、主任……」結巴氣勢少一半，我重新緩過呼吸，想好了才開口，「主任，我很謝謝您的賞識，不過我並不明白爲什麼是我？我的意思是，我從來沒有上過節目，更別說是主持一個節目了，我——」

「選擇妳的原因很簡單，首先妳漂亮，再來妳有膽。」主任的眼神犀利，對於我的推託絲毫不以爲意，「而且，我覺得妳需要這一份工作。我想妳可能不知道，周佑民的事，我聽說了。」

怎麼會？我驚訝地瞠眼。

「如果是我們節目，妳想做什麼都可以，不用怕有了好新聞卻不能報導，我們不怕上頭的壓力，我需要的就是像妳這樣敢做敢衝的人。」

「主任，妳可能誤會了，周佑民的新聞我不是非報不可，更不是用議論八卦的心態在跑，我從事新聞這行的初衷，只是希望觀眾能得知事件的眞相……」

「沒錯，眞相。」她點頭，彷彿我們在某一刻達到了心靈相通，「我想要改變這個節目的走向，藉由妳的新聞專業，配合節目上的媒體人現身說法，讓報導更具備眞實性。妳看，這不就是觀眾該獲得的眞相嗎？」

說穿了，就是利用我的記者身分，讓觀眾認爲從我口中說出來的八卦都是眞的，因爲我是記者，我一定看過那些藝人私底下的樣子……這不就跟那些每次發生什麼事都彷彿自己也身在現場親眼目睹的名嘴一樣嗎？

我才不要！

「主任，眞的很抱歉，我可能不適合……」

「妳組裡現在有兩個菜鳥吧？」

阿仁和小東？

主任怎麼會突然提起他們？我頓時起了戒備，不動聲色地應聲。

「王豐告訴我，因應公司預算考量，娛樂組打算精簡人力。」主任刻意把話停在這裡，抬眸看了看我，「于珊，妳若是手握生殺大權的主管，一邊是具有實戰經驗的資深記者，一邊是什麼都不懂的小菜鳥，誰，會先首當其衝呢？」

我不語，心下想著不知道裁員是否眞有其事。

也許是因爲氣氛凝滯，主任揚唇一笑，原本嚴肅的面容軟化了一些，可看在此時的我眼裡，她的笑就是把刀，端看我的回答決定是否揮下。

「其實我們話也別說得太重，」她從座位上站起來，目光與我平視，氣場卻更加強勢，「就當是一種新嘗試，一週進棚主持一天，妳平時的採訪工作照常，當然，妳的小組員也是一樣，差別只在於採訪的對象必須配合節目需求而已，這麼簡單的要求，還可以領兩份薪水，條件不差吧？」

沒錯，是不差，甚至是非常好。

「……我沒辦法單方面下決定，我必須和他們討論。」

即使我不願意接下這份工作，只要阿仁和小東想要、需要這份工作，我就可以為了他們承接下來，再者，如果裁員的事情是真的，我的拒絕說不定會害他們少了一條退路。

我不希望他們因為我而失去工作。

「于珊，好好考慮。」她高深莫測地朝著我笑。

「我會的。」

聽見我的回答，主任伸出手，「預祝我們合作愉快。」

合作愉快……

ㄍㄊㄇㄉ，誰會跟妳合作愉快！

好不容易逃離了節目部辦公室，我直接走回座位拿了包包就走，就連王哥都來不及過來問我和主任談得如何。我用力踩著高跟鞋走向電梯，伸手狂按電梯鈕好幾下洩憤，另一隻手則在手機上快速滑動。

「喂？」開了擴音的手機傳來對方的聲音。

「出來。」我說。

對方維持一貫的冷漠，「幹麼？」

「救我。」

「什麼？」

「我快死了，來救我啦！方哲宇！」

♪

不曉得是第幾次差點被方哲宇殺掉，不過他這回氣沖沖地跑來河濱公園找我的時候，看起來是眞的很想把我推到河裡做掉，嚇得我不得不堆起笑臉、撒個嬌，以防河濱公園殺人命案突然發生。

別說不可能，汪洋般的殺意，鼻屎大的動機，人家柯南都是這麼演的。

我連說帶演地把節目部主任阮菁菁威脅我的事情，一五一十地全說給方哲宇聽。

「所以妳不接嗎？」方哲宇聽完以後問我。

我有些茫然，「我不知道，看阿仁、小東怎麼說吧。」

「人這麼好？」

「別說的好像我故意裝好人一樣好不好？」大力推了方哲宇一把，我不服氣地反駁，「雖然我本來就很善良，但這跟人品無關，我呢，只是不想擋人財路而已，如果阿仁、小東想賺這一筆，說實在的，我也沒損失呀。」

「妳又不喜歡講八卦。」

「少講得好像很懂我一樣。」我故意瞪他。

方哲宇不在意地笑了笑。

其實，沒人比方哲宇更懂我了。

我再次憶起昨晚的夢境，夢裡的我很沒良心，不只放他鴿子，疏於聯絡，久別重逢後又賴在他家不走，對於我這名不請自來的室友，方哲宇已經算是禮遇非常，這麼一想，天底下的損友沒比我更損的了。

「你知道嗎？昨天晚上，我夢到以前的事。」望著波光粼粼的水面，我悠悠地說：「有關我們怎麼認識的那些事。」

「還有宋大翔。」

「你怎麼知道？」我驚訝地看向他，以爲自己在半夢半醒之際透露了什麼。

只見方哲宇聳聳肩，語氣很理所當然，「除了工作，妳不就只剩下宋大翔。」是嗎？

原來我曾經只有宋大翔。

「我有跟你說過我爸的事嗎？」我換了話題，或許不算換吧，只要一講到宋大翔，我總是不自覺地聯想到爸爸。

方哲宇搖頭，他對我家的認知除了曾經見過面的于仲、于季，大概就只剩下小狗阿吉，我好像從來沒跟任何人提過爸爸。

下意識的，我不想和別人聊起有關爸爸的話題。

「我爸外遇。」我直接了當地說。

「嗯。」

「噯，方哲宇，」我轉頭見他一臉淡然，故意大聲嚷嚷：「你可不可以有點反應？別人聽到這種話，不是都會很驚訝地說：『天啊，眞的假的，怎麼會這樣？』哪有人像你這麼冷淡，我很沒有成就感耶。」

反觀我的嬉鬧，方哲宇什麼話也沒有接，只是平靜地看著我。

平靜到我強掛在嘴角的笑容逐漸收起。

平靜到我再與他對看就會落下眼淚。

「……不想笑就不要笑了，很醜。」他伸手撫掉我所剩無幾的笑容。

「我才沒有不想笑，還不都是你害的！」

明明都看出我故意裝堅強了，爲什麼非得拆穿別人的僞裝不可？我擤擤鼻子，偷偷在心裡罵了方哲宇好幾回。

後來，這個不知從何說起的話題，就在我隨口一句「那女人聽說是我爸的大學同學」開始了，而這個聽說，自然是從大人口中聽來的，至於是大阿姨還是小舅舅，我也忘了。小時候每次回外婆家，總是會被有意無意地問起爸媽最近有沒有吵架？有沒有看到不認識的阿姨出現？

等長大以後，也不用別人多說，就自個兒推理出了端倪。

關於爸爸和那女人的故事，簡單來說，就是一個事業有成、家庭幸福的男人，偶然在路上巧遇失婚卻不甘向命運屈服的大學女同學，兩人一開始只是單純的互相傾訴，友誼卻漸漸失衡，後來，女人懷孕了，那時男人的小女兒才出生不滿一個月。

我就是那個小女兒。

我沒有親眼目睹過爸媽爲此爭吵，但是大我六歲的于仲就看過不少次，他告訴我，媽媽會哭、會鬧、會亂砸東西，甚至還出手打過爸爸，鬧得鄰居差點報警。

我很難想像那樣的景象。

「或許是因爲知道了這件事，就算我爸對我再好，我跟他之間，好像永遠都有一層看不見的隔閡。」我支著頰，試著把目光落向最遠處，「……撇開這些，他眞的是一個很好很好的爸爸。」

也因爲如此，我非常理解爲什麼有人會說，寧願永遠被瞞在鼓裡幸福，也不想面對知道眞相後的痛苦。

爸爸的選擇是一肩承擔起兩個家庭，他放不下媽媽與我們，他說他眞正愛的人是媽媽，然而，他也必須對另一方負起應有的責任，大部分是金錢援助，至於其他的，我無從知曉。

只要媽媽能夠接受就好，至少現在的她不再哭泣，臉上總是掛著溫婉的笑容。

也許就像于仲說的，大人的決定，不是我們小孩可以干涉的。

可是，這樣的愛情是幸福的嗎？

我沒有答案。

「嗳，方哲宇。」

「嗯？」

「你相信世界上有永恆的愛情嗎？」

當我問出口的時候，餘光瞥見方哲宇轉頭看我，表情依然平靜無波，不知爲何，我並不想與他四目相接。

「嗯。」過了半晌，他才回答。

「爲什麼？」

「……沒有爲什麼。」

「你不要敷衍我，什麼叫做沒有爲什麼？」

「愛上一個人本來就沒有爲什麼，爲什麼相信永恆的愛情需要爲什麼？」

爲什麼爲什麼爲什麼……

「你繞口令啊。」我白了他一眼。

方哲宇細長的眼眸直直地望了過來，「那妳呢？妳相信嗎？」

我？

雖然是我自己提出的問題，我卻像是聽不明白一樣，莫名遲疑了許久，好多畫面在我腦海中掠過，像是提醒我心裡眞正的答案該是什麼。

「……曾經相信過吧。」

曾經，我以爲愛情是美好的，即使經歷過幾段不長的戀情，依然天眞地以爲自己能夠證明童話故事的天長地久不是傳說，我的愛情不會像我的父母一樣有第三者出現，只要我想，我一定可以擁有一段歷久彌新的感情。

我錯了。

「因爲宋大翔？」

「可能是吧。」我聳聳肩，「還有我爸。」

宋大翔對我的影響有多深，我沒辦法用尺度測量，但是我唯一能夠確定的是，那道傷口似乎從未好過，直到現在，一提起他的名字，不管心裡湧起的是憤怒也好、難受也罷，仍會讓我本能地想要逃避。

「你們當初是怎麼結束的？」方哲宇問，他今天的問題好像特別多。

「忘了。」

怎麼可能忘了？方哲宇的眼神如是說。

是啊，怎麼可能？

我記得那時候宋大翔捎來無數通電話，我總是放著手機響了又停，我不是不想接，我是不敢，我會害怕，怕聽見我不想聽的事實。明明最難堪的事實已經攤在眼前，我卻還是害怕從他口中聽見。

等到我好不容易鼓起勇氣接起電話，宋大翔的聲音聽起來很著急，因爲我刻意失聯，不明就裡的他也有些生氣，我想，他那時候其實是很擔心我的。

然而，他的關心讓我很痛苦，我終於忍不住和宋大翔攤牌，他的語氣變得抱歉，反應更是慌亂，我的回應卻是平淡得讓他所有的愧疚全數砸在棉花上，比起糾纏不捨的哭鬧，我的不痛不癢反而激怒了宋大翔。

「難道妳覺得妳都沒有錯嗎？」他的嗓音低沉，好像他才是受害者。受傷的明明是我，他憑什麼這樣和我說話？

「……我唯一的錯，就是選擇相信你。」

於是，我們就這樣結束了。

閉了閉眼，我忘不了結束那通電話之後，再次哭得死去活來的自己。

「于珊。」

「……嗯？」

「妳願意再相信一次嗎？」

他的聲音如此接近，如此遙遠，我聽見方哲宇這麼問我。

那一刻，我的心跳亂了節奏。

「方哲——」

「哲宇哥！」

那是一道很小清新的嗓音。

循聲看去，只見一名穿著淺藍色洋裝的女孩輕快地朝我們跑了過來，她的長髮飄散在空中，裙襬被風吹出青春的漣漪，隨著她越跑越近，她臉上的甜美笑容也越是清晰。

不自覺地，我看向方哲宇，發現他的眼神停在女孩身上。

不知為何，我的心情變得很差。

差到想把方哲宇踹進河裡。

♪

那名精靈似的女孩名叫安妡。

這是後來我們去便利商店買霜淇淋吃的時候，她告訴我的。

她今年二十歲，就讀音樂系，主修大提琴，副修鋼琴，喜歡唱歌，愛好作曲，目標是成為一名優秀的創作歌手。

附帶一提，安妡也是當初〈創作紀元〉推出的五位新人之一，她就是站在方哲宇旁邊的小女生，那個被冒失鬼方哲宇撞到的小女生，那時候的她才十七歲。

我決定給她取一個綽號，叫做小仙。

「爲什麼？」方哲宇蹙眉。

「因爲她說她大刺刺的。」我隨興地抬起雙腳，占領了整張沙發。

「什麼意思？」他看起來更糊塗了。

沒辦法，對於那種會自己說「我比較直接，我的個性就是大刺刺」的女生，我向來敬謝不敏。爲什麼？很簡單啊，因爲直接和白目只有一線之隔，因爲大刺刺的女生通常都是大刺刺。

大刺刺，就像是仙人掌一樣，所以我要叫她小仙。

「唉呀，你們男生不會懂啦！」揮揮手，我不打算解釋。

安妡，噢，不，是小仙，小仙之所以會跑來找方哲宇，是因爲她最近正在準備錄製專輯，方哲宇是她專輯的製作人之一，而我打電話向方哲宇「求救」的時候，他們正好在開會。

也就是說，方哲宇丟下會議跑來救我。

……奇怪，怎麼聽起來讓我感到有點高興？

「不過會都開完了，她幹麼跑來找你？」放下遙控器，我轉頭看向一旁的方哲宇，「總不會特意跑來要冰淇淋吃吧？」

方哲宇不以爲意地聳肩，沒有回答，好像不是很在乎。

哇，不說就不說。

不過……我突然想起下午方哲宇問我的那個問題。

「妳願意再相信一次嗎？」

他指的是什麼？是愛情？還是……

「那個，哲哲啊……」

「妳的手機是不是在響？」

蛤？

我愣愣地看著方哲宇先我一步，熟門熟路地到我房間拿出手機。說他和阿吉一模一樣還不肯承認，好好的人都被我訓練成這樣了……

「喏。」他往前一遞。

「謝謝。」接過正響著音樂的手機，來電顯示是小東。

這通電話提醒了我身後還有阮菁菁的威脅，按下通話鍵的同時，我心裡其實正在禱告，希望小東只是來跟我報告他又撞上哪件頭條新聞，這通電話和阮菁菁一點關係也沒有。

可惜天不從人願，越不想發生的事，越會發生。

阮菁菁的警告確有其事，王哥是真的打算開除阿仁和小東，另找其他有經驗的人才。

小東有氣無力地問我，他的房子才剛租，訂金都繳了，要是找不到工作，付不出下一個月的房租怎麼辦？

「……阿仁呢？」我揉著眉間，覺得頭疼。

「他說大不了再去找別間公司，反正他早就不想跑娛樂線了。可是，珊珊姊，阿仁他家的狀況不是很好，我不知道他有沒有餘裕足以支撐他找到新工作……」

聽著小東要哭要哭的聲音，我的心情也不好受，看來是沒有其他辦法了，我只能請小東幫我轉告阿仁，明天到公司附近的咖啡廳集合，我有事情要跟他們討論。

掛上電話以後，我無奈地嘆了口氣，沒想到這麼快又得回節目部和阮菁菁打交道，還得和她「合作愉快」。

唉，只能說一切都是命，接受它，享受它，愛上它。

「我先去睡覺了。」在愛上它之前，我打算逃避一下。

「對了，我這幾天會晚一點回來。」

聞言，我在房門口停步。

回過身，方哲宇正望著我，簡略地補上一句，「安妡的專輯。」

安妡，這名字眞叫人不安心。

「……幫我跟小仙問好。」

我有預感，我今晚一定會睡不好。

♪

阿仁和小東的想法一如我所料，他們決定接下《發燒星聞》的工作。阮菁菁在收到我的回覆後，立刻和王哥協調留下他們兩人，效率之高，高到讓我覺得這是一齣戲，阮菁菁和王哥聯手逼我入坑的一齣戲。

過了一週，我到節目部定裝，順道拍了宣傳照。

再過兩週，我就要以主持人的身分進棚錄影。

不只我忙，方哲宇也在忙小仙的專輯，我們兩個最近要不是見不到面，就是見了面也只能匆匆打個招呼說再見，身處同一個屋簷下，卻像是觸不到的戀——觸不到的室友，沒錯，室友。

唉，我最近有點奇怪，肯定是我遺失許久的良心回來了，器官排斥反應，才會害我變得如此敏感，就像是過敏性鼻炎一樣。

拉開茶水間的椅子，我坐下來喝了一口三合一咖啡，順手從口袋中摸出手機，發現有幾通未接來電，其中方哲宇的名字亮晃晃地招搖著。

我沒想太多，直接回撥給他。

「幹麼？」一接通，我沒等他開口就先問。

沒想到回話的是一個水靈靈的聲音。

「珊珊姊姊，我是安姸，哲宇哥叫妳等一下，他現在——」

我掛掉了。

我掛掉了。

我——我他媽的幹麼掛掉？

不到半分鐘的時間，手機震天響起，來電者除了方哲宇還會有誰？

「……喂？」我強裝鎮定。

「妳幹麼掛電話？」方哲宇問，我幾乎可以想像他在手機那端蹙眉的表情。

我、我也不知道啊，我還想問你爲什麼小仙會接你的電話……咬了咬唇，我心上一堵，莫名覺得委屈。

「于珊？」

「方哲宇……」

「嗯？」他輕應了聲。

握著手機，我忽然說不出話來。

透過話筒，我能聽見方哲宇暫時扭過頭和別人討論事情，他的聲音聽起來又遠又近，好像我再不伸手就會碰不到他。這一刻，我發現自己很想很想看見方哲宇，現在馬上，Right now!

「方——」

「于珊，晚上要不要一起吃飯？」

不等我開口，方哲宇直接問出了我心中所想，我連忙答應，並且迅速定下了用餐的時間和地點。

我想，這大概是我們第一次心靈相通……

才怪！

吵雜的泰式餐廳內，十人座的大圓桌坐得滿滿滿，我的左邊坐著方哲宇，右邊坐著一個不認識的大叔，餐桌上每個人都用一種看好戲的笑容瞧著我和方哲宇……還有坐在方哲宇左邊的小仙。

方哲宇這個大白痴。

我悶著頭扒飯，故意不和方哲宇說話。

「哲宇哥，試試看這道涼拌雞絲。」小仙勤快地往方哲宇碗中佈菜，笑臉盈盈，好像那道菜是她親手做的一樣，「我之前去泰國的時候，不管去哪間餐廳都會點涼拌雞絲來吃，既開胃又爽口，而且我跟你說——」

說什麼呢？

不過就是一道涼拌雞絲又會有什麼故事？難道妳想說妳認識雞絲的爸爸媽媽，牠們含辛茹苦地把小雞養大，爲的就是希望牠長成一隻頂天立地的大雞，沒想到小雞在青春期誤入歧途，經過一連串波折苦難，終究還是敵不過命運的安排，成爲餐桌上的一道涼拌雞絲？

我在心裡哼哼笑了兩聲，準備挾取小仙讚譽有加的涼拌雞絲試試味道，筷子才一出手，就差點和隔壁的筷子撞上。

方哲宇迎向我的目光，沒有要禮讓的意思。

不吃就不吃。

我賭氣地移過手，取了雞絲旁邊的檸檬魚。

「喏。」

方哲宇沒讓我挾雞絲，雞絲卻還是到了我的碗中。

我看著碗中的雞絲，非常不是滋味，「這是幹麼？」

「很好吃。」他說。

「好吃不會自己吃啊？」我沒動筷，不想動。

「好東西要和好朋友分享。」

對對對，我就是好朋友。

瞥了方哲宇一眼，他老大還在看我為何不動筷子。

本來我有股衝動想把雞絲挾回他的碗裡，但想想這舉動實在不大氣，在場這麼多人，我不好給方哲宇難看，再說其他人明擺著就是想看我吃醋——

好笑了，我幹麼吃方哲宇的醋？

「……謝謝。」我瞇著眼睛笑，笑得一副眞心無害。

那一刻，我彷彿聽見在場所有人心裡的扼腕聲。

正當我一邊嚼著微辣的雞絲，一邊暗自感嘆自個兒如此進退得宜，實在是塊當好媳婦的料子，隔壁的隔壁忽然傳出了聲音，非常不識相，再次把眾人的注意力吸引過去。

「珊珊姊姊和哲宇哥的感情眞的好好喔！」小仙眨了眨水汪汪的大眼，她一手不知怎地就擱在方哲宇的手臂上，「珊珊姊姊，我聽哲宇哥說你們是大學同學，對不對？」

難道方哲宇還會騙妳不成？大學同學就是大學同學，幹麼問我對不對？答案只有一個，有這麼難理解嗎？

我硬撐起笑臉，「對啊。」

「那哲宇哥在大學是什麼樣子啊？」小仙繼續追問，甚至還狀似委屈地搖了搖方哲宇的手臂，「每次我問哲宇哥，他都說就是那樣，始終不肯告訴我更多……」

看看那渾然天成的撒嬌，我不禁想問這究竟是哪來的妖……不對，是小仙女，小仙小仙，不食人間煙火的小仙女，她是妹妹，我不可以和她一番見識，白眼收起來，不可以對人家太凶。

「他上課很認眞。」

「眞的？哇，那哲宇哥功課一定很好。」小仙燦爛地笑開，崇拜表露無遺。

「對呀，他是書卷。」我再補充。

只見方哲宇眉頭一皺，扭頭想看我到底在搞什麼，善於察言觀色如我，馬上別開目光，假裝沒注意到他眼中的警告。

沒錯，我在亂講話，我哪知道方哲宇是不是書卷？事實上，不只是大學時期，或許直到現在，關於方哲宇的這個那個，我還是有很多事情不清楚，搞不好連小仙知道的都比我多……

想到這裡，我不知怎麼地嘗到了一點酸味，想來是那道雞絲醋加多了。

「哲宇哥這麼會作曲，他以前有玩樂團嗎？」

「有啊。」我繼續瞎掰，伸手挾了幾隻蝦，「不說妳不知道，以前學校校慶都會請他上台表演！嘖嘖，那個該死的人氣啊……方哲宇眞的超紅的，走在路上都會有學妹爲他尖叫。」

「眞的假的？」

「眞的眞的。」我逕自剝蝦，完全不管身邊傳來陣陣冷風，「小仙，呃，安妡，珊珊姊姊跟妳說，妳的哲宇哥以前是風雲人物，比步驚雲和聶風還要風雲……不懂沒關係，總之，就是很夯，搶手貨，比韓國歐巴還要熱門。」

「眞的啊……」小仙完全沒有懷疑，若有所思。

「嗯哼。」我拿起紙巾擦了擦手，隨口回應。

「于珊。」某個聲音很是冰冷。

我當然假裝沒聽見，吃蝦吃蝦。

「既然這樣，哲宇哥有沒有女朋友？」

此話一出，咻咻咻地，我能感覺得出，那些原本跑掉的視線重新回到我們身上，席間的氣氛頓時安靜，小仙……不對，坐在這個圓桌上的每一個人，無一不等著我的回答。

「女朋友啊……妳說現在？」我的碗裡還有一隻蝦，但我現在沒心情吃它。

小仙大力點頭，「嗯！」

「現在……」我試著拉長話音，想要拖延回答，悄悄瞄了方哲宇一眼，可惡，現在換他假裝沒注意到我，「應該沒有……吧，哈哈。如果有的話，他會告訴我的啦。」

方哲宇眞的會告訴我嗎？會嗎？

他該不會一交到女朋友就把我趕出家門吧？

「那麼——」

天啊，這個女生的問題有夠多！

小仙收起笑容，我很不想對上她的眼神，太炙熱、太認眞、太眞誠了……我沒辦法面對這樣的眼神，她的純眞相較於我，簡直是兩個極端的對比，可我爲了表現自己的友善，我依然只能微笑，笑出「我是一個好姊姊」的態度。

「珊珊姊姊，妳可不可以告訴我，哲宇哥喜歡什麼樣的類型？」

「那個，小……安圻，不是我不想回答，可是，呃，方哲宇就在旁邊耶，妳要不要問他本人啊……」

「哲宇哥每次都敷衍我啊！」小仙嘟起櫻桃小嘴，耳朵泛紅，小聲地嬌嗔：「珊珊姊姊，妳那麼了解哲宇哥，一定知道他喜歡什麼樣的類型吧？」

我尷尬得不知該如何回話，認識方哲宇這五年來，我從沒見他交過女朋友，也從來沒聽他提起過喜歡的女生，沒有樣本出現，何以歸納結論？

可是，我不能輸。

我怎麼可以在小仙面前承認我一點都不了解方哲宇！

「……我覺得，他應該滿喜歡妳這種類型的吧。」

話才說完，我就後悔了。

我有預感，方哲宇這次一定會殺了我。

Chapter 7

我還活著。

因爲方哲宇不理我了，他連殺我都懶了。

那天之後，即使在家裡碰到面，不論我是主動搭話，還是用討好的眼神望著他，方哲宇似乎打定了主意不跟我說話，好像我眞的只是一個跟他毫無關係的室友，連一點點友好都不想施捨。

盯著手機，我猶豫著要不要傳一封破冰訊息給他，問他今天大概幾點回家？想不想吃我們兩個都很喜歡的小巷弄冰心泡芙？

「于珊，十分鐘後進棚。」阮菁菁探進門提醒我。

今天是《發燒星聞》第一天進棚的日子。

無奈地嘆了口氣，我放下一個字都還沒輸入的手機，對著鏡子確認已經打理好的妝髮，拿著那疊昨晚看了不下百次的資料，起身往攝影棚走去。

站在長桌最左方的主持人旁邊，我和進棚的來賓一一打招呼。除了我，每位來賓都是電視上的熟面孔，封號不是資深媒體人，就是某某評論家，來頭大得很，更加突顯了我的默默無名。

待一切準備就緒，五、四、三、二——

「歡迎收看《發燒星聞》，我是于珊。」正視著二號攝影機，我發揮以前學到的主播技巧，順利地做了開場介紹。

今天錄影的主題是：女星豪門夢碎，未來何去何從？幾位來賓錄製節目的經驗豐富，不需要我發揮多高強的主持技巧，我的存在其實比較像是附和用或做效果用的，偏偏我這人反骨得很，越要我做反應，我就越做不出來。

開錄十五分鐘後，我開始反省自己的人生爲何會走到這步田地？

「……大家應該都知道，那個香港女星爲了嫁入豪門，不惜花了一大筆錢到泰國陰廟請屍油，屍油耶！弄得不好是會反噬主人的，結果你看，她雖然生了兒子，男方還是不肯娶她啊！」

號稱熟知中港台演藝圈大小事的媒體人安迪哥說完，朝我投來一記炙熱的目光，我被他看了整整兩秒，才突然想到我是主持人，我要做反應！

「爲什麼啊？」我連忙裝出一副很感興趣的樣子。

「因爲人家富商早就有老婆了！他的老婆在美國！」

語畢，全場驚呼。

除了我。

聽著在座來賓憤慨地爲女星打抱不平，安迪哥順勢起底男方家世，大家聽了又說果然豪門深似海，大宅門難進，有錢人的門第觀念嚴重，女生實在太傻了，付出感情、犧牲事業好可憐云云。

我不以爲然，不過就是一個劈腿男與小三的故事，各位大大有必要如此驚訝嗎？你們身邊難道沒發生過這種事？往暗黑一點想，別看那位女星長得楚楚可憐，說不定她早知道男生有家室，想要藉由小孩逼宮！

「所以她小孩怎麼辦？給男方扶養嗎？」另一位由記者改行當節目名嘴的女來賓接話，「啊，算了算了，先別管小孩，大家比較想知道她贍養費到底拿了多少？」

「哼哼，台幣十億！」安迪哥瞠大眼，伸出十根手指大喊。

又是一陣驚呼。

這回的驚呼卻帶了各種羨慕忌妒恨，幾位來賓紛紛感嘆生孩子真好賺，生一個含著金湯匙出生的小孩，等於拿到一張吃到飽的飯票，就算沒有名份又有什麼關係？無怪乎這麼多女星嘴上說看感覺談戀愛，其實還是看家產挑伴侶。

咦？

剛剛不是還說人家很可憐？

「……還有其他例子嗎？」我聽不下去，試著轉移話題。

「不只香港，台灣也有類似的案例。」安迪哥神祕兮兮地放低音量，「我不能說出這個女明星的名字，只能提示她的名字是三個字，女神等級的藝人。她呢，這幾年到中國發展，拍古裝戲、拍電影什麼的，她也是交了一個富二代男友，最近中國網路盛傳她懷孕逼婚，鬧得沸沸揚揚，她在社群網站上嚴詞否認，氣極敗壞地吵著要告人毀謗。」

我知道安迪哥說的是誰，我曾經採訪過她，自從她的事業重心移往中國，已經有一段時間沒見她現身台灣媒體。

「……所以，這件事是真的？」接收到安迪哥的眼神，我又問。

「第一，懷孕，千真萬確；第二，逼婚，真有其事。」安迪哥說得信誓旦旦，「重點是，男生沒有打算這麼早結婚，就算想結婚也不會和她結，門不當戶不對嘛！男方以爲兩人只是逢場作戲，玩完一拍兩散，沒想到女方想盡辦法懷孕，而且還眞的讓她成功了，現在男方也很頭痛，不知道該怎麼解決這件事。」

「心機好重喔！」

「就是說啊，她看起來很清純耶！」

「知人知面不知心，這位女星私下風評很差，男友一個換過一個──」

聽著眾人爭先恐後地高談闊論，我皺了皺眉，忍不住別過頭，棚燈刺目的亮光讓我不由得瞇起了眼睛。

這一晃眼，不小心撞上亮得刺眼的棚燈。

那一刻，我看不清眼前，只聽見周遭的討論聲此起彼落，我突然有種錯覺，彷彿回到國中時期，一群女生在體育課圍成一圈，七嘴八舌地撻伐某位看不順眼的女生……

幼稚，太幼稚了。

「于珊，妳說什麼？」

等我聽見這句話的時候，所有人都停下討論，朝我看來。

「……什麼？」

一時之間，我搞不清楚狀況，樣子大概有點傻愣愣的。

「妳給我說清楚，妳說幼稚是什麼意思？」安迪哥拉高音量怒斥，「區區一個小記者，妳哪來的膽子，居然敢瞧不起我們！」

等等，我把心中的OS說出來了嗎？

我說出來了……

God, damn it!

姓于的，妳可以再白目一點！

「不好意思，安迪哥，我不是那個意思。」

「妳就是！我早看出來妳心不在焉，不要以爲我沒發現，整場錄影下來，妳不是沒反應就是偷翻白眼！」

我還翻白眼？

天啊，我以爲我有忍住……

「現在還光明正大地罵人了？」安迪哥哼了一大聲，氣得臉都紅了，「妳爸媽是怎麼教妳的？居然敢罵這些資歷不曉得比妳多了多少年的前輩，現在的年輕人怎麼會這麼沒禮貌、這麼沒教養？」

「安迪哥，對不起，我爲我的不禮貌道歉，可請你不要牽扯到我的父母……」

「又想教訓我了是嗎？」

「安迪哥，我……」

「好啊，不要說我們倚老賣老、欺負新人，妳說，現在給妳時間，讓妳說！我倒要聽聽妳有什麼高見，竟然敢公然瞧不起前輩！」

「我沒有——」

「妳看，現在又改口想裝無辜了！」安迪哥臉露不屑，嘴上仍大聲嚷嚷著：「就說嘛，幹麼讓一個名不見經傳的小記者來當主持人？不過就是空有外表的花瓶，想紅想瘋了，誰曉得她是用什麼辦法才弄到這個位子，還想在攝影機前面假清純——」

「你說夠了沒有？」

被他連番打斷後，終於換我打斷他的話。

他不敢置信地看著我，我毫不遮掩地給了他一記大白眼。

我眞的受不了了，感覺心中那匹野馬正在焦躁地踏蹄，我來不及阻止，也不想阻止，我腦袋一熱，放任牠脫韁而出。

「誰稀罕主持這種沒營養的八卦節目？」我冷著聲音直言。

爲什麼有人總是以爲自己踩到別人的痛腳就能夠窮追猛打？

拜託用一下你們的眼睛和腦袋，我要是想紅，早就當明星大紅大紫了，誰跟你當苦哈哈的記者？更別提還當無聊的節目主持人，被你罵得一無是處？

我可是于珊！

老娘才不吃你這套！

「沒錯，我是覺得你們很幼稚。幾個人在節目上討論別人的私生活，只是看過幾篇八卦雜誌的報導就說得跟眞的一樣，難道我不能覺得好笑、不能覺得幼稚嗎？」腎上腺素加強了我的衝動，眞心話全部一湧而出。

安迪哥氣急，「妳懂什麼？這是我們的專業！」

「杜撰，揣測，加油添醋，看到黑影就開槍……這就是你們的專業？」我挑了挑眉，冷靜地反問：「各位前輩大多是記者出身，記者首要講求眞實，現在你們上節目美其名是爆料，但最重要的眞實性究竟有幾分？又如何證明給觀眾看？」

「我們說的都是眞的！有憑有據！」

「證據呢？證據在哪？」

他話聲一滯，「……妳不要欺人太甚喔！」

天地良心，到底是誰欺負誰？

我頓覺無奈，環顧眾人，每個人都滿臉義憤塡膺，好像我是千夫所指的罪人，他們摩拳擦掌，巴不得馬上把我抓去洗手間浸豬籠。

攝影棚陷入死寂，靜得連一根針掉在地上的聲音都能聽見。

閉了閉眼，心中的野馬緩下了腳步，我想，我大概是眞的做錯了什麼吧？我達達的馬蹄，果眞是美麗的錯誤。

身爲毀壞和平的始作俑者，我必須扛起收拾殘局的責任。

我深深地吸了口氣，試圖說明自己的立場。

「各位前輩，對不起，我無意冒犯，我爲自己的無禮向各位致歉。」我向他們淺淺鞠躬，「然而，我必須澄清一點，我並不想紅，接下這個節目非我所願，我不認同節目的理念，但我並沒有瞧不起各位前輩的意思，只是我眞的沒辦法在節目上公開討論眞相不明的謠言，沒辦法以訛傳訛地把這些傳遞給觀眾朋友。這是我身爲記者的職責，請各位見諒。」

說完，我從座位上站起來，再次鞠躬，走出了攝影棚。

頭也不回。

當我經過阮菁菁身旁時，她嘴邊噙著一抹高深莫測的微笑。

♪

大鬧《發燒星聞》攝影棚之後，日子和往常沒兩樣地過了三天，正當我還在奇怪阮菁菁居然沒找我興師問罪時，事情就發生了。

簡單來說，我紅了。

「于珊珊！妳現在趕快轉到——」

接起手機，聽見沛芸急切的叫喊，我不由得嘆了口氣。

「我知道。」我說。

「妳知道？妳上電視了耶！我是說，妳不是以記者的身分上電視，而是——」

我往後倒向沙發，揉了揉眉心，「許沛芸，我知道妳看到什麼，拜託不要再跟我重複一次。我跟妳說，因爲這件事，我已經兩天沒出門了……」

「這麼嚴重？」

「沒辦法，我長得太美，讓人記憶深刻……我現在連去個便利商店，都會有人跑來跟我聊天、要合照，要不然就是在背後窸窸窣窣，馬的，吵死了。還有，我前天去公園慢跑，有個老人家特地回頭找我訓話，害我足足罰站了半個小時！」

沒錯，我現在是人盡皆知的大紅人，紅得莫名其妙，紅得亂七八糟，而這一切都要「歸功」於星期二晚上播出的《發燒星聞》。

不對，更正確地說，這一切都是阮菁菁的陰謀。

我沒料到她會照常播出節目，更沒想到她會把節目剪成跟以往完全不同的樣貌。透過阮菁菁的神剪輯，我成了一名爲求眞相、不惜槓上資深媒體人的熱血記者，不僅衝突畫面一刀未剪，節奏狗血，就連原先正常討論的部分，她也老是捕捉我的臉部特寫鏡頭。

說眞的，我沒想到我的表情會如此不屑。

網路上因此出現了一大堆惡搞圖片，這也就罷了，竟還有人特別製作了一段我的翻白眼特輯！這位不知名的才子非常有才地爲影片配上節奏強烈的背景音樂，簡直把我的不耐煩提升到另外一個層次。

偷偷說，其實我覺得還滿好笑的啦。

「可是，大家好像滿喜歡妳的，不是嗎？」沛芸問。

我點了點頭，「沒辦法，天生麗質難自棄。」

「……妳把我僅存的同情心消耗掉了。」

噯，這女人眞的很不知世事，不是我在自誇，現在PTT八卦版把我奉爲新任鄉民女神，他們都說我中肯，說我有guts，說我是媒體界難得一見的清流，說我既漂亮又有腦袋，每篇文章逢于珊必推，爆文簡直就是常態。

然而我卻無法爲此感到開心。

人氣是把雙面刃，看多娛樂圈生態的我是最了解不過。

阮菁菁利用社會大眾對於名嘴的負面觀感，營造出微不足道的我挑戰不平衡環境的強烈印象，上演了一齣小蝦米對上大鯨魚的經典戲碼，她成功激起了觀眾的同情心、好奇心與認同感，只要觀眾愛我、相信我，收視率便會水漲船高。

這一切都在阮菁菁的算計之內，我不過就是她的一顆棋子罷了。

結束和沛芸的通話，我繼續躺在沙發上發懶，我覺得自己好像身處颱風後的受災區，電視新聞不能看、社群網站不能看、哪裡都不能去，只能哀怨地困在家裡等待風頭過去。

聞到咖哩香氣的同時，有隻手推了推我的肩膀。

「吃飯了。」

「快問快答。」我閉著眼說。

「……不要。」

誰管你，我就是要問。

「哲哲，如果有天你漂流到荒島，你希望身邊有誰陪你？」

「我不回答假設性問題。」

「五、四、三——」

「……威爾森。」

那顆排球？

我登時大笑，笑得喘不過氣。

「你什麼時候變得這麼有幽默感了？」

揩了揩眼角的淚水，我坐起身，不意外地看見咖哩飯早已在桌上擺放好，碗的旁邊放著湯匙，右前方還有一杯冰冰涼涼的手搖杯飲料……唉，所以說人有富貴命就是這樣，在家裡也可以享受餐廳級待遇。

「賽巴斯汀。」

我擺手，示意他拿一張紙巾給我。

「……妳到底要給我取幾個綽號才夠。」方哲宇嘴上唸歸唸，依然抽了張面紙遞給我，「妳明天要回去上班了嗎？」

「哲哲，人要感恩、要知足，賽巴斯汀可是高級管家的名字，我沒叫你長工來福已經很不錯了喔。」我邊說邊舀了口咖哩，嗯，不愧是我大學時期最喜歡吃的那家咖哩食堂，好好吃。

「妳還沒回答我。」

「蛤？哦，對啊，我明天要去上班，」咬著香甜的玉米筍，我漫不經心地回答：「終於可以回到現實世界，不必在家和你大眼瞪小眼了。」

我這是開玩笑，方哲宇懂的。

雖然還沒有到完全無法外出的程度，但我對於路人的眼光眞的適應不良，幾次嘗試下來，我還是決定暫時把自己關在家裡，減少路上捕獲野生于珊的可能。

方哲宇得知我的狀況，顧不得他與我的冷戰還在繼續，二話不說地承擔起餵食可愛小動物的任務，三不五時打電話回來問我想吃什麼，我只要賴在沙發上看方哲宇租回來的電影DVD，悠哉悠哉地等方哲宇回家就好，日子過得好比坐月子，爽爽的。

「事情都弄成這樣了，節目還要繼續做下去？」小天眞方哲宇天眞地問了一個天眞的問題。

「就是因爲弄成這樣，才有做下去的價値。」我挑眉做了一個錢的手勢，汙染我們可愛的小天眞，「你知道的，『價値』。」

小天眞皺起眉，不講話了。

「你擔心我啊？」我繼續吃飯。

「嗯。」

放下湯匙，我疑惑地看了看他。

看得他耳朵都紅了。

「……幹麼？」方哲宇撇開視線，搔了搔後腦杓。

脖子也紅了。

「方哲宇，你今天怎麼特別乾脆？」以前不都像個害羞小娘子，推拖來、推拖去，如今這麼坦率，害得平常扮演壞心大員外的我好不習慣，「吃錯藥啦？」

「吃妳的咖哩啦！」

他在害羞，差點一把將我的頭壓進咖哩飯裡。

我沒有大笑，只是偷笑，頓時覺得心情好好，非常好，所以我也不掙扎，非常聽話地重新拿起湯匙，一口一口把晚餐吃完。

我刮著碗中剩下的咖哩，想了想，還是想要跟方哲宇說點什麼。

「哲哲。」

「……嗯？」他正在玩手機遊戲，隨口應了聲。

「你不用擔心我，我很堅強的。」

遊戲音樂聲沒有停下，幾秒之後，傳來角色陣亡的聲音。

我轉頭，對上方哲宇的目光。

「你不是知道的嗎？打從進入業界開始，我每天都在打仗，跟主管、跟民眾、跟藝人、跟這個環境……雖然現在有點偏離軌道，做的也不是我喜歡的事，可是沒關係啊，就當作是一種新的經驗嘛！」我笑了笑，沒有半分勉強，「不用擔心我，我是于珊耶，我才沒那麼脆弱。」

是啊，我是于珊，我一定可以撐過去的。

聽完我的話，方哲宇不語，他只是定定地看著我。

雖然我沒有故作堅強，或者討拍取暖的意思，但有種莫名可憐的氣氛在我們之間蔓延，不想沉浸在這種奇怪的氣氛裡太久，我故意做了個鬼臉，試圖逗笑一臉嚴肅的方哲宇。

「哲哲啊哲哲，請你告訴我，誰是世界上最漂亮的女——」

霍地，他站起身，目光依舊停在我身上，若有所思地注視著我。

我話都沒說完，他幹麼呢？怪裡怪氣的。

「……忘了買早餐的材料了。」

「所以？」

「要不要一起去買？」

哦，好啊。

我沒多想，忘了自己是爲了什麼才會在家裡關了兩天禁閉，只想著已經很久沒和方哲宇一起出門了，反正不過是到大賣場買個菜嘛，時間還早，離家也不遠，應該沒什麼關係。

我錯了，大錯特錯。

半小時後，當我走在燈光明亮的大賣場裡，我開始有點不舒服，神經不自覺變得緊繃，害怕和別人擦身而過，也不想和任何人有眼神接觸，低著頭緊緊跟在方哲宇身後，我覺得自己就像是通緝犯，處處疑神疑鬼，懷疑每個人都在留意我……

「于珊。」

「你不要叫我的名字！」我嚇了一大跳，氣急敗壞地阻止他。

「妳太緊張了。」

「我哪有！我現在是宇宙大明星，全世界的人都在關注我！你看到剛剛那個人的眼神沒有？他發現了，他一定發現了！天啊，我怎麼會忘了自己的處境，居然出來外面亂亂跑？方哲宇，你老實說，你是不是積怨已久，才想到用這招來謀殺我？」

以上那一長串話，我都是用氣音在方哲宇耳邊碎碎念。

方哲宇倒好，一下挑火腿、一下拿培根，完全不管我緊張兮兮地東張西望，買完了肉品，他推著推車又往乳製品區移動。

「我們趕快買完，趕快回去了啦……」不安地拉了拉他連帽外套的衣角，我幾乎想把自己藏到冷藏櫃裡了。

「沒人在看妳。」方哲宇拿起兩包起司片，問我想吃哪一種？

起司起司起司……我都快氣死了，誰還管起司！

「有有有，就是有！」

「沒有。」

我不說話，氣到說不出話了。

猛一跺腳，我轉身就想往別處去。

「于珊。」

就說不要喊我的名字！

大庭廣眾之下，我不敢抬頭，眼睛直盯著腳尖，就這麼快步往超市出口走去，只差沒高歌一曲永遠不回頭。

數著腳步，身體才感覺到水產區櫃位的低溫，一陣鋪天蓋地的黑暗突然當頭落了下來，我嚇壞了，七手八腳地想把頭上那塊布弄掉，誰知我越是慌張，手腳越是不聽使喚，一時百感交集，我急得差點哭出來。

「方哲——」

「白痴，是我。」方哲宇的聲音出現在我耳邊，很近。

我驚魂未定地僵在原地，感覺他兩手穩穩地按上我的肩膀，安撫我失控的情緒。

等冷靜下來，才發現身上多了一件溫暖的連帽外套，而我只是愣愣地看著方哲宇的眼睛，永遠都是那麼沉穩、那麼深遠的眼睛。

「還好嗎？」他拉了拉戴在我頭上的帽子。

「我以為我被蓋布袋……」

噗哧。方哲宇忍俊不住。

笑屁啊？

我氣沖沖地瞪他，居然還敢笑！

「你繼續笑沒關係啊。」語帶威脅，我心裡是真的有把火在燒。

方哲宇乾咳幾聲，「……抱歉。」

這還差不多。

我伸出雙手，連帽外套的袖子長到完全遮住了我的手掌，鬆垮肩線也不合我的身形，寬大下襬長及大腿一半——這是男生的外套，這是方哲宇的外套。

我突然有些侷促，扯著帽沿想要脫下。

「不要脫。」方哲宇阻止我。

「爲什——」

「妳不是怕別人注意妳嗎？妳穿著外套，戴上帽子，多少可以遮擋住一些視線吧？」他嘴角勾起微笑，「雖然我是覺得沒人在看妳啦，宇宙大明星。」

他又笑我！

我心中那把火不知爲何燒到了臉上，火燙燙的，即使身處冷氣開得特別強的水產冷凍區，也沒辦法冷卻我發熱的雙頰。

「吵死了，快點買東西啦！」我推開他，往回走向被方哲宇遺棄在走道旁的推車。

如同方哲宇所說，過了晚餐時間以後，大賣場裡的人潮少了許多，大家各自採買所需物品，根本沒人有閒工夫注意身旁的閒雜人等，就算現在的我穿著一件過大的男生外套，假裝成剛出道的周杰倫晃來晃去也是一樣，大家忙得很，沒人多看我一眼。

好啦，我承認我反應過度了。

冷靜下來之後，我總算擺脫通緝犯的妄想，輕鬆自在地逛著賣場，一下子逼方哲宇買不知道什麼時候才會用到的蔘茸藥酒，試圖說服他哪天跌打損傷可以拿來急救兼灌醉自己；一下子又跑到零食糖果區，抱著童年回憶第一名的乖乖桶，可憐兮兮地問方哲宇可不可以買給我。

方哲宇大概很後悔把外套借我穿，他沒想到會因此喚醒一頭沉睡的敗家野獸，而且是一頭老買一堆沒用東西的野獸。

最後，我們的推車裡除了早餐材料，還有兩手啤酒、一瓶特價的粉紅香檳、一大堆餅乾、一桶乖乖桶……蔘茸藥酒則是勸敗失敗，但我有偷放方哲宇堅持不准我買的三件一九九元男用內褲組。

他結帳發現的時候，嘴角抽搐了一下。

或許是太久沒出門透氣，我不想這麼早回家，拉著方哲宇坐在賣場出入口附近的座位小憩，我從袋中取出新口味啤酒嘗鮮，方哲宇待會還要開車，他不能喝，只能看我喝，哈哈。

「啊，好好玩喔。」我喝了一大口啤酒，冰鎮一下笑酸的臉頰，「下次買東西一定要叫我一起，不准你偷跑。」

「嗯，下次換妳付錢。」

「那有什麼問題？」姊現在可是手上有節目的主持人，身價不可同日而語，雖然某部分像是黑心錢就是了，「想買什麼，姊姊統統都買給你。」

方哲宇微微扯動唇角，似乎沒當一回事。

我們安靜地坐了好一會兒，因爲喝了酒有點熱，我便把帽子取下，外套倒是沒脫掉，反正穿在身上也滿舒服的，而且方哲宇近年來的時尚品味提升不少，雖然沒到時尚達人的程度，但是基本款的挑選已經極少失誤。

不自覺地，我想起大學時期的他。

還有，很多很多事。

「嗳，方哲宇。」

「嗯？」

「對不起，我沒有去看你的比賽。」我說。

當年的回憶褪色不少，細節早已模糊，留下的是最深刻的遺憾。

我有點後悔、有點埋怨，但也僅止於此，畢竟逝去的時間追不回來，我沒辦法回到過去，遺憾終究只能是遺憾。

「哲哲，你爲什麼不唱歌呢？」

「……什麼意思？」

「你明明懂我的意思。」

那個擁有醇厚美好嗓音的方哲宇、那個說唱歌能夠證明他的存在感的方哲宇，爲什麼不唱歌呢？爲什麼不在大家面前唱歌呢？

「我有唱啊。」方哲宇笑了笑，「妳前陣子才聽過，不是嗎？」

「哲哲，我看得出來你在逃避我的問題。」你若是孫悟空，我就是如來佛，你逃不過我的手掌心的，「莫非……你還沒脫離那件事的陰影？」

我指的是那樁抄襲事件。

聞言，他更是無所謂地笑著，「早就沒事了。」

「那是爲什麼嘛？爲什麼只簽創作約，不走向幕前呢？」我以爲他在逞強，激動地放下手中的啤酒，「事情都過去這麼久了，你也拿回屬於你的第一名啦，爲什麼要放棄自己的夢想？」

「我沒有放棄夢想。」

「你有！」

「我沒有。」

「你——」

「我只是改變目標，不代表我放棄夢想。」

什麼？

這是什麼意思？

「音樂是我想做的事。」

「我知道……」

「既然知道，那又爲什麼突然擔心這個呢？」他微笑著，看起來好溫柔，「我喜歡唱歌，但不一定要當歌手，兩者中間並沒有劃上等號，不是嗎？」

「這麼說也對，可是……」

「話說回來，妳幹麼這麼緊張？我又不是被毒啞，從此以後都不能唱歌了。」

方哲宇的黑色幽默爛死了，氣得我打他兩下去霉運，閃過我打過去的第三下，他看向我，像是贏了什麼似地笑了開來，內雙的眼睛瞇成月牙，小小的虎牙伴隨著笑容出現在我的眼前。

我收回手，吶吶地別過了眼。

「……你以後少講這種不吉利的話。」

「喔。」

「喔什麼喔，你——」

「我會一直唱給妳聽的。」

什麼？

心彷彿被什麼給撞了一下，我傻傻地望著他，好像沒有聽清楚一樣。

我想要再從他口中聽到一次這句話。

「我說，我會一直唱給妳聽。」他眞的說了，帶著微笑。

帶著承諾。

也許是夜色，也許是酒精，也許是……我不知道，眞的不知道，我只覺得方哲宇變得好不一樣，方哲宇變得好不像方哲宇，我愣怔地看著他，像是看著一個我不熟悉的陌生人。

下一刻，我發現變得不一樣的不是方哲宇。

而是我。

「方——」

「于珊！眞的是于珊耶！」

一陣興奮的尖叫竄入耳裡，我來不及反應，只見坐在我對面的方哲宇神情一凜，我沒多想就回過了頭，霎時手機鏡頭的補光燈一閃一閃地刺進我的眼睛。

下一秒，方哲宇來到我身前，迅速爲我拉上帽子，擋住那些無禮的光線，並牽起了我的手。

在一片錯愕與驚訝之中，我們開始奔跑。

有好一段時間，我只聽得見我和他急促的呼吸聲與步伐聲，低頭看著自己的手被他緊緊牽著……

我突然想起我問方哲宇的蠢問題。

如果有一天我漂流到荒島，我希望身邊有誰陪我？

答案，會是什麼呢？

♪

阮菁菁的計畫順利地進行著。

《發燒星聞》更改了節目型態，名嘴爆料不變，卻多了記者實際求證的橋段。

講好聽點是求證，其實就是把狗仔工作搬到檯面上轉播。雖然不是每一次都有所斬獲，但看起來眞實感十足的節目效果吸引了眾多觀眾收看，收視率大幅成長，討論度也集集熱烈。

當然，這種節目吸引到最多的不是愛的鼓勵，而是一次比一次猛烈的炮火，觀眾愛看又愛罵的本性實實在在地反映在我們面前。電視台長官見獵心喜，不斷要求製作單位下猛藥，挖掘出更多藝人不為人知的私生活。

同時，電視台的高層長官特別警告我，不許再像首次進棚錄影那樣「耍性子」。他們說，為了宣傳可以有「必要手段」，但若是再有一次那樣的「突發狀況」，我的前途將會如何，沒人可以為我保證。

阮菁菁也不忘提醒我，阿仁、小東的工作掌握在我的手上，上次我沒記著他們，這次我無論如何不能再有閃失。

結果是什麼呢？

幾集節目播出下來，原先支持我的廣大鄉民發現我的「表裡不一」，嘴上說自己討厭不經證實的八卦，做出的舉動卻是更加出格的侵犯隱私，他們認為我是操縱輿論的好手，可怕的心機女王，初登場的表現全是為了博取好感度而演的一場戲。

當初推文口口聲聲喊著于珊我老婆的鄉民，現在一個比一個討厭我，好像我給他們每個人都戴了綠帽，逢于珊必噓文，我的女神封號被人捧得多高，摔下寶座的傷害就有多重，這就是現在網路上流行的「捧殺」。

對於這些，我無能為力。

♪

週三小周末，國片《水曜日的白日夢》在百貨影城舉辦媒體試映會，我和阿仁兩人一組早早到了會場，影廳外面有不少粉絲正在等候，我的出現引起了一陣小小的騷動。

「珊珊姊，妳現在是明星了耶！」走進影廳，阿仁興奮地壓低聲音說。

「被討厭的那種。」我翻著資料，頭也不抬。

不是因爲我不以爲意，而是因爲我太在意。

我害怕面對眾人的目光，也不知道該怎麼應對，所以我假裝處之泰然，實際上心裡怕得要死。

「對了，這個新人……」我看著出席名單上的某個名字，總覺得好像在哪裡見過，卻怎麼都想不起。

「樹人的大勢新人啊！喔，天啊，珊珊于，妳這鄉下人的笨腦袋到底有沒有在update啊？可不可以不要老是用妳那張精緻臉蛋來掩飾妳的草包腦袋，出來四處招搖撞騙？丟臉死了！」

「Gary！」

聽見這熟悉的語氣，我驚喜地大叫。

人高馬大的攝影Gary，早在我進入娛樂組不到一年就離開了公司，雖然相處的時間不長，他卻是我初入娛樂圈時最好的導師和朋友，沒想到這麼久沒有聯絡，他居然成爲樹人的公關。

簡單寒暄過後，Gary不知爲何換上一臉曖昧，瞇眼笑著看我。

「……幹麼？」他的笑讓我心裡發寒。

「聽說，」Gary特別強調了這兩個字，刻意放緩語速，「前陣子，妳和我們家大翔哥好像……發生了什麼事，哦？」
一定是宋大翔的助理，她看起來就是個大嘴巴。
「沒事，哪有什麼事。」我跟著瞇眼假笑。
「是嗎？」Gary別過頭，做作地玩著他乾乾淨淨的手指甲，「可是，我們家大翔哥可不是這麼說的喲。」
宋大翔那個混蛋。
我甩甩頭，努力告訴自己不用在意。
「不管宋大翔說了什麼，我說沒事，就是沒事。」
「眞的嗎？珊珊。」
聽見來人的聲音，我頓時起了雞皮疙瘩。
好啊，今天是各方牛鬼蛇神一齊出籠的好日子，是不是？
宋大翔穿著一身洗鍊西裝，優雅地站在我的身後。
「嗨，宋大經紀人。」我起身打招呼。
因爲坐著會被他俯視，這會讓我覺得氣勢很弱，不好。
「哈囉，珊珊。」宋大翔的笑容自信一如往常，「我有看妳的節目，最近工作很辛苦吧？」
「哪裡。」見到你才心累。
他沒在乎我的敷衍，臉上維持著一貫的笑意。
「請多多照顧我們家新人，他在片裡飾演男主角的少年時期，演技很不錯，麻煩多寫一點。」宋大翔此刻就像是個盡責的經紀人，認眞地推銷自家孩子，「接下來他會參與王導的電視劇，戲份僅次於男一，妳知道，王導挑人是很嚴格的。」

也就是說，他們家新人品質有保證，不甜砍頭。

「我有眼睛，我自己看。」

「嗯，我知道妳沒有近視。」

好笑嗎？好笑嗎？好笑嗎？

我毫不遮掩地白了宋大翔一眼，這才一轉過頭，就見旁人急著和身邊的人講悄悄話，眼角餘光還不時朝我掃來。

……這下好了，我要大牌的謠言開始流傳了。

不過，宋大翔似乎眞沒有其他意圖，後來他便在影廳裡到處和其他記者聊天，縱使電影是自家公司製作出品，但他帶的新人畢竟不是男主角，版面一定很少，甚至有可能連名字都不會出現，爲了增加藝人的曝光度，宋大翔的確需要多做點努力。

直到電影開場，宋大翔都沒有再出現在我身邊。

《水曜日的白日夢》是一部講述三十五歲的上班族穿越時空回到少年時期，與十七歲的自己相遇的故事。

身爲來自未來的人，男主角本身就是眞人版時空膠囊，他厭倦十八年後的平淡生活，所以他試著扭轉過去的每一個選擇，最重要的是，他想改變十七歲的自己，然而在不知不覺中，事情逐漸往不受控制的方向發展……

劇情編排很有趣，未來、過去、現在的穿插畫面頗具巧思，男主角的魅力更是驚人。

我在筆記本上記下重點，準備映後提問。

電影後段的高潮落在男主角對於父親意外離世的無能爲力，即使他知道意外發生的時間地點，做了許多努力企圖阻止，必然卻終究是必然。

十七歲的他哭得撕心裂肺，三十五歲的他卻忘了如何哭泣。

這場哭戲張力十足，不只男主角大展內斂演技，少年的表現更是毫不遜色。

「……我沒說謊吧？」宋大翔不知何時坐到了我的隔壁。

映著螢幕上的光芒，他的眼睛熠熠發光。

「還不錯。」我低聲嘟噥，繼續在筆記本上寫著。

「珊珊。」

「……幹麼？」

「如果妳像主角一樣穿越了時空，妳會選擇回到什麼時候？」他問，問了一個很不像宋大翔的問題。

然而，就算宋大翔不再是宋大翔，我于珊終究是于珊。

「如果一定得選擇，我只會回到上一秒。」我說。

「上一秒？」

「我不想改變任何事，我喜歡每一個現在的我。」

過去造就了現在，現在連接著未來。

如果眞心想改變，何必執著於回到過去？

聽見我的回答，宋大翔輕聲笑了。

正好，電影演到歡樂的片段，他的笑聲倒也不顯突兀。

「于珊。」

「宋大翔你好煩，現在是在看電——」

我的話還沒說完，宋大翔直接吻了上來。

Chapter 8

如果可以穿越時空，我會選擇回到哪個時候？

我會回到宋大翔親我的前三秒，出拳把他揍得哀哀叫！

無奈我沒有穿越時空的能耐，我只能反手抹掉他留在我脣上的觸感，淡淡地瞥了他一眼，一聲不吭，假裝自己只是不小心被一塊沒禮貌的蒟蒻碰到。

我了解宋大翔，要是我氣得哇哇大叫，引來眾人注意，無非正中他下懷，他剛好可以當眾胡亂講話，甚至宣布我和他其實正在展開一段有的沒的的關係。

我們一個是當今媒體紅人，一個是在娛樂圈稍有名氣的經紀人，即使版面不到頭條，也可以排上即時新聞的跑馬燈，更別說在場全是媒體從業人士，消息一出，可不是輕易就能壓下去的。

所以，故作無事是最好的辦法，反正本來就不是什麼大不了的事。

「我收到一個很有趣的東西。」

「什麼！什麼？你看到什麼？」我從沙發上彈跳起來，急忙衝向方哲宇，想把他手上的筆記型電腦搶過來。

方哲宇閃過我莽撞的衝刺，半是傻眼半是疑惑地望著我。

「妳幹麼？」

「我、我……」捋過瀏海，我聽見自己撲通撲通的心跳聲。

對啊，我到底在幹麼？

我根本沒辦法裝作沒事！我很有所謂！宋大翔吻了我這件事就是很大！

但我不想讓方哲宇知道。

「于珊？」

「你收到什麼有趣的東西？」爲了轉移焦點，我湊近方哲宇身邊，往他的筆電螢幕猛瞧，「快點給我看。」

方哲宇沒多想，他把筆電換了方向，好讓我看得更清楚些。

「呃。」

「呃什麼呃？」方哲宇拍拍我的頭，拉著我的手腕往沙發走。

我沒反抗，乖乖地跟著他走。

自從超市那夜之後，我和方哲宇的肢體接觸變得很頻繁，也很自然……你問我這樣好嗎？我的感覺是什麼？還有，方哲宇的感覺是什麼？

問題一，我不知道這樣好不好。

問題二，但是我覺得很不錯。

問題三，施主，這個問題該去問方哲宇。

好了，拉回正題，我剛才在方哲宇的筆電螢幕上看見了一封電子郵件，更精準地說，那是一封工作邀請函，來自樹人電影工作室。

「你要接？」我問，腦海自動浮現宋大翔那張奸詐的臉。

「大概會吧，怎麼了？」方哲宇蓋上筆電，有點疑惑地看著我。

我撇撇嘴，換了話題，「那是什麼樣的工作？」

「電影主題曲。」

別聽方哲宇的語氣輕描淡寫，能接到電影主題曲的工作邀約是很不簡單的事，而且還不是一部普通的電影，而是一部大咖集結的話題熱作，去年初開拍時還在網路引起了一股旋風，沒想到時間過得這麼快，電影拍攝已經到了收尾階段。

「……最近工作很順利喔？」我隨口問。

身為主跑電影、戲劇線的記者，我對音樂界內部的運作方式所知並不算多，雖然方哲宇不像線上歌手擁有高知名度，然而在不知不覺間，他在音樂圈以及真實音樂的家族粉絲群裡，似乎已經累積了不錯的聲望，工作邀約比以前多了很多，相對的，他待在家裡的時間也少了很多。

反倒是我最近的狀況連連，一個八卦節目就把我的名聲打得壞光光，除了朋友的關心問候不斷，家裡的兩位哥哥也不只一次打電話給我，非常認真地問我可不可以不要做了？

我很想，但是不行。

《發燒星聞》的主持工作瓜分了我作為記者本業的時間，加上由於我的主持得到超出預料的高度關注，王哥把我原本負責的採訪線改分給阿仁和小東，現在的我，只需要出席一些重要的記者會就好，空閒時間多到令人發慌。

「我待會要去錄音室。」方哲宇起身收走桌上用過的杯子。

他的離開讓沙發騰出一大塊空間，我直接躺下，「……又是小仙的專輯？」

「嗯。」

「一定是唱不好才錄這麼久。」

「她唱得很好。」

「騙人。」幹麼誇她，心疼啦？我勾起腳邊的抱枕抱在手上，用力地掐著。

「不然，要不要一起去？」

才不要，誰稀罕。

我很想嘴硬，偏偏身體不聽使喚。

「好啊，誰怕誰？」

我眞心覺得這樣的個性總有一天會害慘自己。明明很有所謂，卻要裝作無所謂，心堵得都快沒氣了，還要假裝自己肚量超大，再這樣下去，我極有可能會因爲健康因素提早離開這個世界。

大學畢業以後，這還是我第一次跟著方哲宇去到他工作的地方。

眞實音樂的錄音室比較大間，格局與我之前去過的錄音室大同小異，器材設備看起來也相差無幾。

錄音室裡有好幾位工作人員，一見到方哲宇帶著我出現，他們先是沉默了三秒，接著默契非凡地一起發出曖昧的驚呼聲。

方哲宇推開一名湊上來起鬨的男生，拉著我坐到擺滿飲料、零食的座位區，問了一句這些東西可不可以吃？

「當然，大嫂想吃什麼都可以。」

「不要亂講話。」方哲宇出言警告。

我倒是不覺得怎樣，逕自拿了罐礦泉水打開，喝了一口。

過來的路上，聽方哲宇說，小仙的專輯錄得很順利，今天來錄音室是爲了後期製作，她本人並不會出現，畢竟她也要忙著拍宣傳照什麼的，沒時間老往錄音室跑。

不得不說，我聽了挺高興的。

在這裡的幾位工作人員都曾出席上次的聚餐，都見過我，當然也曉得我就是最近備受爭議的大紅人，不過他們好像都不怎麼在意，只想知道我和方哲宇究竟是什麼關係？

我不曉得方哲宇是怎麼跟他們說的，面對調侃，我選擇笑而不語。

坐在錄音室裡，看著方哲宇自在地和其他工作夥伴相處，說著只有彼此明白的玩笑，交流對於某段旋律的想法，討論要怎麼才能把歌曲做到最好……

那是一種很奇妙的感覺。

本來想用「吾家有子初長成」來形容這種感覺，但同樣是驕傲，我總覺得這種驕傲是不同的，特別的，與有榮焉的，以及——

「哲宇哥！」

不是說她不會出現嗎！

我嘴裡的一口水差點噴出來。

小仙臉上妝容未卸，身上卻是一身簡單的T恤牛仔褲，一看就知道是工作結束後直奔而來。她一手提著一大袋珍珠奶茶，另一手則是散發出濃郁香味的鹽酥雞，在這種宵夜時刻，她帶著這些東西出現根本是女神降臨。

眾人都暫停了手邊的工作，聚集到休息區吃東西。我不餓，便很有自覺地讓出了沙發，獨自拖著椅子坐到一個不遠不近的角落。

小仙滿臉笑容地招呼大家吃東西，主動撕開鹽酥雞的紙袋方便分食，親手分發珍珠奶茶到每一個人手上……我默默觀察著她，老實說，我不是真的討厭小仙，只是沒辦法喜歡。

懂嗎？就是一種頻率問題、一種感覺問題，用學術一點的說法就是，生理無法接受。

「哲宇哥，珍珠奶茶。」她捧著飲料，美滋滋地遞到方哲宇面前。

你看，光是看到這個畫面，我就不舒服。

胃食道逆流，酸酸的。

「謝謝。」

方哲宇接過珍珠奶茶，轉頭看了我一眼……嗯？幹麼看我？想跟我炫耀自己有美人朝貢嗎？我告訴你，我才不、稀、罕！

我賭氣地別過頭，不想和他對上眼。

「啊，飲料好像不夠……」也許是發現我和方哲宇的互動，小仙這才想起我的存在，「不然我這杯給珊珊姊姊好了。」

「不用。」方哲宇馬上阻止。

不用？

憑什麼方哲宇你說不用就不用？雖然我本來就不喜歡喝珍珠奶茶，但如果我突然很想喝呢？如果我口渴呢？你憑什麼幫我拒絕，是不是我渴死了也沒關係？

方哲宇，我眞是看錯你——

「她喝我的就好。」

猛一轉頭，就見方哲宇拿著珍珠奶茶朝我走來。

「坐過去一點。」

「……喔。」我很聽話，往旁邊挪了一點。

小小一張椅子，我坐右邊，方哲宇坐左邊，身子隔著若有似無的距離挨在一塊兒，我的腦袋還陷在空白，他就將插好吸管的飲料湊了過來。

「喏。」

我沒接過，只是問：「……你不喝？」

「妳先喝。」他說。

像是被下了指令，我意思意思地喝了幾口，喝完又把飲料杯往方哲宇手裡塞。

好甜。

我是說珍珠奶茶。

「哲宇哥。」

方哲宇和我同時看了過去。

小仙望著我們……好啦，她只有望著方哲宇，眼裡閃著複雜的光芒，有受傷、有期盼、有不服輸、有逞強，還有一點點希望。

「你不來吃鹽酥雞嗎？」她問。

「我不餓。」他說。

「吃一點也好嘛，這一家很有名喔！」

「沒關係，你們吃。」

「可是……」

「你去吧。」我的語氣非常平靜，「待會還要工作，吃點東西也好。」

方哲宇扭頭看我，沒有說話，只是彷彿用眼神問了我一句：妳確定？

爲什麼不過是吃個鹽酥雞罷了，非得搞得大家心機深沉地玩攻防？我不想參加，至少這場戰役我不參加。頭一偏，我推了推方哲宇，搶過他手上的奶茶，再次催促他過去，不要辜負小仙的好意。

見方哲宇過去，小仙的眼睛都亮了。

那時，我的心是有點痛的。

不是因爲方哲宇，而是因爲小——不對，是因爲安妡。

我覺得安妡像我，就像是以前的于珊。

總是藏不住情緒，爲了喜歡的人大喜大悲，爲了喜歡的人勇往直前，爲了喜歡的人不顧一切……明知道喜歡的人不喜歡自己，即使是最渺小的可能，也要盡最大的努力讓他看見自己。

我讓方哲宇過去的原因，也不是因爲我善良，而是因爲我擁有方哲宇不會喜歡她的自信，我仗著的不過是這樣的驕傲，同情在我眼裡看來很可憐的安妡，自以爲是地施捨她幾分鐘不到的快樂。

我想，我終究不是個好人。

安妡才是，方哲宇才是，我不是。

手握著冰涼的飲料，感覺心的某一塊角落微微下沉。

吃飽喝足過後，大家重新回到工作崗位，休息區只剩下安妡和我，氣氛是想像得到的尷尬。我低頭猛玩手機，只能用耳朵留心周遭動態，聽見她偶爾和其他人聊天，聽見她手機傳來的訊息提示，也會聽見她不經意地哼出歌聲。

她的歌聲確實很好聽，甚至比幾年前更好聽了。

創作紀元推出的幾位新人都陸續發行了個人專輯，除了方哲宇，安妡是最後一個。眞實音樂當初發下的豪語並非空話，幾位新人的專輯叫好叫座，配合行銷操作手法，讓天王天后以母雞帶小雞的方式陪同宣傳，粉絲愛屋及烏，幾位新人的知名度水漲船高，依循此種模式，安妡的成名之路指日可待。

「安妡，聽聽這個！」

隨著不遠處的工作人員叫喚，音響傳來輕快的樂曲。

襯著輕快的旋律，鋼琴叮咚叮咚地開場，彈跳的節奏就像是活潑的小女孩跳著階梯玩耍，當她調皮地跳下最後一階，安妡清新美好的嗓音愉快地唱出初戀的悸動。

如果是其他人來唱這首歌，可能會甜膩過頭，但安妡的聲音很舒服乾淨，爲原本歡快的曲風增添了清爽的透明感，可愛甜蜜的歌詞讓人忍不住微笑，輕鬆帶領大家進入她所營造的夢幻氛圍。

實在不難想像，這首歌要是搭配劇情MV和俏皮的舞蹈將會多麼廣受歡迎，如果宣傳得宜，安妡想要成爲新一代學生偶像並非難事。

「珊珊姊姊。」

歌曲還在播放，安妡輕輕喊了我一聲。

我只是看著她，沒有說話。

安妡卻沒看我，目光落在不遠處的方哲宇身上。

「其實，我們公司有給過哲宇哥演藝合約，妳知道嗎？」

我不知道。

可我不意外，沒什麼好驚訝的。

「哲宇哥是在簽完合約幾個月之後，才突然說要改成創作約。」

「……爲什麼？」

「因爲某個人。」

「誰？」

「哲宇哥不肯告訴我，我以爲妳會知道。」安妡這時才看向我。

我隱隱覺得她在向我挑釁，明明她也不知道，爲什麼她可以用這種眼神看我，好像我不知道是件很可笑的事……至少，比她不知道還要可笑。

「但是他有跟我說，他之所以不在大眾面前唱歌，是爲了守住與那個人的承諾……我想，妳應該連這件事也不知道吧？」

是啊，我不知道。

迎向安妡的視線，我努力作出無動於衷的樣子。

想起那天和方哲宇在大賣場外的那場談話，的確，我不知道方哲宇為什麼不唱歌，所以我問過他了。可是，他什麼也不說，他就連有這個約定的存在都沒提起，更遑論告訴我那個和他訂下約定的人是誰……

看穿了我的動搖，安妡淺淺地笑了。

♪

我始終沒向方哲宇問起那件事。

不知道該怎麼問，不知道能不能問，不知道自己敢不敢問……在我還沒想好到底要不要問方哲宇之前，另一件事情發生了。

《發燒星聞》被其他電視台踢爆造假求證影片，對於一個最大賣點僅在於「眞實」，其它再無可看性的節目來說，這是多大的諷刺與傷害。

可想而知，觀眾的反彈激烈，各界輿論群起攻之，收視率與點擊率不正常升高，其他節目趁勢討論歷年來八卦節目的興衰，大肆抨擊媒體從業人員的道德淪落。

公司被迫召開緊急會議，位於七樓的中型會議室裡，電視台副總監坐在最前方的主席位，右邊是公關部門的張主任，左邊依序是節目部主任兼《發燒星聞》製作人阮菁菁、執行製作、企畫，最後是我。

「阮主任，首先我想釐清一點，造假是工作人員的擅自行動，還是根據妳的指示？」

看多了大風大浪，副總監問話的態度十分平和。

「是我的指示。」阮菁菁眼睛眨也不眨。

對於她的直認不諱，我驚訝嗎？倒也不。

「為什麼？」

「副總監，我相信您也明白近期製作節目不易，為了吸引觀眾，《發燒星聞》自更改節目型態後，主打的就是敢衝敢報的實際求證，收視效果有目共睹。」阮菁菁不愧是阮菁菁，先論功，再講過，「對於造假，我責無旁貸，可目前遇到的問題是成功求證的機率越來越低，觀眾想看的我們給不了，一次、兩次或許沒關係，第三次呢？觀眾耐心有限，我們沒有籌碼跟他們賭。」

一旦沒有求證片段，《發燒星聞》就會回到改版前的爆料閒聊節目，當集的收視率也會大幅下滑，甚至連帶影響後續幾集的收視數字，若是坐視不管，節目勢必走向疲軟收攤，這就是阮菁菁下令造假的原因。

「再說，造假影片是我們與藝人協調討論之後，才進行拍攝的，某方面來說，我們不也揭穿了某些藝人為求曝光，不惜犧牲名譽的黑暗面嗎？」阮菁菁振振有辭地說，對她而言，造假是不得不為的必要手段。

如她所述，這次被踢爆造假的新聞是通告小模與製作單位私下說好的，小模假藉工作名義，約當紅的暖男演員到咖啡廳聊天，我們的記者則在外頭埋伏拍攝，企圖營造出兩人深夜約會的假象。

除了觀眾，最大的受害者應該是那名暖男演員吧。

節目播出後，他透過公司發表聲明，表示報導子虛烏有，小模的粉絲大軍以為自己的偶像遭人欺負，眾人衝冠一怒為紅顏，大舉進攻該演員的粉絲專頁，不只在每一篇動態留下辱罵字眼，也與演員的粉絲發生衝突，逼得暖男演員不得不關閉粉絲頁換取平靜。

「于珊，妳也同意阮主任的做法？」問完了其他人，副總監轉而問我。

「副總監，關於造假的事，很抱歉，我也是看了新聞才知道。」

也許因為《發燒星聞》對我來說只是一份「工作」，我從不過問幕後的事，應該說，我是刻意劃清界線，認為只要盡了自己的本份就好，其它的我不感興趣。

但是……我想了想，迎向副總監的視線。

「不過，若是站在阮主任的立場，我或許也會做出相同的決定。」

聞言，阮菁菁的目光投了過來。

我沒看她。

我不想讓她覺得我支持她，還是心靈相通什麼的，我才沒有！

我只是覺得……如果為了節目的存續、為了某些不得不的選擇，就算別人會唾棄、會瞧不起，有些事也非做不可。

基於這點，我可以理解阮菁菁。

「我了解大家的意思了。」副總監點點頭，向一旁的公關部主任示意，「那麼，我們現在來討論後續該如何處理。」

會議進行得還算順利，張主任建議我們不要大動作道歉，也不要在節目上提起此事。他列舉韓國節目的例子，希望我們可以在下集節目的最後，用文字簡單發表道歉聲明，並且保證日後的節目品質。

新聞是這樣的，你不理它，事情就會過去，因爲每天都有太多的爭議被炒作，只要後續沒有更勁爆的消息，這條新聞就沒有更新的價值，也就不值得去追。

所以我們不需要把事情鬧大，只需要表達出誠意，不要讓固定收看節目的觀眾以爲我們當他們是傻子，不要讓他們認爲我們不知改進，台灣人很善良，只要服軟道歉，他們就會原諒我們。

會議結束後，我到洗手間掬水潑臉，想讓有些混沌的腦袋清醒一下。

「我果然沒看錯妳。」

抬起頭看向鏡中，阮菁菁斜倚在門口。

「……我沒有站在妳那邊。」我垂下視線。

「我一直覺得妳跟我很像。」

我？跟阮菁菁很像？

任憑水流沖著已然冰涼的手，我頓時說不出話來。

「看著妳，讓我想起以前的自己。」她的聲音在洗手間裡迴盪，「我們很像，很能認清現實，知道什麼才是正確的決定，而且不怕被誤解。」

「別把話說得那麼好聽。」

扭緊水龍頭，我直起身，轉身面朝向她。

「我和妳才不一樣，要不是妳爲了收視率把節目弄到這種地步，這些事情根本不會發生。」我只是站在她的立場想，不代表我跟她一樣，「……如果是我，我才不會做這樣的節目。」

「是嗎？」

她為什麼笑？

阮菁菁雙手環胸，冷冷地勾起笑。

「如果是妳，妳不會做這樣的節目？」她挑眉，嗤笑了聲，「那妳為什麼被罵？不就是因為妳當了妳不屑做的節目主持人？于珊，別把自己想得太好，妳和我是站在同一條船上的人，現實就是如此，妳早就屈就了，屈就一次，就會屈就第二次——」

總有一天，妳會成為像我一樣的人。

阮菁菁這句話在我腦海裡久久不去。

回到新聞部辦公室，我什麼也沒辦法做，支著頰，逕自盯著電腦螢幕發愣，桌面那張和沛芸她們到東部玩的照片，不過是幾個月前的事，彷彿成了上輩子的回憶。

那時候的我還沒接節目，每天又喜又怒地帶著大仁、小東跑新聞，一邊採訪一邊和藝人朋友和樂相處，工作愉快，雖然有時候會被王哥罵，但回家還有方哲宇等著我……

總有一天，我會成為和阮菁菁一樣的人？

點開好一陣子沒登入的社群網站，看著粉絲為我開設的粉絲專頁，創立初期的動態底下有好多讚美，因為當時的我說出了別人不敢說的話，因為他們以為我是一個勇敢的人。

事實上呢？

看著一則則充斥謾罵與諷刺的留言，心裡悶得發酸。

我曾經以為別人的看法影響不了我，只要我做好自己該做的，只要我問心無愧就好，我就是我，我不需要費心和任何人解釋我是誰。然而，當所有人的指責都重重投我丟了過來，我才知道，原來，這並不是一件容易的事。

我甚至開始害怕，害怕他們口中的我，才是眞正的我。

鬱悶地關上電腦，我背起包包準備離開，幾雙視線迅速從我身上轉開，那不是關心的視線，我清楚得很，平常我可以忽視，偏偏在這種時候，我在意得不得了。

努力挺直背脊，我一步步走出辦公室，腦海裡的想像不受控地奔騰，想像背後的世界開始大肆評論我，說我不好，說我惹人厭，他們可以恣意批判我，而我只能接受。

「……珊珊？」

低垂的視線裡出現了Gucci當季的休閒皮鞋，在我認識的人裡面，會穿這種鞋的，除了我家大哥于仲以外，就只剩下一個人。

當然是宋大翔，不然還會有誰？

♪

宋大翔出現在我公司附近的原因很簡單，因爲那名被設計的暖男演員是他帶的藝人，副總監爲了表示歉意，約他到公司聊聊天、一起吃頓飯什麼的……世界好小，爲什麼走到哪都會碰到他？

想當年第一次在記者會遇見宋大翔的我，因爲沒有心理準備，整個人被嚇得魂飛魄散，拿麥的手一直發抖，花了好長時間依然無法冷靜，最後只好謊稱肚子痛，直接把採訪工作丟給當時和我搭檔的Gary，氣得他好幾天不跟我說話。

「咖啡。」

宋大翔端來餐盤，在我對面坐下。

「謝謝。」

「兩顆奶油球，一包糖，對吧？」

我看向他，他對著我笑，我只能淡淡地應聲接過。

位於公司附近巷弄的咖啡廳，做的都是電視台的生意，下午一向是錄影的熱門時段，店員忙著外送咖啡到攝影棚，店裡的客人反而很少，除了我和宋大翔這一桌，店裡只有兩個看起來像是保險業務員的人在談事情。

「心情不好？」他端起咖啡喝了一口。

「你明知道發生什麼事，可不可以不要老問廢話？」

「火氣很大喔？」宋大翔笑得更開懷，惹得我不耐地蹙起眉，「珊珊，別這樣，妳以前不會這樣。」

「我怎樣？我又怎樣了？我難道不能生氣嗎？這又不關我的事，爲什麼我非得遭受這些責難？報導不是我追的，造假也不是我做的，就算我再怎麼不喜歡這份工作，我還不是盡到了自己的本份，爲什麼我……」

我怎麼了？

這些不都是我自己選擇的嗎？

話才說到一半，我不由得打住了我爲自己的辯解，心中一片混亂。而且，我幹麼說這些給宋大翔聽？想討拍嗎？想取暖嗎？想要他告訴我：妳做得很好，一切都是別人不好？

這不是我要的。

熱燙的咖啡澆熄不了我飛快的心跳，我抬手向店員要了杯冰水，一杯滿滿冰塊的冰水，要不是身處公共場合，我可能會把水往頭上澆，而不是狠狠地灌進喉嚨。

「……我不喜歡你叫我珊珊。」

「妳衝著我大吼大叫之後，第一句話居然是這個？」宋大翔忍俊不住，他好笑地望著我，「我可以知道爲什麼嗎？」

「因爲我上次有阻止過你，你當耳邊風，所以這次我還是要阻止你，不然等於我默認你可以這麼叫我，我不想要你作出一副我們之間還有什麼友好關係似的。」

「我們可以有很友好的關係啊。」

「我不要。」

「那我們坐在這裡就只能吵架了？」宋大翔兩手一攤，身體往後一靠，「妳都跟我來喝咖啡了，不如來一場和平友善的對話吧，『于珊』。」

于珊。

距離上次宋大翔這麼喊我，大概是幾年前的事了，那時候的我們還在交往，每次只要吵架，宋大翔就會這麼喊我。

如今聽見他喊我的全名，明明是我要求的，感覺……卻很複雜。

「受委屈了？」

「從事這一行，怎麼敢講自己受委屈？都是磨練，都是經驗。」我喝了口咖啡，卻喝不出滋味，只嘗到苦澀，「只是心有不甘，一時之間嚥不下去，然後，就爆炸了。」

「既然我身爲爆炸目擊者，妳願意和我談談是怎麼回事嗎？」

「我爲什麼要跟你說？」我按捺不住嫌棄。

「不然妳想跟誰說？方哲宇嗎？」宋大翔一派輕鬆地說出方哲宇的名字，不知爲何，那讓我心裡一震。「我想，他應該不太懂幕前工作人員的心情吧？」

「……那也不關你的事。」

「是不關我的事沒錯，但很不巧的是，我關心妳。」宋大翔身體往前傾，直直地看進我的眼睛，「于珊，告訴我吧，嗯？」

我略略往後縮，「你可以不用這樣講話沒關係。」

「我以爲妳會被我迷惑。」他又笑，笑得很有姿色。

我敷衍地假笑兩聲，不把他的話當一回事，偷偷在心裡提醒自己，保持距離，以策安全，前陣子的偷吻事件可是前車之鑑，我不能栽在同一種手段上。

宋大翔和我聊起這次製作單位造假的事，他說這位暖男演員個性比較單純，以爲每個人都是朋友，所以才會人家一約就出去，即使到了現場發現情況不對，也因爲怕傷了對方女孩子的心，沒有立刻離開，當對方做出各種曖昧舉動時，他也只能極力閃避，就是不好意思撕破臉。

「你眞該保護好他。」聽起來好可憐，一定被嚇壞了。

「是啊，報導一出來，他馬上跑來跟我道歉，從故作鎭定到哭得打嗝，情緒大爆發，我從沒見過他的演技這麼有層次，這段要是收錄在電影裡面，一定可以報名金馬獎。」宋大翔大概已經想好，下一檔戲要幫暖男接演一個可憐兮兮的悲戀角色了。

唉，光是想像那個畫面，我就於心有愧，忍不住覺得自己是摧殘嫩草的幫兇。

「麻煩你代我向他道歉。」

「該道歉的怎麼會是妳？」宋大翔不在意地笑了笑，「妳一定不想做這些吧？」

「還不都自己選的。」我聳肩，情緒已經不像剛才那麼激動。

說來說去，我只是不敢承認自己和《發燒星聞》被劃在同一處，就像是大考考差的學生，始終無法認同自己的學校，看不起自己的同學，穿著制服走在路上總是遮遮掩掩，自怨自艾，自憐自卑，以爲自己比其他人還要厲害，都是因爲不小心才會淪落到這個地方。千錯萬錯，都是別人的錯，都是這個世界的錯。

我就是這種人。

就如同阮菁菁所言，我自以爲高尚，瞧不起這個節目，以爲不碰幕後的事，像隻鴕鳥般把頭埋進沙堆裡，我就還可以是原本那個致力於追求眞相的熱血記者，相信自己和他們不一樣。

「我想，我只是害怕。」撫摸著咖啡杯的杯緣，我低聲說。

「害怕？」

「害怕變成自己討厭的那種大人。」

所以我才會一直排斥阮菁菁，因爲不只她從我身上看見了以前的她，我也從她身上看見未來的我……

如果有一天，我眞的成爲了阮菁菁，我還能不能找回以前的于珊？

「你還記得你上次問我的問題嗎？」我問。

宋大翔點了點頭。

「我原本以爲我會喜歡每一刻的自己，可我突然發現，這不過是一種自我安慰，若是繼續這樣下去，我或許還是會喜歡自己沒錯，但那是因爲，除了我以外，再也沒有人會喜歡這樣的我了。」

到了那個時候，我不得不喜歡自己。

一口氣喝完微涼的咖啡，感受留在嘴裡的酸苦，我無意間瞥見擱在桌上的手機，突然好想打電話給方哲宇，好想聽聽他的聲音，叫他唱歌給我聽，因爲我現在有點想哭。

「那麼，妳想怎麼做？」

「什麼？」

「如果不想變成討厭的大人，妳現在應該做點什麼，不是嗎？」宋大翔講話的模樣很欠揍，很像是電視劇裡放高利貸的壞人。

「我……」

「要是妳想好要怎麼做的話，歡迎聯絡我。」宋大翔朝我笑了笑，「我一定會幫妳的，珊珊。」

Chapter 9

「謝謝大家收看今天的《發燒星聞》，下週同一時間，我們將會繼續爲您揭開星星背後的眞相。」正對著鏡頭，我露出堪稱主播微笑的專業笑容，平靜地等待燈光暗下。

每次講完這句話，我都有種很想和觀眾大喊對不起的衝動，我每次都忍了下來，等著工作人員喊卡，想要趕快離開這個令我渾身不舒服的地方。

但是，今天我打算來點不一樣的。

「辛苦了。」

「謝謝大家。」

「辛苦了，謝謝。」

我走向場內的來賓、工作人員，一個一個向他們問候道謝。

或許是我平時來去匆匆，每次收工都跟逃命一樣，每個人見到我主動接近都像見到鬼似的，有個正在簽勞報單的來賓，一聽到我問他錄影有沒有任何需要改進之處，愣得差點沒忘記自己的名字怎麼寫。

我明白，這是我不會做人的緣故。

因爲以前的我根本不想在他們面前當人，就算他們把我當成鬼、怪咖、跩界第一把交椅什麼的，對我來說一點影響也沒有，畢竟我壓根兒不在乎他們，他們怎麼想我，誰在乎？

但是現在不同了，現在的我終於發現自己的立場不該是與製作單位爲敵，我們都是同一艘船的人，我再怎麼想要否認、再怎麼想要劃清界線都是沒有用的，那不過只是一再強調了我這個人的自以爲是。

我想清楚了，我眞正該做的，不是同流合汙，也不是可憐兮兮地覺得自己是出淤泥而不染的清純小蓮花，既然上了賊船已成事實，那我最該做的就是讓他們金盆洗手，改變這個節目的型態——

這才是我在這裡該做的事。

雖然我把話說得這麼好聽，但具體要怎麼行動，我還沒個主意。

「阿仁、小東，等一下。」我叫住正準備離開的他們，心裡揣著一些尚未成形的想法，「你們待會有事嗎？」

他倆對看一眼，搖了搖頭。

《發燒星聞》的模式是這樣的，每集都會安排幾位記者出席節目，擔任觀察員，同時也要負責消息的求證。今天擔任觀察員的記者正好是阿仁和小東，難得遇到自己人，我想，這就叫天助我也，冥冥之中自有注定，好的開始是成功的一半。總而言之，我約了他們吃飯，打算和他們聊聊我的計畫。

走出攝影棚前，阮菁菁站在遠方看了過來，和她四目交接了整整三秒，我很有風度地朝她微笑頷首。

我不會跟妳一樣，絕對不會。

爲了配合男生喜歡大口吃肉、大口喝酒的單純食性，我特地透過關係訂到了台北最熱門的日式燒肉店，不顧身上穿的是前幾天新買的ZARA黑白小洋裝，我紮起了頭髮，忙不迭地拿起夾子分配烤得恰到好處的鮮嫩牛小排。

「多吃點，最近又要跑新聞、又要上節目一定很累吶？嘖嘖嘖，你看看，我們阿仁的臉都凹了，好可憐喔……」

「沒有啦，我胖了三公斤。」阿仁扒著飯，空出左手豎起了三根指頭。

這傢伙可不可以不要這麼誠實？我看你充滿福氣的雙下巴也知道你吃得很好，這叫客套話懂不懂！客、套、話！

我瞇起眼笑，轉而看向坐在另一邊的小東。

「小東也是，快點嘗嘗看這尾蝦，這可是這間店最有名的伊勢大蝦，肉質鮮甜緊實，好吃得不得了！」

「謝謝珊珊姊。妳也吃呀，不要光幫我們烤肉了。」小東這人比較有良心，他立刻接過我的夾子，把網上烤得滋滋響的松阪豬放進我的碗裡。

我捧著碗，突然覺得眼前這副景象好美。

「……我們好像已經很久沒一起出來聚餐了耶。」

不過才兩、三個月的時間，爲什麼可以改變這麼多呢？

以前總是擔心時間過得太快，日子一成不變；如今改變太快，卻發現時間只前進了一點點，心中那種不知道明天又會發生什麼事，完全無法掌握的感覺湧上心頭，堵堵的、悶悶的，有點糟糕。

「珊珊姊，辛苦妳了。」

「辛苦了。」

阿仁、小東舉起啤酒杯，向我致意。

我笑了，回敬手邊的生啤酒。

熱鬧的燒肉店裡，我們彷彿找回了以前的簡單生活，一起開心地吃吃喝喝，聊著身邊發生的大小事，偶爾笑著大罵彼此怎麼會這麼愚蠢，偶爾溫馨地給他們做點人生諮詢。

有時候，我眞的覺得自己很倒楣，可大多數的時間，我還是感嘆自己何其有幸，能在忙碌的一天結束過後，有幾個人陪著自己哈哈大笑，笑著笑著，原本困在心底的煩惱也被笑了出來，然後才有勇氣告訴自己，其實生活就是這樣，沒什麼過不去的。

「跑《發燒星聞》的新聞容易嗎？」我問，替他倆斟了碗湯。

「還好，就是臉皮要厚。」小東說著，語氣聽起來是刻意的輕描淡寫，「……那些名嘴講的倒也不全是謊話，有時候一些聽起來很扯的事情，還眞的被我們堵到了，比起被拍到的藝人，反倒是我們記者比較驚訝。」

「與爆料完全相反的事情也是有，只是製作人就不會播了。」阿仁喝了口湯，補充說道：「像是本來要做的匿名爆料單元，我們實際調查之後，發現幾乎每一則都是假的。很多藝人私下都是乖寶寶，根本沒像爆料裡說的那樣愛跑夜店、耍大牌、發酒瘋，有幾個甚至還不會喝酒！所以製作人乾脆喊卡，不做了，因爲觀眾肯定會嫌無聊，上網罵我們收經紀公司的錢給藝人做形象。」

收視率來自觀眾，這是大家都知道的事。

可是，觀眾想看的是什麼？

看看新聞網站上的熱門新聞，哪一篇標題不是下得聳動嚇人，內容大多脫離不了腥羶色，這並不代表重要的新聞沒人做，問題是它們永遠都被這些大家邊看邊罵的新聞給擠了下去。

《發燒星聞》也是相同的道理，觀眾想看的是藝人令人驚訝的反差，他們早就預期了檯面上光鮮亮麗的藝人，私下一定是紙醉金迷、酒池肉林，他們想要獲得的是一種滿足感，想要自滿地告訴其他人：我早就知道藝人都不是什麼好東西！

對觀眾而言，溫馨正面的好藝人不是不能有，但是不能多，因爲多了就覺得假假的，觀眾看完了好消息會覺得心靈滿足，但下一秒還是想要搜尋其他藝人的壞消息，打算嚇嚇自己，訓練自己的強心臟。

這就是人性。

「噯，你們有沒有想過……」我夾起新鮮的安格斯牛肉，放在烤網上仔細排列整齊，「在這個節目做一點不一樣的事。」

「不一樣的事？」他倆異口同聲。

「是啊，你們總不會想一直靠挖藝人的八卦過日子吧？」我眨眨眼，襯著炭火爐冒上的煙霧，這幕畫面在視覺上應該頗有引人入勝的懸疑感吧，「反抗吧，孩子們。」

「反……」小東嚥了嚥口水，「要怎麼反抗啊？」

「還沒想好。」

「吼，珊珊姊——」阿仁掃興地大叫。

我掄起拳頭作勢要揍他，「吵什麼！我這叫招募義勇軍，希望有志之士可以一起集思廣益，懂不懂我的用心良苦啊？我可是活在民主社會的好市民，最懂得傾聽大家的意見了。」

「是是是，女王英明，女王萬歲。」阿仁高舉雙手膜拜。

「這才識相。」上一秒號稱非常民主的我，此時非常獨裁地覺得開心。

我告訴他們，我想在私底下籌備一個專題報導，確切的內容現在雖然還沒個底，不過當然是阮菁菁不會喜歡的那種。

「那要怎麼播啊？」小東問，眉頭鎖得很緊。

「狸貓換太子嘍。」我悠哉地喝茶。

「蛤，這樣會成功嗎？」

我狠狠地橫了說話的阿仁一眼，「那個說要當社會記者，揭發不公不義的人，講這什麼喪氣話？都沒試過怎麼會知道成不成功？」

「唉唷，我不是那個意思啦，就是覺得實施的難度有點……」

「當初馬丁路德金恩博士要是這樣想，你覺得歐巴馬現在會是美國總統嗎？」

「我沒有……」

「當初聖雄甘地要是這樣想，你覺得印度現在會是獨立國家嗎？」

「珊珊姊，我……」

「當初——」

「好啦！我加入就是了！」阿仁快要崩潰了。

哼哼，想跟我鬥，鬥兒都沒有！

比起阿仁的質疑，小東悶不吭聲的態度倒是讓我比較擔心。

「小東，你的想法呢？」

「我、我不是不相信珊珊姊，只是……」

「你是不是擔心東窗事發的話該怎麼辦？」我猜想小東大概是擔心往後的工作也許會受到影響，「雖然小東你可能會覺得我在說大話，不過我跟你們保證，到時候上面懲處下來，我一定會扛起全部的責任，不會讓你們有事的！」

說眞的，我並沒有想把場面搞得跟誓死如歸的革命似的，可這本來就是我的主意，既然如此，那麼責任也該由我獨自承擔。

小東的表情沒有因爲我的保證而少了憂慮，我和阿仁對看一眼，阿仁對我聳了聳肩，見狀，我也不好繼續進逼，只能再端起飲料，和阿仁你一言、我一語地重新把場子弄熱。

這場餐敘進行到深夜，阿仁提了幾個想法，我都覺得不夠霸氣，若是眞的想給《發燒星聞》來場震撼教育，那麼這個專題報導肯定得夠份量、夠打臉，才可以讓製作單位以及電視台高層，甚至是每一位觀眾明白，我們究竟創造了什麼樣的節目，同時，我們又選擇收看了什麼樣的節目。

「好難喔……」阿仁想得都快瞌睡了，「先別說這個了，珊珊姊，都這麼晚了，待會妳要怎麼回家啊？妳今天有開車嗎？」

「你沒看我都喝酒了，今天當然沒開車。」我看了看腕上的錶，捷運末班車剛剛開走，「我可以坐計程車啊，你們呢？」

聞言，小東擔心地勸阻，「這時間坐計程車不好吧？」

「拜託，想想姊以前在夜店混的時候，你們還在媽媽懷裡睡哩！深夜坐計程車哪有什麼可怕，他們才怕我付的不是眞鈔呢。」

「不然是什麼？」阿仁好奇。

「冥——」

「啊啊啊，算了，我不要聽。」

長得那麼大隻，膽子怎麼這麼小？我好笑地看著阿仁摀住耳朵的模樣。

「對了，珊珊姊，妳可以叫人來接妳啊！」

「誰？」

我看向小東，只見他意有所指地朝著我笑。

「大翔哥說的那位——」

「祕密情人！」

每到這種時候，這兩人就莫名有默契。

只見阿仁、小東滿臉期待，眼睛發出閃亮亮的光芒……唉，看看這兩雙純眞無瑕的眼神，好像如果我不把方哲宇介紹給他們認識，反而是我的罪過似的。

「我先說好，他才不是我的『祕密情人』，只是室友。」

「唉唷，我們懂的啦，戀愛不公開嘛。」

人家偵查不公開是給你這般照樣造句的嗎？

我很用力地瞪了阿仁一眼，要他給我注意用詞；同時，我在手機上撥出了熟悉的電話號碼，響了幾聲，那方很快地接起。

方哲宇馬上答應要來燒肉店接我，他說他正好在附近聚餐，距離這裡不到十分鐘車程，很快就到。

果不其然，我們剛結完帳，他人就出現在店外面的人行道。

不是我在說，方哲宇今天穿著我送他的灰色T恤和黑色長褲，配上那雙我硬逼他買下的白色懶人鞋，樣子特別好看、特別清爽……不愧是我，很會挑衣服，時尚達人來著。

「這是胖子阿仁，這是瘦子小東。」我一邊介紹，一邊無視他們的抗議，「然後，這位看起來很像韓國歐巴的男生，就是我的室友、好朋友、超級好朋友，方哲宇。」

雙方簡單打過招呼，原本興致勃勃說要認識方哲宇的兩人突然害羞起來，胖的那個說他要趕快回家，不然媽媽會擔心他被色狼襲擊，瘦的那個則說家裡妻管嚴，再混下去回家就得跪算盤。

虧我都把人叫來了，以爲他們會擦出什麼友誼的火花，結果那兩人就這樣一左一右各自離去，留下我和方哲宇面面相覷。

「……喝酒了？」他撥弄著我的馬尾。

對上他若有似無的微笑，我把食指和拇指湊近他的眼前，「只有一點點而已。」

「回家？」

「嗯……」我作勢思考，彷彿想著什麼人生大事。

「不回家？」

「散個步好了！」

說完，我一把抓著方哲宇往附近的公園走去。

今晚的月亮很圓很大很明亮，繞著遊樂區附近的走道，我和方哲宇肩併著肩，慢悠悠地散步。我問他今天是爲了什麼聚餐？他告訴我是安妡的專輯正式完成，工作人員約好了一起在居酒屋慶祝。

「既然如此，安妡應該也在吧？」我踢走了腳邊一顆礙眼的小石子。

方哲宇理所當然地頷首，「她是主角啊。」

「……她是女主角，那男主角是誰？」我小聲嘟囔。

「嗯？」

「沒事，我胡言亂語。」煩躁地往空中揮了揮手，我也不知道自己幹麼說這種無厘頭的瘋話，只好隨口換了話題，「她的專輯什麼時候發？」

「下個月初吧。」方哲宇沒多想就回答了，肯定是記在心底，哼。

不知道爲什麼，每次一講到安妡，我的身體就不舒服，這裡疼、那裡酸的，莫非我和她眞的天生八字不合、磁場相斥，否則怎麼會這麼不對盤到連身體健康都受到影響？

「那你們呢？」

「什麼？」我揉著胃，覺得消化不良。

「沒記錯的話，你們好像很久沒聚餐了吧？有什麼開心的事嗎？」

「煩都煩死了，哪有什麼開心的事……」長長地嘆了口氣，我一五一十地將尚未完成的革命計畫告訴方哲宇，包括上次造假事件的始末、阮菁菁的事等等，全說了，毫無保留。

除了宋大翔那一部分以外。

「你知道嗎？當我聽見阮菁菁這麼說的時候，眞的很不服氣。」我坐上翹翹板的一端，伸直了雙腳，「可是，我後來想想，也許自己是眞的被她說中了吧。」

「說中什麼？」

「我沒自己想像得那麼好。」

我總是告訴自己、告訴別人，我是于珊，我沒有什麼做不到的事。

因爲我是于珊。

可是，事實卻非如此。

我是于珊，不過是于珊而已。

有好多事情不在我的預料之內，我無法掌控每一個決定，我必須說服自己去做不喜歡的事情以換取想要爭取的機會，而這機會也不一定眞能到得了自己手上，更多的時候，我只是被逼得不得不做。

「哲哲，你知道嗎？阮菁菁說錯了一件事。」盯著腳上的高跟鞋，我淡淡地說：「她說，我屈就接下《發燒星聞》的主持工作後，還會有第二次、第三次的屈就……她錯了，這才不是第一次，我早就屈服了好幾次。」

打從進入社會開始，那些個性上銳利的稜角，那些曾經信誓旦旦地說不會改變的傲氣，每天每天，一點一滴地被無形卻殘酷的現實打磨。

長大或許就是這樣，活得不像自己，做些並不想做的事，心情不好也得撐起笑容，再也不能像以前一樣任性，不想上課的時候就翹課，想哭的時候就找幾個人衝去看海……我懂，我明白，但我眞的得接受嗎？

「其實我也不清楚，我的反抗究竟是爲了自己，還是爲了我口中的大家？即使是剛才聚餐的時候，我都在想，我這麼做眞的好嗎？我非得做這件事不可嗎？如果出事了，我眞的有辦法保全阿仁和小東嗎？」

我不知道，眞的不知道。

「誰知道呢？」

「什麼？」

「我說，誰知道呢？」方哲宇看著我，若有似無地笑了，「不做，怎麼知道結果如何？成功之後的作爲，才能定義妳是誰，不是嗎？」

「你的意思是，我有可能翻臉不認帳，革命成功以後當上獨裁大總統？」

「先別說成功，妳也有可能半途而廢啊。」他潑我冷水，沒理會我不悅的大叫，逕自倚著翹翹板的另外一端，「妳怎麼知道之後會發生什麼事？說不定籌備到一半就被阮菁菁發現，計畫胎死腹中，妳們三個一起被開除——」

「呸呸呸，烏鴉嘴！」

「而且，阮菁菁和妳都說錯了一件事。」

我？

阮菁菁說錯就算了，我說錯什麼了？

「……說來聽聽。」

方哲宇沒馬上回答，他先是對我投來一記耐人尋味的微笑，看得我滿心疑惑，一時半刻猜不出他在賣什麼關子。

本來嘛，面對方哲宇，我爲數不多的耐心又更少了，正想開口叫他少吊人胃口時，就見方哲宇轉身一個用力蹬上翹翹板，我連尖叫的時間都沒有，整個人直接往天上飛。

「方、哲、宇——」

我緊緊扳住翹翹板的握環，嚇得眼淚都跑出來了。

「哈哈哈哈……」

「我恨你我恨你我恨你！」我真的差點死掉，眞的眞的眞的！

事後想想，給小孩玩的翹翹板能有多高？不過就是我伸直腿便能踩在地上的高度，可被方哲宇這麼突然一嚇，我三魂硬是飛走了兩魂，思緒空白了好一會兒。

方哲宇在翹翹板另一端坐下，仰頭看我，眼神柔柔的，笑得如沐春風，小虎牙都跑出來見人了。

……可惡，那種奇怪的感覺又跑出來了。

我愣愣地看著他，覺得胸口悶悶的，最近一下心口發悶、一下心臟揪緊，到底是怎麼回事？我快要連自己都搞不太懂自己了。

「好點了嗎？」他問，臉上微笑不減。

「不好不好不好！」我賭氣地朝他喊，其實是覺得反應太大的自己有點丟人，話鋒順勢一轉，「你、你再不說我和阮菁菁說錯了什麼，我就不會好——」

「妳很好。」

「我說我不好！」

「妳很好。」

「我不好！」

「妳很——」

「我就說我不好嘛！」這傢伙現在是想跟我作對是嗎？

聞言，方哲宇低低笑了幾聲，好像逗著貓玩的那種笑聲。

「……我的意思是說，妳很好，比妳想像得還要好。」

他剛剛說什麼？

「于珊，妳很好。」方哲宇說，終於沒再鬧著我玩。

我卻不曉得該怎麼回應。

「你、你吃錯藥了啊？」結巴個什麼勁啊于珊，他是方哲宇欸，妳緊張什麼？我急忙調整了狀態，硬著頭皮回嘴，「還是誰給你吃糖了？最近老是講一些奇怪的話……」

「我說的是實話。」

噢，對了，酒！

方哲宇肯定喝酒了！

「我沒有喝酒。」他笑著回。

敢情這傢伙是學了讀心術不成？怎麼都知道我心裡在想什麼……

側坐在翹翹板上，我曲著腿，讓腳騰空，望著此時看向一旁樹叢的方哲宇，心裡……有種奇怪的感覺，好像只看得見他，只聽得見他。

「……那你說我好，是什麼意思？」我不自覺地問出口，見他轉頭看我，卻又忍不住心慌，「我、我平常這麼壓榨你、欺負你，你還覺得我好？方……哲哲，你還眞的以爲自己是忠犬阿吉啊？」

「誰知道呢？」他噙著笑，滿臉有趣的樣子。

「你！方哲宇，我不跟你說話了啦！你今天好奇怪……」

不只他奇怪，我也很奇怪。

別過頭，我懊惱地咬唇，搞不清楚現在到底是什麼情況？噢，一定是滿月的關係，月亮影響潮汐，連帶影響了人的心理，那些占星老師不都這樣說的嗎？水星逆行，冥王星進入什麼什麼碗宮的。

「那妳還想知道妳哪裡好嗎？」

「不不不……不用了不用了！」我連忙拒絕，深怕再聽下去，神祕的月亮大人就會把我變成可怕的狼人，「謝謝大大指教。」

幸好，方哲宇沒有逼我。

他變得很安靜，我也是。

我們像是說好了要在離家很遠的公園賞月似的，一人坐著翹翹板的一端，誰也沒說話，就這麼享受著台北城裡難得的寧靜，我們之間只剩下偶爾拂過的微風帶來些許涼意。

「那天……」我開了口，卻有些難以接續。

「嗯？」

「呃，就是我去你錄音室的那天啊……」

「怎麼了嗎？」

「小仙——安妡跟我說了一件事。」不知道是安妡的關係，還是因爲接下來要說的話，我的心臟怦怦地跳得飛快，很是緊張。

「妳幹麼呑呑吐吐的？」方哲宇笑問。

還不都怪你！

「那天在錄音室，安妡跟我說你不當歌手，是爲了守住跟某個人的承諾，這件事是眞的嗎？」一鼓作氣，我總算把這個藏在我心底的困惑給問了出來。

說完，我兀自盯著翹翹板的握環不放，就是不看向方哲宇，我怕他會露出我不想看到的表情，比方說寂寞、比方說遺憾、比方說眷戀……

「是啊。」未料，他答得乾脆。

「蛤？」

下意識地抬頭，卻見方哲宇很是自在。

「的確是因爲某個人沒錯。」他一派輕鬆地迎向我有點驚訝的目光，「不過，不是什麼承諾，這件事沒妳們想得那麼嚴重。我不是跟妳說過嗎？音樂就是我想做的事，至於做不做歌手，對我來說沒那麼重要。」

「……眞的？」

方哲宇失笑，「幹麼不信？」

「那你可以告訴我嗎？」

「什麼？」

「那個人是誰？」我問，不放過他眼裡的每一道情緒，「他說了什麼讓你改變主意？

你……可以告訴我嗎？」

「她其實也不記得了。」

「蛤？那個人嗎？」我傻眼，那個人怎麼這樣啊？

「嗯。」方哲宇點頭，眸裡沒有我所擔心的那些情緒，反而笑得很溫柔，「我說了，那是我自己的決定，做不做歌手，本來就是我的決定。」

……說的也是。

畢竟方哲宇也不是三歲小孩了，他的決定自然有他的道理，我這麼瞎操心也挺好笑的，再說，方哲宇不過是我的朋友，又不是我的誰，再這麼逼問下去，我都差點以爲自己是他媽了。

「但見她一副完全不記得有這件事的樣子，我也有點不服氣就是了。」

「嗄？」我一時反應不及，「什麼意思？」

「妳說呢？」

「我、我怎麼知道？」

「以後酒別亂喝。」他勾了勾唇，忽然冒出一句，「講話是要負責任的，別以爲喝醉了話就可以亂說，有人會當眞的。」

什麼？

他在說我嗎？是我嗎？

「你到底在說什麼啦！」

方哲宇眸中帶笑，衝著我挑釁地挑起眉，看得我更是雲裡霧裡地想不明白，不得不說，他故意不把話說清的樣子，看起來……很壞，壞透了！

「不說就不說。」頭髮一甩，我這個人很灑脫的。

反正我已經知道那個人跟方哲宇沒什麼約定，至少不像安妡說的那樣曖曖昧昧、引人遐想，好像有某種不可告人的關係似的，不過……那個人居然可以影響方哲宇的決定，那麼，是不是代表他說話挺有份量的啊？所以這就表示，那個人對方哲宇來說很重要——

天啊，我眞的快被自己煩死了！

不管了，問名字，我直接問名字！

「方哲——」

「電影主題曲已經做好了。」方哲宇看了過來，臉微微仰起的角度很是微妙，「……妳想聽嗎？」

當然要聽，問這不是廢話嗎？

「……嗯。」不知爲何，我把OS嚥了下去，輕輕點頭。

「可是，詞還沒寫好。」

「方哲宇！」他今天眞的好煩！

我氣得在空中蹬腳，卻聽見方哲宇朗聲大笑。

他今天一定喝酒了，就算他說沒喝也一定有喝，明明整個人變得怪裡怪氣的，若不是因爲酒精作祟，就是被好兄弟附身，再不然就是多重人格！電視上不是有演嗎？那個誰誰誰的身體裡面居然有七個人格。

吼，我眞的很生氣！

不過是方哲宇而已，小小一介方哲宇，區區一個方哲宇，誰准你這樣把我玩弄在手掌心的？我、不、准！

手上一撐，我直接跳下翹翹板，直直地往公園外走去。

「于珊。」

方哲宇跟了上來。

「于珊。」

不是玩得很開心嗎？幹麼，怕我生氣？

「于珊。」

別以為你叫我就會停下來，我——

「于珊。」

我停了，不是因為心軟，而是他抓住我了。

抓住，我的手。

也就是一般人俗稱的，牽手。

「……幹麼？」可我不認這叫牽手，這叫牽制。

「沒有啊，」方哲宇皮皮地笑，「回家。」

回家。

回我們的家。

即使抓到我了，方哲宇的手依然沒有放開，他大大的手包覆著我，我試探地甩了甩，他跟著加重力道握了握，像是警告我不要輕舉妄動。

我們沒有並肩，方哲宇領在前頭，牽著我向前。

「于珊，」他喚，聲音裡帶著不容忽視的笑意，「有時候，妳挺笨拙的。」

說這什麼話？我可是于珊耶！

不曉得是不是被牽了手就嘴笨，一時之間，我竟想不出話來反駁，只能像個小人往他背後暗算，出拳狠狠揍了他一下。

方哲宇沒回頭，只聽他悶悶地笑了。

光是想像他笑我的表情，我的臉不知爲何開始發燙，燙得我腦袋一熱，正打算很沒風度地制止他不准笑的時候，本日話最多的方哲宇再次開口了。

「但是，我不討厭。」

月色之下，方哲宇這麼對我說。

♪

方哲宇負責譜寫主題曲的電影名爲《初戀日光》，改編自暢銷得獎小說，集結台灣兩代實力派人氣演員，單單憑藉這兩點，我想，除非整個電影劇組一起抽風，失手將頂級好食材料理成失敗大雜燴，否則這部電影可以說是坐等票房破億的熱門之選。

正因爲電影的備受矚目，電影主題曲更是粉絲關注期待的重點之一。

主題曲完成的那天，恰好是我和阿仁、小東想出革命專題的那一天。經由他倆的告知，我才知道原來阮菁菁依然在走造假的路子，幾乎每三集就會有一集的爆料求證是和藝人事先談好的拍攝。

因此，我們決定藉由《發燒星聞》打臉《發燒星聞》，暗地跟拍造假團隊，蒐集各項證據製作成專題企畫，並在水到渠成之時，調換當日的節目播出帶，一舉揭開節目造假的眞相。

由於構想取自「螳螂捕蟬，黃雀在後」的道理，於是我理所當然地把這項計畫命名爲——黃雀計畫。

「噗。」

「笑屁啊？」我把抱枕往方哲宇身上丟。

雖然我也覺得這名字很老派，但重點不是名字好嗎！

重點是我和小東他們這回是眞眞正正要出任務了，這可是賭上職業生涯的革命計畫，弄得不好，我就算了，我到哪都可以活得很好，因爲我有美貌和智慧，但阿仁他們不一樣，兩個人一沒臉蛋、二沒腦袋的……無論如何，我們都必須成功才行！

「好啦，報告完畢，我說完了。」我坐在地板上按摩穿了一整天高跟鞋的雙腿，側首覷向沙發上的方哲宇，「你呢？不是說主題曲做好了嗎？」

方哲宇哼了聲，兩手在筆電的觸控板上滑來滑去。

「樹人那邊OK了？」

「前天傳了DEMO過去，反應不錯。」方哲宇說著，手上的動作稍停，「不過他們討論過後，希望我改成對唱版本。」

也就是說，曲子還不算正式完成嘍？

「那你現在是？」

「樹人想要對唱是他們的事，就我個人而言，我比較喜歡獨唱版本。」他按下一個按鍵，樂聲隨即傳出，「我想讓妳聽聽看。」

《初戀日光》的故事背景定於台灣光復初期，講述一對家世差距懸殊的戀人，從相識之初到不顧家人反對互許終身，原以爲苦盡甘來，卻因爲白色恐怖被迫離散，經歷了種種苦難，最終才得見燦爛日光。

電影主題曲最重要的任務就是與劇情情感連結，作爲一個看過原著小說的讀者，我對於書中人物、故事有一定認知，方哲宇的主題曲若是打動不了我，想必也打動不了熟悉角色的書迷。

方哲宇當然不會出這種差錯。

因爲時代背景的緣故，這首曲子融合了台灣早期的民謠曲風，然而這並未讓它顯得老氣，即使曲調悲傷，卻不覺得沉重，旋律緩緩地引領聽者感受人物角色的喜悲，讓人忍不住心揪，眼眶一酸。

尤其，當我聽見方哲宇唱出巧妙轉換的國台語歌詞，腦海立刻浮現故事中的情節橋段，回想起當時閱讀的感動。

「妳親像月娘照著海，恬恬陪伴阮心內。有些話毋免說出來，妳全部攏瞭解。」

方哲宇低沉的嗓音很適合台語特有的滄桑，我下巴抵著抱枕，細細聆聽他的歌聲，伴著樂曲，有些早已遺忘的畫面躍上心頭，起了漣漪，在心底深處泛開。

那時候，我們第一次見面。

那時候，我們在課堂相遇。

那時候，我對方哲宇窮追不捨……直到現在，我還是覺得我這輩子做過最正確的決定，就是當個鍥而不捨的跟蹤狂。

後來，我看見了方哲宇對音樂的熱愛。

後來，我聽見了方哲宇的才華。

後來，我們在深夜唱了一首未完的〈雙人枕頭〉……如果可以，我還是很想和他一起唱首歌，怪就怪在我的音痴症頭始終沒藥醫。

然後，發生了好多事。

例如，宋大翔，宋大翔，還有宋大翔……就像方哲宇說的，我的生活有好一陣子全是宋大翔。

沒想到，最後留在我身邊的，卻是那個被我放了鴿子的方哲宇。

對我來說，方哲宇的聲音是一種藥，治癒我的傷，治癒我的痛，只要聽見他的歌聲，不管經歷再多的困難，倒下多少次，我都能勇敢站起。

「……終有一天，作伙見日光……」

望著輕聲歌唱的方哲宇，望著他線條分明的側臉，我突然感謝起那個人，那個讓方哲宇改變心意、不當歌手的人。

因爲我無法想像，如果有一天方哲宇站到舞台上，如果他唱歌的對象再也不是我，而是舞台下成千上百的觀眾，他們會爲他歡呼、爲他喝采，他們能實現他的夢想，而我，卻只是其中一個「他們」的時候……

我一點也不想和那些「他們」分享方哲宇。

對我來說，方哲宇的聲音或許不只是一種解藥，而是一種令人上癮的毒藥。

「……終有一天，作伙見日光……」

總有一天，方哲宇不會再是我眼前的這個低聲輕唱的方哲宇。

我知道，很清楚地知道。

「……終有一天，作伙見日光……」

到了那天，我，會在哪裡呢？

Chapter 10

幾日後的晚上，我駕車從公司停車場離開，騰出一隻手撥電話，開啓擴音的手機傳出來電答鈴，待到前方交通號誌變換了燈號，由紅轉綠，那端正好接起。

「你們在哪？」我問。

阿仁壓低聲音，說了一間酒吧的名字，「珊珊姊，妳要過來嗎？」

「我馬上到。」

結束通話，我立刻駛出內車道，打方向燈右轉。

這是黃雀計畫的第二件個案。

據小東回報，這次的主角是在演藝圈小有名氣的男歌手衛宣，前年出完第三張銷售平平的專輯後，只偶爾接一些談話性通告，賺點小錢和曝光度，若是演藝事業再無起色，消失星海也是遲早的事。

阮菁菁找上他的原因正是如此。

畢竟假造新聞這種事，自然不可能隨便找人合作，阮菁菁挑人的條件很簡單，首選是擁有基本程度的知名度，卻始終無法大紅大紫的二線藝人，其次是急切想出頭，什麼事都願意配合的小咖。

當然，如果可以的話，她最歡迎的是主動找上門要求配合跟拍的大牌明星，就算只是要記者去拍她約個會、吃個飯都沒關係，反正大咖的新聞放出來都是頭版，再怎麼無聊都會成爲茶餘飯後的熱門話題。

嗯，你問有誰會這麼做？那個某某女明星就是這樣啊，自己的新聞自己做，獨立得很呢。

把車停在酒吧附近的巷口，我再次撥給阿仁。

「珊珊姊，他們坐在包廂區，我們靠不了太近。」

「隔壁沒空位嗎？」

「有是有啊，可是……不會太冒險嗎？」

阿仁沒用的擔憂，讓我煩躁地加快了腳步。

這個時候，我人已經走到酒吧門口。

「好啊，如果你會讀心術的話，我們就可以不冒險。」

語畢，我一把推開門，音樂頓時充盈耳裡。

這間酒吧放的不是電子音樂，而是平時較少機會聽見的歐陸歌曲，也許是曲調抒情，氣氛不像其他夜店嘈雜，反而有種慵懶的氛圍，讓顧客得以盡情放鬆，享受飲酒、聊天的樂趣。

靠在牆角張望了一下，我很快發現阿仁、小東坐在吧台附近的桌位，而在他們斜對面的包廂，靠牆的紅色卡座沙發區，燈光比起外頭更暗了些，隱約可見那裡坐著兩、三個人，其中最顯眼的一個還戴著墨鏡。

Come on! 這裡可是酒吧！會戴墨鏡來酒吧的除了盲人朋友，就是藝人，而且是急著告訴大家他是藝人的白目藝人，難怪衛宣的演藝事業會下滑，這下終於找到原因了，腦子不好嘛。

我招來服務生，要了他們隔壁的包廂。

「先幫我送兩杯長島冰茶到座位上，我們待會再過去，哦，對了，請你們不用來服務，謝謝。」

服務生有點驚訝地點點頭，我塞了張鈔票當作小費。

再次環顧四周，確認包廂的隱私性足夠，就算坐在隔壁也會因爲沙發椅背的高度，以及那片銀黑色線簾而看不清彼此的面容。

「珊珊……」

我舉起食指抵在唇前示意噤聲，直接在小東、阿仁那桌坐下。

「等一下阿仁和我坐到他們隔壁包廂，負責聽取他們的協商內容，我會試著偷偷錄音；小東你在外面拍照，盡量拍清楚他們的臉，尤其是衛宣，至少要讓人分辨得出來他是誰，OK?」

「是。」

「了解。」

抓準了時機，勾著阿仁的手，我和他假裝成一對情侶，避過正在與衛宣談話的工作人員，順利地坐進了他們隔壁的卡座沙發。

儘管酒吧裡的音樂多少有些干擾，幸好還是能聽見他們的交談聲。

我小心翼翼地把錄音筆湊近沙發邊緣，雖然對於最後錄音的成效沒有十分把握，但總得勉力試上一試。

「所以，你們想了什麼東西要讓我拍？」這是衛宣的聲音，很高傲的語氣，「先說好，我可是有形象的喔，少給我弄一些不三不四的下流緋聞。」

嘖，你都想造假了，還在乎什麼形象？談什麼下流？未免太本末倒置了吧。

我翻了個白眼。

「衛宣，節目這邊主要是藉著你近期的狀況去設計情境。」這個聲音很耳熟，是《發燒星聞》的企畫，「我們會派記者假裝偷拍你和朋友的聚會，你就在飯局上抱怨公司對你沒有規劃，導致你的演藝事業下滑，害你生活出了問題等等，這部分你不用擔心公司反彈，我們製作人都已經談好了。」

「就這樣？」衛宣似乎有些心不在焉，「我不懂，這對我有什麼好處？」

「要是按照我們的計畫，對你的影響絕對是利大於弊。」

「哦？」

「這麼說好了，因爲你本身有一定的知名度，實力也不差，消息一出來，大眾對你的觀感就會轉向同情，會認爲你是懷才不遇，覺得你的成就不該僅止於此，觀眾會想要給你機會，可能會群起對公司喊話，希望讓你出專輯。總而言之，這一切都是爲了讓你得到關注。」

除去實力不談，演藝圈最重視藝人的討論度與號召力，只要一個藝人能引起足夠的注意，就代表他有足夠的廣告效益，廠商邀約自然接踵而來，這對於一個落入二線的藝人來說，無非是極大的誘惑。

衛宣沒說話，大概是在思考是否真的該接下這份「工作」。

趁著空檔，我傳訊息問小東狀況如何？

「照片OK。」他回覆。

很好。

現在只要等衛宣大聲說出「我願意」，今天就可以收工了。

「……我可以問一個問題嗎？」半晌，衛宣突然又問。

「當然。」

「我不相信你們。」衛宣再次出人意表。

企畫頓了頓，才說：「什麼？」

「如果這個計畫眞像你說的這麼好，那些落魄藝人早就該搶破頭參加了吧？我跟你們節目又沒什麼交情，《發燒星聞》的風評也不是那麼好……我不是笨蛋，我憑什麼相信你們沒有設局陷害我，說不定你早就派了另一組人馬在附近埋伏偷拍，等著要拍我答應造假。」

我口中的冰開水差點沒嗆出來，趕緊將錄音筆往回收了一點，就怕衛宣一時敏感度大爆發，發現黑暗中潛藏著一隻小耳朵。

「我們爲什麼要這麼做？這對我們才沒好處吧？」企畫沒被嚇到，冷靜地回應。

「此話怎講？」

「你沒聽過放羊的孩子嗎？若是讓觀眾再一次發現我們利用這種方式『製造新聞』，你覺得他們會放過我們嗎？輪不到你遭殃，節目本身絕對先首當其衝。」這個企畫跟在阮菁菁身邊久了，談話方式也學得有模有樣，「衛宣，講白了，我們現在是共犯，也是命運共同體，你有事，我們也不會獨活，這點你可以放心。」

好一句不會獨活，聽起來太有同甘共苦的使命感了。

隔壁好一段時間沒人說話，阿仁和我交換一個眼神，繼續這場令人有些不安的等待。

「如何？」企畫打破沉默。

「……我明白了。」衛宣沉聲說。

「答案是？」

「我做。」

Yes!

我朝阿仁比出勝利手勢，直到確定衛宣一行人已經結束討論，開始閒聊，我才悄悄收回錄音筆，愼重地按下停止鍵，舉起冰開水和阿仁碰杯慶祝。

等到企畫和衛宣離開酒吧，約莫是一小時後的事了。

「來吧。」我拿出錄音筆放在桌子中央，對著阿仁和前來會合的小東說：「來聽聽看我們的成果如何。」

播放鍵亮起，一串夾雜著歌曲與雜音的音檔開始播送。

如我所想，背景音十分雜亂，幾乎像是不小心按到錄音鍵似的，我有點擔心接下來的音檔也會是這樣。

就在此時，錄音檔裡的背景音樂結束，另一首更柔和的抒情曲取而代之。

「……少給我弄一些不三不四的下流緋聞。」

這是衛宣的聲音！

我們三人驚喜地抬頭對看，彼此的眸裡全是勝利的喜悅。

音檔後續的談話內容也算清楚，只要用後製軟體調整，想弄出一段完整清晰的對話不是問題，謝天謝地謝菩薩謝阿拉謝耶穌！而且小東拍到的那批照片，衛宣的臉非常清楚，這下錄音、照片一應俱全，我總算安下心來。

「剛才換的那首歌歌名是什麼？簡直是我們的幸運歌來著。」我舉手招來服務生，要阿仁、小東儘管點酒，「要不是那首歌，這段錄音檔肯定派不上用場……不管，我回家要叫方哲宇唱給我聽。」

「哲宇哥很會唱歌啊？」小東好奇地問。

「我沒跟你們說過，他是真實音樂旗下的製作人嗎？」我喝了口開水，「他本來是要當歌手啦，後來不知怎地就跑去幕後了。」

「是喔。」小東點點頭，「珊珊姊，要不要叫哲宇哥一起來喝啊？」

聞言，我瞇起眼睛，上下掃視小東這小頭銳面的小東西，「怎麼？你最近對我家哲哲很有興趣喔？」

小東這傢伙，都是有女朋友的人了，幹麼這麼在乎我家涉世未深的天真小閨女……不行，我不准你染指他！

他是我的！

「不、不是，我沒有別的意思，珊珊姊！妳不要用這種眼神看我啦……」

「你沒轉性？」

「沒有啦！我只是——」

「別，別解釋。」我抬手阻止，沒等小東說完，我迅速補刀，「我支持多元成家，但不支持你對我家哲哲有任何非分之想。」

「哬，我沒有啦，珊珊姊……」小東哀號。

我才不鳥你哩！

「珊珊姊，小東說得對，難得有時間，要不要請哲宇哥過來一起喝啊？」阿仁接過服務生端來的兩瓶可樂娜，把其中一瓶遞給一旁有苦說不清的小東。

「你們以為我不想啊？但方哲宇最近很忙，我不想打擾他的休息時間。」

「打打看嘛！」

「小東你這樣眞的很噁心。」我皺起眉嫌棄他，堅持不打給方哲宇。

不是推託之辭，方哲宇是眞的很忙。

除了忙《初戀日光》的後製，他手上還有不少邀歌沒還，一下忙著到錄音室、一下忙著去別人公司開會，方哲宇的生活不比從前賦閒在家，他根本翅膀硬了，成龍了，連早餐都沒時間做給我吃了。

唉，不得不說，我是有那麼一點寂寞。

「來來來，這攤珊珊姊買單！」拋開多餘的思緒，我起身高舉水杯，「且讓我以水代酒，慶祝我們黃雀計畫的第二件個案，成功！」

「乾杯！」

回想起來，那眞是一個美好的夜。

畢竟，那是一切尚未崩壞的時刻。

♪

當我和小東他們私下進行黃雀計畫的同時，我也正在努力修復和《發燒星聞》工作人員的關係。或者，如果要說是「拉攏」也可以，只是這種用詞就顯得利益關係太重了些，不如還是說「合好」吧？

幾次主動接觸下來，我已經能和大多數的工作人員稱兄道弟，閒話家常，甚至有不少人私下跑來跟我說阮菁菁的壞話，偷偷透露他們其實對我本來就很欣賞。

所以我說，改革的第一步，果然就是攏絡人心。

當然，我不可能因爲嘗到一點小小的成功就立刻上前和阮菁菁對槓，我很清楚，時機還沒到，於是我很認分地繼續主持《發燒星聞》，繼續播報那些我根本不知是眞是假的消息……

事情，就這樣發生了。

那是一個風和日麗的午後，我和阿仁提早結束了一個戶外的記者會採訪，我們心情很好，一邊整理攝影器材，一邊聊著待會可以去東區偷閒，買那家有名的車輪餅當下午茶點心。

也許是因爲太過放鬆，我忘了自己的身分依然敏感，忘了提醒自己留意周遭，等我意識到有人靠近我的時候，已經來不及了。

「于珊！妳這個賤女人——」

下一秒，我的耳朵嗡嗡作響，麻木的腫脹在左臉頰炸開。

聽說是因爲腎上腺素的關係，眼前的世界全成了慢動作，我看見人群開始騷動，阿仁的大臉寫滿了倉皇，他急著架開那個眼睛發紅的女人，我卻只注意到她的眼裡寫滿了對我的恨。

她恨我。

我摀住臉頰，沒有知覺。

聽不見任何聲音，我什麼都感受不到。

腦中亂糟糟的思緒和現實混到了一塊兒，我分不清什麼是眞、什麼是假，我忽然想起高中時期，也有個女生狠狠地賞了我一巴掌，她頂著一雙哭紅的眼睛質問我一些我答不出的問題……

她也恨我。

有一瞬間，我突然覺得，我，應該是招人恨的。

每個人都恨我。

阿仁攙扶驚嚇過度的我離開會場，一路上，每個人的表情看在我眼裡都是模模糊糊的，那些騷亂似乎都藏著刀，隨時都有可能衝著我而來，我無法控制地發抖，感覺自己的世界正在變形扭曲。

回到辦公室時，王哥早已經等在位子上，氣沖沖地拿著各家的即時新聞堵到我面前，質問我為什麼明明搶得了「獨家」的先機，卻沒有馬上報導這件事……然而身為一名「受害者」，我如何報導自己的新聞？

面對王哥的憤怒，我只能低頭不語。

忍著左臉頰悶脹的疼痛，我把手上的工作暫時做個了結，和王哥請了兩天的假。

縱使他的回應只是一聲冷嗤，我也當作他同意准假了。

這場意外登上新聞播報的黃金時段，根據他台的報導，我才知道打我的女人是前幾天《發燒星聞》播出的一則明星緋聞裡的正宮女友，那則新聞不小心揭穿了某位男明星劈腿的真相，可被分手的不是小三，是她。

記者最後下了結論，認為我是被遷怒了。

我卻沒辦法因此釋懷。

「……在想什麼？」

「正在想你不工作會不會被開除。」我亂回，煩躁地在沙發上翻了個身，心裡沉重得像是壓了塊醃菜石，榨出我身體裡所有的活力。

方哲宇的腳步聲停在我身畔，我猜他大概是用一種無可奈何的眼神瞧著看起來很頹廢喪志的我，但我沒辦法裝出沒事的樣子，我就是很頹廢、就是很喪志、就是很有事，我很不好。

真的很不好。

「……我做錯了，對吧？」

這是我第一次正面接觸到來自觀眾的惡意。

對於網路上的謾罵，我可以選擇不去在意，告訴自己眼不見爲淨，可當那些惡意已經眞實入侵到我的生活，我怎麼可能無動於衷？

我怕了，眞的怕了。

事情發展到現在，我早就不知道自己到底做對了什麼，又做錯了什麼，是與非的定義變得好模糊，所有的一切都是一望無際的灰色地帶。我想做好事，想做對的事，想做不會傷害別人的事，明明是這麼簡單的願望，爲什麼會這麼難實現？

「……我好累。」

我側躺在沙發上，面朝沙發椅背，擁著抱枕發愣，此時此刻，我只想窩在這裡，什麼也不想，什麼也不做……

反正，我也不知道自己該怎麼辦才好。

方哲宇沒有馬上回應我，即使我看不見他的動作，我也能感覺方哲宇坐到了地板上，他背倚著沙發，陪伴著我。

屋子很靜，靜到一點聲響也沒有。

半晌，方哲宇的大手拍了拍我的肩膀，力量要重不重，像是有點尷尬的安慰，再過了半晌，他撫上我披散在背後的長髮，力道很輕很輕。

「我知道。」他說。

你知道什麼呢？

我沒有問方哲宇，不需要問，我只是突然掉下眼淚。

所有說不明白的情緒頓時找到了歸屬，好像只要這樣就好，只要有方哲宇在就好，還能被允許大哭一場，還能試著振作起來，因爲有他在，我好像還可以撐下去。

就算我背棄了全世界，還有一個人等著我。

我無可救藥地這麼想著，任性地這麼想著。

「……方哲宇。」

「嗯。」

「我不會放棄的。」我說，聲音充滿鼻音，像個孩子。

「嗯。」

「我不會輸的。」

「嗯。」

「我一定會贏的。」

「嗯。」

「可是我他媽的怕死了……」

我是于珊。

但我終究必須承認我不再是以前的于珊。

如今的我，光是想到要走進人群就怕得作嘔，我畏懼旁人的眼光，我不知道下一刻會不會再有人對我不利，或許下一次就不再只是一個巴掌，而是更可怕、更無法承受的攻擊……

這一切都是我咎由自取，對吧？

眼淚再次不受控地跌落，突然，方哲宇把我從沙發上拉起來擁入懷裡。

「別哭了。」

伴隨著他沉穩的心跳，方哲宇的聲音在我的耳畔響起。

「要你管……」我緊緊揪著他胸前的衣服，任憑淚水浸濕了他的胸膛。

方哲宇抱著我，久久不放。

沒有拍撫，只是那麼愼重地抱著我。

「……方哲宇，我是不是很壞？」也許是氣氛使然，抵著他的胸口，我沒來由地問了一句，也不清楚想得到什麼回答，我就是這麼問了。

方哲宇一頓，不知爲何，我覺得他悄悄勾起了唇角。

「還好。」他說著，我的耳邊聽見他胸腔轟隆隆的共鳴，「我可以接受。」

「騙人，我對你很壞。」

「那妳可以對我好一點。」

「我不會。」

「那就算了。」他的手似乎收緊了一些。

我跟著朝他偎近了一些。

只有一些。

躲在方哲宇的懷裡，躲在這個比我想像中還要寬闊的懷裡，我幾乎有種錯覺，覺得這裡是全世界最安全的地方，我不想離開，不想把這個地方讓給任何人……

我，不想把方哲宇讓給任何人。

「方哲宇。」

「嗯？」

「我、我可以……」

我可以相信你嗎？

我沒有機會說完這句話，門鈴響了。

外頭那人沒耐心地按了一聲又一聲，打亂了原本的靜謐，也將沉浸在某種微妙氛圍裡的我們拉回了現實，所有的一切重新回到定位。

包括我與方哲宇的距離，似近，若遠。

方哲宇前去應門，而我起身走向浴室，想要洗洗哭得亂七八糟的臉。

「哈囉，珊珊。」

「……宋大翔？」踏出浴室，我愣愣地看著來人。

宋大翔揚著笑，站在方哲宇整理得乾乾淨淨的客廳，看著有種說不出的不對勁。

我越過宋大翔的肩膀，對上方哲宇的視線，用眼神問他：宋大翔來幹麼？幹麼讓他進來？

「我來探病。」宋大翔懷中的花很大一束，我忽略得很徹底。

「我又沒生病。」

「某方面來說，沒有；某方面來說，有。」

「繞口令啊？」我沒好氣。

「總而言之，我擔心妳，所以來了。」宋大翔聳聳肩，眼裡是我不明所以的溫柔，

「珊珊，妳還好嗎？」

「死不了。」

我撇撇嘴，逕自繞過他坐回沙發上。

宋大翔很自然地將花束交給方哲宇，不知爲何，這個舉動很刺我的眼，尤其方哲宇也很理所當然地接過，很自動地離開了客廳，走到儲藏室去找幾百年沒用過的花瓶。

「不是說好了，別叫我珊珊。」揉了揉眉心，我不想讓方哲宇覺得我和宋大翔還有什麼特別關係，沒有，一點都沒有。

「Sorry, 一時改不了口。」

見他一派輕浮的態度，想來根本沒放在心上。

算了，懶得管了。

「如你所見，我沒事，你可以離開了。」沒心情待客，我只想送客。

「別這樣嘛。」

不然要怎樣？

我抱著抱枕，盤腿窩上沙發，直接無視宋大翔，本來想打開電視，可念頭一閃，想到可能會看見自己的新聞在螢幕上播送，伸向遙控器的手便默默收了回來。

於是，我只能乾瞪著前方，一聲不吭，希望宋大翔能有自知之明，識趣離開。

「妳看起來很不好。」

我想，我是小看了宋大翔的臉皮厚度，他竟然可以假裝沒事地坐到我身旁，輕鬆自在地關心一個不想要被他關心的人。

「是喔。」我冷回。

此時，方哲宇抱著花瓶走回來。

我轉而望向他的一舉一動，看著方哲宇拆開了花束的包裝紙，分揀出盛放的花朵，在湖水綠瓷瓶盛裝了乾淨的清水，仔細地將宋大翔帶來的那一大束花一朵朵放入瓶中。

方哲宇他到底有什麼不會的呢？

「妳喜歡他？」

「……什麼？」

我扭頭直接撞上宋大翔高深莫測的目光。

老實說，我一直很討厭他露出這樣的表情，不是生氣，卻也不帶笑容，說是平靜，卻又好像藏了很深的情緒，宋大翔不會明說，旁人就只能猜測，難以捉摸。

若在以前，我會爲了不讓他出現這種表情而低頭討好，可到了現在——

「關你屁事。」

「當然關我的事。」

「什麼？」

「我喜歡妳啊，珊珊。」宋大翔看著我，「我想追妳。」

What the……

「不好笑，零分。」我很快地瞥了眼方哲宇，他應該沒有聽到，還在專心擺弄花瓶裡的花，「宋大翔，我警告你，你不要亂講話喔。」

「我是說眞的。」宋大翔聳聳肩，「我想把妳追回來，不行嗎？」

就憑你這種態度？

我完全沒辦法當眞，只能啞口無言地瞪著他。

「喝水。」

不知何時，方哲宇已經結束了一人花藝小教室，端著兩杯冰水放到桌上。

「方……」

「你們慢慢聊，我先去忙了。」方哲宇說完，頭也不回地走開。

砰地一聲，方哲宇的背影消失在他房間的門後。

他……聽見了嗎？

「珊珊？」

深呼吸，我閉了閉眼，「宋大翔，這眞的不好笑。」

「因爲我沒在開玩笑啊。」宋大翔似笑非笑地挑眉，「珊珊，我是認眞的，爲什麼妳不願意相信我呢？」

「我怎麼相信你？」要不是我挨了一巴掌的臉頰還隱隱作痛，否則我眞會以爲我是不是穿越到了電影裡，眼睜睜地看著宋大翔上演《被偷走的那五年》。「你是不是撞壞腦袋失去記憶，還是提早得老人痴呆什麼的？那要去吃銀杏啊，幹麼跑來找我胡言亂語？我和你可不是好聚好散，你要我拿什麼相信你？」

「就當我是浪子回頭，不行嗎？」

不行！

我沒那麼聖母、沒那麼偉大，我寧願捐錢給素昧平生的流浪漢，也不想張開雙手接納一個曾經傷害過我的狗屁浪子。

「因爲方哲宇？」

「不是！我——」

「于珊，手機響了。」方哲宇站在房門口，手上拿著我嗡嗡作響的手機。

……我眞的快瘋了。

竭力裝出泰然的模樣，我從沙發上站起來，不得不說，雖然僅僅是幾步的距離，但前有方哲宇，後有宋大翔，他倆的視線幾乎一刻都沒離開過我身上，處於這樣的窘況，我竟然沒腿軟，我佩服自己。

來到方哲宇身前，我伸手想要接過手機。

「謝——」

撲通。

這是……

「早點睡。」

方哲宇捏了捏我的手，將我稍稍推離了他的懷抱。

等等，方哲宇他……

他剛才抱了我嗎？

我正想抬頭，卻見他再次進到房間裡。

手上震動的手機沒給我時間多想，看了眼螢幕，上頭顯示著王哥的名字，我趕緊接起，用非常恭敬的語氣問王哥有什麼事？

「工作？」

才結束與王哥的通話，宋大翔的聲音登時響起。

「啊？嗯……」我都忘了這個人還在。

恍恍惚惚地回到沙發坐下，我的腦袋有點混亂，我很想把心思專注於王哥交代的工作上，他要我和小東後天去跑一場首映記者會——然而，我依然無法克制地想起方哲宇剛剛拉我入懷的那個瞬間。

我摸了摸臉，除了偏高的熱度以外，我沒有摸到淚水，所以，他應該不是在安慰我才是……這麼說，那是一個沒有理由的擁抱嗎？

晚安抱？有這種說法嗎？

「那是在示威吧。」

「……嗯？」

我愣愣地轉頭，只見宋大翔不以爲然地勾起了唇。

什麼？

什麼什麼什麼？

我、我怎麼突然搞不懂了啊？

「我先走了。」

「咦？」

宋大翔站起身，俯視著我，「怎麼？捨不得我？」

「才沒有！」

他一笑，伸手想拍我的頭頂，我下意識地閃過。

「珊珊。」

「幹麼？」

「我不會放棄的。」

「我倒是想拜託您別努力了。」我搓了搓手臂上的雞皮疙瘩，不舒服。

宋大翔不以為意地笑了笑，「還有，我說過了，妳有任何需要我的地方，別客氣，告訴我一聲，我會竭盡所能幫妳。」

「例如什麼？」

「妳正在進行的祕密計畫之類的？」他挑眉，送我一記心照不宣。

我沒對宋大翔的知情感到驚訝，畢竟他也算是促使我發起「革命」的推手之一……也好，就像他說過的，手上若是有籌碼，不用白不用，兵不厭詐，這是戰爭，再說，能把宋大翔當成籌碼，感覺也挺不賴的呀。

「嗯哼，如果有用得上你的地方的話。」我故意把姿態擺高，感覺超好。

「隨時聽候差遣。」他只是微笑。

「再見——」

「珊珊。」

「又怎麼了？」

「記得，我喜歡妳。」

……煩、死、了。

♪

星期六的電影首映會，我是和方哲宇一起從家裡出發前往的，沒錯，一起出發，因爲那部電影正是近期討論度超高的話題之作，堂堂《初戀日光》是也。

我們一個是音樂製作人，一個是娛樂線記者，之前大概從未想過哪天我們會結伴出席同一個工作場合……這麼一想，其實這是第二次在工作場合碰上了，微妙的程度倒是比上次有過之而無不及。

方哲宇和我到了會場便各自分開行動，撇去工作因素不談，在眾多陌生人面前，我們並不習慣表現出一副很熟絡的樣子，畢竟我們之間的關係解釋起來太過複雜，而別人的心思也無法掌握，不如保持低調，避免多生事端。

「珊珊姊。」小東見到我，開心地揮了揮手。

「攝影機架好了？」我接過小東貼心準備的咖啡。

他點點頭，告訴我一切準備就緒，麥克風擺放的位置也很顯眼，待會的流程一如公關發來的rundown，沒有任何異動。

「很好。」我翻了翻手上的資料。

「哲宇哥也來了啊？」

「對啊。」喝了口咖啡，我狐疑地看向小東探頭探腦的舉動，「等等……你幹麼？還沒放棄我家哲哲嗎？」

小東那是一僵，「我本來就沒——」

「放棄吧，小東，我不會把他交到你手上的。」我沉重地搖搖頭。

「珊珊姊，我沒……」

「想想女朋友，你的夢想難道不是和她共組美好的家庭嗎？」

「我不是那個意思啦……」

「不然是什麼意思？」順勢轉了話鋒，我挑眉追問：「小東，不是我愛胡思亂想，但你最近眞的對方哲宇很感興趣耶，爲什麼？還是說，你有事想請他幫忙嗎？」

「沒、沒有啦，只是……」

「怎樣？」

「珊、珊珊姊，我……」

小東的臉色一陣紅一陣白，急得都出汗了，卻依然支支吾吾地說不出個所以然來。我心中那股奇怪的感覺有增無減，但看他這樣，我心裡也不好受，若小東眞有什麼不好說的隱私，我似乎也不好太咄咄逼人。

「好啦！算了、算了，不想說就別說了。」我打住這尷尬的場面，「總之，不管是方哲宇，還是哪裡有我可以幫得上忙的地方，別客氣，儘管說一聲，知道嗎？」

拍拍小東的背，我逕自走向媒體區。

其實，眞正需要擔心的是我才對。

我的出現造成了一點小小的騷動，他台記者看見我的第一反應，無非都是用手肘撞了撞隔壁正認眞滑手機的同伴，交頭接耳，竊竊私語，消息一個傳一個，只差沒站在台上大喊：娘子啊，快出來跟牛魔王看上帝！

我突然可以理解木柵動物園裡那隻熊貓圓仔的感受了，明明不是每個人都喜歡妳，但大家還是爭先恐後搶著看妳。或許從某方面來說，我的確是記者圈的熊貓沒錯，老是做出一些怪事，一種非要強出頭的珍奇動物。

「嘿，珊珊于，妳還好嗎？」一面胸膛擋住了我的去路。

「Hello, Gary.」我刻意裝出一口標準的英國腔，不爲別的，純粹只因爲我會害怕，怕自己要是再不裝模作樣一下，好不容易穿戴好的逞強就會馬上出現裂痕。

Gary的目光上下打量著我，誇張地嘆了口氣，搖搖頭。

「嗯，看起來不是很好。」他拉著我坐下，雙手安穩地覆在我的手上，像是電影裡的姊妹淘談心標準姿勢，「發生過上次的事，現在又要出席公眾場合，妳會緊張嗎？」

我笑了，對著他露出我和他第一次搭檔時的沉穩笑容，只不過，那時候的我沒安撫到他，現在也是，Gary一點都不相信我沒事。

「一點點吧，還撐得過去。至少，目前在場的這些人我都認識，誰討厭我，我大概也略知一二……」我發現自己不自覺地握緊了手中溫熱的咖啡杯，「只怕待會開放觀眾入場之後，我可能……也許，我會有點緊張。」

試著把話說得輕鬆，但一講出口才明白，我是眞的恐懼。

「沒事的。」Gary捏捏我的手。

「你又知道？」我笑著問他，不想把氣氛搞得可憐兮兮。

「當然！妳是誰？妳是于珊耶！我的女神耶！妳最堅強了，才不會被這一點破事兒擊垮，對吧？」平常的Gary雖然很愛鬧我、取笑我，可到了這種時候，他又是無條件地相信我、支持我。

於此，我除了感謝，還是感謝。

「……謝啦。」

「所以，妳知道報導要怎麼寫了吧？」

「嘿！」

「記得多寫點好話喔！」Gary眨眨眼，回他的工作崗位去了。

呼出一口長氣，我獨自坐在座位上，試著把注意力轉回看了不曉得幾百次的rundown，告訴自己周遭的視線影響不了我，就像Gary和我很愛看的美國電視實境秀《超級名模生死鬥》，裡頭參賽者最愛說的那句話——我來這裡不是交朋友的，首映會前的記者聯訪才是我該做的事，我只要專注於我的工作就好。

由於《初戀日光》演員群的粉絲眾多，樹人視此爲一大宣傳機會，廣邀粉絲一同到首映會同樂，一來壯聲勢，二來吸引路人的目光。以前我很樂見電影公司這麼操作，畢竟不是每一部電影都很有趣，只要粉絲熱情一點，我就可以在報導中顧左右而言他，以免自己忍不住呼籲大家少花冤枉錢。

如今，看著一大群粉絲開心地湧入會場，我的心臟竟然緊張地狂跳。

冷靜點，于珊。

不是每個人都想衝過來打妳的，好嗎？

口袋裡的手機傳來震動，我知道那是一則簡訊。我很沒骨氣地想，就算傳來的是一則我用不到的房屋二胎廣告，只要能讓我轉移注意力就好，只要讓旁邊那些人認爲我一點都不孤單就好，我明天一定會感激涕零地前去申辦。

「我在這裡。」

看完那則訊息，我抬起頭，目光不偏不倚，越過了前方人群，我看見了站在舞台邊上的方哲宇，他站在那裡，遠遠地，朝著我抬起了手。

那一瞬間，我懸吊著的心安穩地放了下來。

我不確定有沒有其他人看見方哲宇和我的互動，但在那一刻，我不自覺地笑了出來，暖意滲進心房，好像再沒有人能傷害到我。

是啊，有方哲宇在，怕什麼呢？

我有方哲宇啊。

我帶著笑意，和方哲宇玩起遠距離版的「超級比一比」，我指了指他，問他那邊一切都還好嗎？他挑挑眉，聳聳肩，一副不關他事的冷淡模樣，引得我擠眉弄眼，暗罵他怎麼這麼冷血無情。

就在這時，一名工作人員急急忙忙地跑上台，狀似焦急地和方哲宇交談了幾句，方哲宇原本就面癱的表情更沉了，沒過多久，他就跟著工作人員離開。

發生什麼事了嗎？

我滿腹疑惑，卻不知道該找誰問起。

表訂下午三點開始的記者會推遲了一些，延至三點二十分，這在業界很常見，如果不是哪位演員塞車遲到，就是後台臨時發生了什麼突發狀況，延遲二十分鐘……OK，還算可以接受。

「大家好！歡迎來到《初戀日光》首映會，我是今天的主持人Dora，不好意思讓大家久等了。」穿著一襲簡潔小洋裝的主持人走上舞台，笑臉盈盈，很是討喜，「各位書迷、各位粉絲，你們期待已久的《初戀日光》終於要正式上映了，告訴我，你們開不開心——」

頓時，歡快的尖叫聲不絕於耳。

「等不及了對不對？我懂、我懂，我也是《初戀日光》的書迷，你們都不知道我接下這場首映會的主持工作有多興奮！」Dora激動地在台上小跳步，觀眾感染了她的愉悅跟著鼓譟，「Dora在這邊提醒大家，看完電影之後，請不要急著離開，導演和演員會帶給大家特別的驚喜喔！」

所謂的驚喜，就是映後見面會，透過這個活動，導演可以直接得知觀眾的觀影感想，演員們也可以和觀眾搏感情，口碑即是票房，如果想要成爲賣座大片，這一點絕對不能忽略。

趁著主持人介紹電影來歷的同時，我翻了翻記者會資料，確認接下來的流程是電影主題曲演唱，演唱者是《初戀日光》的男主角和安妡。

沒錯，就是那個小仙，就是那個安妡。

雖然我覺得安妡之所以能拿下主題曲的合唱，背後多少存在著商業利益交換，但不可否認的是，安妡自發行了第一張專輯後，聲勢居高不下，粉絲年齡層上至輕熟上班族，下至國高中校園，沒有一個人不喜歡她。

安妡和我比起來，根本處於兩個極端。

「相信大家都知道，這次電影《初戀日光》的同名主題曲，是由我們最帥氣的男主角和新一代女神安妡共同演唱，但很可惜的是，我們的男主角今天不小心感冒了，沒辦法在首映會上唱歌給大家聽……」

喔？怎麼會這樣？

會場裡的粉絲哀號遍野，失望之情溢於言表。

「可是呢！」Dora大聲地拉回大家的注意力，「我們另外邀請了一位神祕嘉賓和安妡一起為大家獻上這首好聽的主題曲！注意喔，這個版本可是期間限定，沒來首映會的人可是聽不到的喔！」

不知為何，我突然有種不好的預感。

這股不安沿著腳底爬上了我的心頭，我不曉得自己幹麼這麼緊張，緊張到拿著筆的手正在出汗……

不會有事的。

有方哲宇在，我不會有事的。

「讓我們歡迎安妡，以及《初戀日光》主題曲的製作人，方哲宇。」

霎時，我的心空了一片。

儘管我怔怔地望著台上，四周嘈雜的聲音依然全送進了耳朵，有人不滿地問方哲宇是哪位，有記者嘲笑幹麼找製作人來唱歌，一群等在外圍的粉絲發出噓聲……

只有我知道，只要方哲宇一開口，只要他們聽見方哲宇的歌聲，在場的每一個人，全部都會被他的嗓音擄獲。

可是，我卻很想站起來大叫，強迫他們統統摀起耳朵不准聽！

沒錯，這個想法很幼稚，也很奇怪，但在那個當下，我是真的想這麼做，就好像方哲宇真的歸我管似的。我不想、也不要其他人聽見他唱歌……即便我清楚知道，這個聲音從來就不屬於我一個人。

不論是現在，或是未來，都不會是我的。

「真實音樂什麼時候出現這種狠腳色了？」

「他到底是誰啊？」

「我在google了啦！」

「真實音樂根本是想趁這個機會讓他出道吧？」

是嗎？

看著站在台上的方哲宇，我忽然明瞭，那才是屬於他的地方。

「……終有一天，作伙見日光……」

安妡與方哲宇的歌聲完美地融合在一起，音樂漸歇，直至無聲，就在下一刻，取而代之的是震耳欲聾的尖叫與安可聲。

鎂光燈淹沒了方哲宇，也許是他淡然的神情，也許是一閃一閃的強烈光線，勾起了我的回憶，我想起他初次站上舞台的那場記者會，那時候的他如同現在，不費吹灰之力便奪取了眾人的目光，每個人都急著想知道他到底是何方神聖，他卻彷彿一點也不在乎。

事到如今，我終於明白，不是他不在意，而是這一切對他而言是多麼的理所當然，舞台是他的歸屬，他天生就是要站在舞台上迎接眾人的掌聲，不管我再怎麼抗拒，他終究會離開我，回到舞台上，回到那個離我很遠很遠的地方……

方哲宇的歌聲不再只有我能聽見，他會像是一顆永不墜落的星星在天空閃耀，我衷心祝福，卻忍不住落下了眼淚。

Chapter 11

方哲宇爆紅的程度超乎我的想像。

一夕之間，網路上、電視裡、路人口中……每個人都在談論這個突然出現，並且驚豔全場的無名製作人。

不少民眾看了新聞報導或是網上的側拍影片，紛紛打電話到眞實音樂詢問他是不是即將出道的藝人，造成眞實音樂的電話線始終滿線。

「珊珊姊，哲宇哥眞的要出道了嗎？」昏暗的車內，阿仁壓低了聲音，「小山哥今天好像從眞實音樂那邊問到了消息，這是眞的嗎？」

「……誰知道。」

「妳不知道還有誰會知道？」阿仁以爲我故意隱瞞，笑嘻嘻地跟我開玩笑，「唉唷，說嘛，難得我有朋友是熱門話題的主角，而且不是殺人放火的那種，我也很想聽聽內幕消息啊！我發誓，我不會說出去的！」

「不要問我，我不知道。」說眞的，我也不想知道。

「騙肖！珊珊姊，妳很不夠意思耶！」

「我沒有騙你。」

「不要裝了啦，哲宇哥和妳這麼好——」

「我說了我不知道，你到底要問幾次！」我失控了，車內氣氛明顯一僵。

「對、對不……」

「抱歉。」我丟下一句道歉，開門下車想要透透氣。

天空飄著細雨，阿仁搖下車窗要我上車，他緊張地表示他不會再問，只求我不要生氣。我解釋我沒有生他的氣，而且遷怒的是我，錯的也是我。

我不願回到車內，兀自倚著車門，呼出一大口氣。

方哲宇的事讓我變得很敏感。

只要有人追問我任何有關他的事情，都會令我瞬間爆炸。

因爲我不想問，不想聽，也不想知道，好像多知道一些，方哲宇就會離我更遠一些……最諷刺的是，明明害怕他的遠離，我卻把他推得越來越遠。

自從首映會後，我已經借住在沛芸家三天了，也就是說，我從記者會結束後到現在都沒有和方哲宇碰過面。亮起的手機螢幕在陰暗的街邊格外清晰，盯著來自方哲宇的多通未接來電與訊息，我眞的不曉得該怎麼做才好。

沒錯，我在逃避。

可我究竟在逃避什麼呢？

雨不大，但還是可以沾濕身上的針織外套，即使如此，我仍不想坐進車裡面對阿仁的關心，索性蹲了下來，把自己藏在車子的陰影裡。

想要思考出個答案，滿腦子亂跑的卻是我和方哲宇共同擁有的回憶。

「珊珊姊，他們來了！」

阿仁低喊一聲，我連忙坐上車。

這是黃雀計畫預計跟拍的最後一件個案了。截至目前為止，我們蒐集到的個案一共有五件，已經足以做成一個完整的專題報導，距離揭竿起義的日子亦不遠矣。

半晌，與製作單位串通好的小模獨自一人先行走進轉角的火鍋店，由服務生領著在靠窗的桌位坐下，一般來說，注重隱私的藝人是會選擇避開坐在靠窗桌位的，雖然餐廳燈光昏黃，但外頭走動的行人來來去去，只要有心，還是可以從外面輕易得窺。

「那是……」

「周佑民？」我看著那個走進餐廳的瘦長身影，非常確定他就是樹人旗下的實力派大牌演員，也是宋大翔最最保護的那隻金雞母。

「他不是跟芝芝在一起嗎？」阿仁吶吶地問，他當時可是和小東一起飛去日本跟拍過他們的，「怎麼這麼快就……難道是劈腿？」

「應該不是。」我說，視線緊盯著周佑民。

周佑民跟著服務生的腳步，來到製作單位特地為他準備的座位，口罩尚未摘下，他指了指一旁的透明玻璃窗，坐在對面的小模和他說了幾句話，他有些狐疑地看了看窗外，半信半疑地拿下口罩，露出了整張臉。

之前宋大翔和我說過，周佑民這人不壞，只是談不來長久的愛情，我想，他和芝芝不過就是時間到了，感覺沒了，一拍兩散而已。不過，向來縱橫遊情場的周佑民，大概怎麼也想不到自己竟然會陰溝裡翻船，遭人設計吧？

「阿仁。」

「嗯？」阿仁正拿著大砲相機，對準躲在附近騎樓的《發燒星聞》記者。

「你覺得我要不要打電話給宋大翔？」

「蛤？」

「周佑民是他的藝人，我想……」

「珊珊姊，妳不是很討厭大翔哥嗎？」阿仁不解，福態的大臉皺成一團，「而且，這是我們的計畫耶，就這樣放棄了喔？」

「不是啊，你看，我們的證據已經夠多了，放掉一個也不會怎麼樣嘛！至於宋大翔……」我頓了一下，不甘願地說出一個我從未想過會套用在宋大翔身上的詞彙，「他是我的朋友。」

不知從何時起，宋大翔在于珊的人際關係裡，由「仇人」變成了「朋友」。雖然阿仁說的很有道理，周佑民是目前跟拍的個案之中最大牌的一個，有了他，勢必能夠大大提升報導的價值，若是白白放過，除了可惜，還是可惜。

怪就怪在，我這個人就是善良，我對朋友就是很講義氣，要我眼睜睜地看著宋大翔的藝人落入仙人跳的陷阱不顧，甚至拿來當自己的墊腳石，我做不到。

「阿仁，對不起。」我真的很抱歉。

拿出手機，找到那一串許久未見的號碼，我撥了通電話給宋大翔，簡單描述了前因後果，告訴他周佑民所在何處，與誰在一起，以及《發燒星聞》打著什麼主意，我一股腦兒全說了，單看他要不要信我。

宋大翔沉默了一會兒，說他知道了。

「珊珊，謝謝。」

「作爲交換，不要再叫我珊珊。」我嘆了口氣。

話筒那端傳來輕笑，「珊珊，我勸妳把這份人情留到更有利用價值的時候吧，如何？」

「孫悟空，快去解救誤入盤絲洞的唐三藏吧。」我沒好氣地打發宋大翔。

結束通話，我的視線回到火鍋店內的周佑民身上。小模不知何時坐到了他的身邊，兩人有說有笑，肢體動作頻頻，小模不時笑倒在周佑民肩上，不用穿鑿附會的看圖說故事，明眼人都能看出他們之間流竄的曖昧氣息。

如果小模沒有一時利益薰心，或許這會是一段不錯的緣分也說不定……我天馬行空地想著，此時，周佑民接起了一通電話。

不過幾秒，他臉色一變，凌厲的目光掃向窗外，要不是我們的車子停得夠隱密，我差點以爲周佑民和我對上了眼。他轉頭和小模說了幾句話，小模慌亂地搖頭，場面看起來很混亂，周佑民起身欲走，小模似乎想要道歉，她抓住周佑民的衣角，兩人拉扯了一陣未果，周佑民一個人走出餐廳，招了輛計程車離開。

事情還沒結束，只見小模哭哭啼啼地跑出火鍋店，《發燒星聞》的記者連忙上前，幾個人在餐廳前鬧了起來，到了最後，小模崩潰地蹲在地上嚎啕大哭。

「……走吧。」我看不下去，心情莫名複雜。

阿仁驅車駛離現場，路上的氣氛很安靜，我不確定阿仁有沒有因爲我臨時決定中止拍攝而感到不悅。

「前面路口左轉。」眼看阿仁就要開往方哲宇和我的住所，我趕緊出聲。

「妳不回家嗎？」阿仁疑惑地問我。

還好，他的語氣很正常，讓我大大鬆了口氣。

「我要去朋友家。對了，阿仁……」簡單帶過他的問題，我趁機開口：「你剛剛生氣了嗎？就是……我打電話給宋大翔的事。」

聞言，阿仁安靜了一會兒。

「阿仁？」

「與其說生氣，我倒覺得是珊珊姊妳提醒了我。」

聽他這麼說，我反而困惑了。

「……我沒說什麼呀。」

「不是有一句話說『言教不如身教』嗎？」阿仁轉了方向盤向左，「剛才我一直在想，如果周佑民是我的朋友，在那個當下，我會選擇義氣，還是工作？其實，這兩個選擇都沒有錯啊，但要是我選擇不顧朋友，就算在工作這方面大獲全勝，我又真的開心得起來嗎？」

阿仁的問題，我沒辦法代他回答，這個問題的答案自在每個人自己心中，沒有孰對孰錯，端看個人要如何選擇。

「再說，周佑民也算受害者，他沒做什麼傷天害理的事情，我們更不缺他一個案子……也許，懂得適時放手才是最重要的。」車外的光線映照在阿仁的臉上，他淺淺地笑了笑，「珊珊姊，我好像沒有告訴過妳，我很慶幸妳是我的師傅，能跟著妳學習這個圈子的一切，我覺得很幸運，非常非常幸運，謝謝妳。」

「……大半夜的，突然感性起來了啊？」我撇過頭看向窗外。

「我是認眞的啊，珊珊姊。」

「吵死了。」

「我發自肺腑……」

「少跟我提起你的脂肪肝。」

「珊珊姊！」阿仁委屈大吼。

望著窗外流逝的街景，我笑了，偷偷抹掉眼角的淚水。

帶著阿仁和小東跑新聞將近一年，我不敢說我是個多好的前輩，也不敢說自己是不是教會了他們什麼，我只是將我所知道的東西盡量告訴他們，把我從其他前輩那裡學來的知識傳授下去。

我做事的唯一準則，就是問心無愧。

可我從來不曉得阿仁心裡是這麼想的，那一瞬間，很多複雜的情緒湧上心頭，一下子逼出了我的眼淚。

阿仁送我到沛芸家的時候，已經凌晨一點多了。

這種深夜時刻，身爲一個作息規律的上班族，沛芸理所當然不會坐在客廳等門，可我又沒有鑰匙，唯一的進門方法就是摁電鈴，發瘋似地狂摁，直到早已進入夢鄉的沛芸乒乒乓乓地跑來開門。

「姓于的，妳什麼時候要滾回家！」猛力拉開門，沛芸衝著我大叫。

唉，起床氣。

「晚安，我要去洗澡了。」我繞過她，優雅地揮了揮手。

「給我滾——」

我才不理妳咧！

待我洗去一身淋過雨的濕冷，做好每日例行的臉部與身體保養流程，我舒服地披著毛巾踏出浴室，卻見許沛芸抱胸翹腳坐在沙發上等著我。

一刻也不願停留，我轉身便想閃回臥室。

「回來。」她喚。

「不要，我要睡覺。」我頭也不回。

「騙誰，妳躺在床上沒滑一小時手機根本睡不著！」沛芸一語道破我的壞毛病，見我死不回頭，她再次大喝：「給我過來！」

去就去，誰怕誰！

我咬著牙昂起下巴，不顧身上穿的是一襲粉藍色睡衣睡褲，硬是當作自己正在走米蘭時裝周伸展台，表情擺得比模特兒還要臭，姿態更是無與倫比的高傲。

「有何貴幹？」

「妳再不給我一個離家出走的理由，我現在馬上打給妳家那位姓方的大紅人，叫他現在、立刻、馬上過來把妳帶走！」

「妳敢？」我瞪眼。

「就怕妳不敢！」她拍桌。

許沛芸這女人一瘋起來不容小覷，我很快權衡局勢，赫然發現我寄人籬下，立場弱到不行，根本站不住腳，她沒什麼不敢，我卻怕得要死……

可惡，我輸了。

我非常識相地坐了下來。

「如何？」沛芸挑眉看向我，「逃家少女願意告訴我原因了嗎？」

「我不想回去。」我嘀咕。

「駁回，這是結果，不是理由。」

我靜默了好一會兒，終於下定決心向沛芸坦白，「……我害怕。」

「怕什麼？」

「方哲宇……」

沛芸愣了愣，「他欺負妳？」

「不、不是啦，我只是……」

「姓于的，妳吃錯藥啊？只是？只是什麼啦！話說清楚一點好不好？結結巴巴，吞吞吐吐，欲言又止，妳是有多想挑戰得要趕在早上八點打卡的上班族忍耐極限！」沛芸不只有起床氣，她還有睡覺氣，她看起來超想把我給掐死的，「我警告妳，再不一次把話說完，我現在就把妳丟到門外！」

這個瘋女人是說眞的！

我瞪著她，她瞪著我，我幾乎可以看見她下一秒就要起身把我拖出午門——

「我就是怕他會離開我啊！怎樣！不行嗎？」瘋女人逼出了我的眞心話，我大叫得連隔壁鄰居都能聽見。

兩個瘋子半夜對吼，惹得附近一隻小狗吠起了狗螺。

不吉利，超級不吉利。

「妳，于珊，害怕，方哲宇，離開，妳？」

「妳不需要用這種斷句沒關係。」我的心臟跳得飛快，腦袋一片空白。

「我不得不，我需要分析。」沛芸看起來和我一樣混亂，「……爲什麼？」

「什麼爲什麼？」

「妳爲什麼怕方哲宇離開妳？」她問。

「我不知道……」我把腳縮上了沙發，覺得此時此刻的自己很沒有安全感，「難道是一種獨占欲嗎？」

「妳是說，像是小朋友不想把玩具讓給別人那樣？」

「我不知道。」

「還是說，像是好朋友另外結交了新朋友那樣？」

「我不知道。」

「還是——」

「不要還是了，我就是不知道嘛！」我大喊，把頭悶進抱枕裡。

「于小姐，一直說不知道是永遠找不到答案的。」沛芸率先找回冷靜，她定定地看著我，「妳若是不肯找出心中的答案，就只能一直逃避下去。先說好，我可不會像方哲宇那個冤大頭，白白讓妳住一輩子。」

「我又沒有住一輩……」

「話說回來，怕他離開又是什麼意思？」沛芸蹙眉，很是不解，「不是啊，于珊，方哲宇怎麼會離開？他是要跑去哪裡？」

我嘆了口氣，「妳不懂……」

「我哪裡不懂了？妳是于珊耶，妳——」沛芸瞠大眼，目光上上下下地掃視著我，「妳是于珊耶，怎麼會是妳怕他離開？太沒道理了吧！」

面對沛芸的驚訝，我不知從何回答起。

沒錯，我是于珊，卻不再是以前那個天不怕地不怕，以爲沒有什麼是我得不到的，以爲全世界都能在我掌握之中的于珊……我那曾經多得可以拿去賣錢的自信早已消耗得所剩無幾，我不過是于珊而已。

一個什麼也不是，被許多人討厭的于珊。

可是，方哲宇不一樣。

他現在是廣受大家喜愛的明日之星，他有才華，他可以站上舞台，他可以去到屬於他的地方，他不再是以前默默無名的方哲宇，未來有一片更遼闊的天空等著他去闖。

對我來說，方哲宇的陪伴，再也不是理所當然的存在。

「所以，妳對方哲宇是什麼感覺？」沛芸突然問了句。

我整個人頓時傻住了。

「妳喜歡方哲宇嗎？」

「我不——」我才要開口，沛芸一記凌厲的眼神橫來，我連忙改了說法，「我沒想過……反、反正，不是討厭就對了。」

「說眞的，妳和他的關係本來就很奇怪啊。」

「哪裡奇怪？」我也忍不住蹙眉。

「于小珊，用用妳的腦……不對，用用妳的膝蓋，若是我跑去和一個男生同居，妳會覺得我和他之間的關係單純嗎？」

「拜託，有些國外大學也是男女混宿啊。」

「普通室友會煮飯給妳吃？」沛芸追問。

「料理是他的興趣。」我冷靜地回。

「接送妳上下班？」

「又不是每天……」

「幫妳吹頭髮？」

「他看不慣我懶惰……」

「一通電話隨傳隨到？」

「那是因爲他閒閒沒事……」

「狡辯、狡辯、全是狡辯！妳摸摸良心，天底下哪有一個普通室友會照顧妳照顧得比保母媽媽還要細心？」沛芸斜眼瞪我，甚至加碼補上一句：「哦，對了，他還沒支領薪水呢！」

「我……」

「于珊，妳好好想想，就算妳想不出妳對方哲宇的感覺，妳還可以思考一下方哲宇對妳的感覺吧？」沛芸直視著我，搖搖頭，「我先說，我並不覺得他對妳的感情，只是普通室友。」

「不然是什麼?」

「靠，妳少給我裝傻!」沛芸抓起抱枕，狠狠地朝我丟來。

我是在裝傻。

可沛芸不懂，她不是我，她根本不懂。

方哲宇對我來說很重要，重要到我根本不敢揣測他在我心裡的地位，我更沒有勇氣去探究在方哲宇心中，我是什麼樣的存在。如果可以，我也很想三言兩語就劃清方哲宇和我的關係，但我不敢。

若是不去問，不去想，不去在意，是不是我們就可以一直維持這樣的關係不變，直到……這樣的關係，會持續到什麼時候呢?

我不知道。

我只是，不想失去他而已。

就在房內的氣氛陷入僵持時，一聲門鈴響徹屋內，沛芸使了一記眼色，示意我去開門。

「爲什麼?」有沒有搞錯?這是妳家欸。

只見沛芸站起身，不發一語，拉了拉她的睡裙，直直地往臥室走去。

「許沛芸?」我傻眼。

「快點去開門，不是找我的。」

不是找妳的，還會是找我的嗎?我不甘不願地踱向門口，不甘不願地在心底碎碎念，不甘不願地拉開門。

還眞的是找我的。

「方哲宇……」我吶吶地喚出來人的名字。

方哲宇一臉疲憊，他一見到我，活生生就是一副鬆了口氣的樣子。

不知爲何，那讓我有點想哭。

♪

後來我才知道，當晚氣瘋了的許沛芸趁著我洗澡時，偷偷拿了我的手機打電話給方哲宇，除了告訴他我人在哪裡以外，還說她再也受不了我了，三申五令地要他立刻過來接我回家。

「咳咳咳咳……」我躺在床上，肺差點沒咳出來。

結束翹家小旅行後，沒用如我，居然因爲那晚淋了不到半小時的雨而感冒。剛開始還能硬撐著上班，可我講沒幾個字就咳個半死，在採訪時，藝人怕被傳染也不敢接近我，萬不得已之下，只好和其他同事換班，請假在家休息。

「起來吃稀飯。」伴隨著清甜的米湯香氣，方哲宇走進我的房間。

我半睜開眼，意識模模糊糊的，有些搞不清楚狀況。

「于珊？」

「嗯……」我醒了，身體卻沉沉的，完全不想動。

「吃完東西再睡。」方哲宇不讓我賴床，扶著我半坐起身。

他不知從哪裡找來多半只有在歐美電影裡才會出現的早餐托盤，木製的托盤上擺著一碗熱氣蒸騰的白米清粥，旁邊放著三碟小菜，土豆麵筋、菜脯蛋、炒高麗菜，全是我愛吃的東西。

雖然感冒時的食欲一向不佳，但是稀飯永遠是例外，生病的時候就是要來一碗清粥小菜，好吃的程度讓人幾乎忘了感冒造成的不適。

「……好飽。」結果我吃了兩碗。

方哲宇馬上遞來開水和藥丸，「吃藥。」

「我很飽。」

「幾顆藥而已。」

「不要。」

「聽話。」

「我真的很飽。」我瞪他，希望方哲宇可以體諒一下可憐的病人。

方哲宇沉默地看著好我一會兒，他放下藥和開水，似乎放棄了逼我就範，端著空盤離開我的房間，沒過多久，只聽廚房傳來水聲。

我整個人癱軟地抱住身旁的宇宙人大抱枕，全身一點力氣也沒有。

天曉得我剛才是怎麼活過來的？

我只能把注意力放到稀飯上，才不會過度在意方哲宇的存在。

把臉埋進抱枕，我不知如何是好，發熱的腦袋無法運作，我總覺得自己的全身心都跟著方哲宇起起伏伏。

聽著外頭的水流聲，我知道他正俐落地洗碗；水流聲停了，清脆的碰撞聲傳了過來，讓我知道他將洗得清潔溜溜的碗盤放進碗櫥，就連後來的悄聲無息，我也可以想像得出他用抹布擦乾水漬的畫面……

「于珊，吃完藥再睡。」

我睡著了？

揉了揉眼睛，方哲宇遞給我一杯溫熱的開水，我沒再拒絕，一手接過馬克杯，另一手接過他幫我拆好的藥包，把藥丟進嘴裡。

「……謝謝。」抹去唇邊的水，我把杯子和包藥紙交給方哲宇。

「感覺有好一點嗎？」他問。

我聳聳肩，「有吧，但還是一樣肌肉痠痛，發懶，想睡。」

「嗯。」

嗯什麼嗯？

我狐疑地看向方哲宇，心想他幹麼不離開我房間？

「方哲——」

「妳爲什麼跑去朋友家住？」

「蛤？」我不小心直接對上方哲宇的眼神，發現他沒有放過我的意思，也不打算重複一次問題，他就是那麼看著我，等待著我的回答。

我整個人發燙，比發燒還要燙。

「你、你問爲什麼喔？」講出這句話的時候，我突然覺得自己是個白痴，爲了掩蓋這件事，我很快補上一句：「要你管，我已經是一個成熟的大人了，難道不能臨時起意去朋友家住個幾天嗎？」

「臨時到連夜逃跑？」

「我沒有連夜逃跑，我下午就走了。」是你自己晚回家，還怪我落跑？

聽見我的回答，方哲宇萬般無奈，他別開眼睛，嘆了口氣，好像跟一個有病的人，我的意思是，感冒的人，跟病人較眞是一件很痛苦的事似的，偏偏他又想知道答案，所以只能跟我耗下去。

拜託，我也很想知道答案啊！而且，要不是許沛芸前幾天的那一番胡話，方哲宇和我現在會這麼尷尬嗎？方哲宇眞的對我……

「我只是覺得很混亂。」低著頭，我數著被子上的花瓣。

方哲宇沒有說話，讓我只能自己把話接下去。

「你是不是在想，我到底在混亂什麼？」此時的我已經有種頭昏眼花的感覺了，「其實我也不知道耶，我不知道自己到底在想什麼……」

方哲宇還是沒說話，我也沒看向他。

也許是爲了逃避陷入沉默的尷尬，也或許是我突然很想藉著談話，把我的混亂釐清出什麼結果來，過了半晌，我繼續往下說。

「首映會那天，我坐在台下，看著你站在台上唱歌，就像你平常唱給我聽一樣，還是很好聽、很厲害，我那時候在想，方哲宇，這是你的天賦，這是你的天職，你天生就是要吃這行飯的人。」

那天，眾人從質疑方哲宇的出現，到目不轉睛地沉浸在他的歌聲之中，最後瘋狂地給予熱烈的掌聲與歡呼……即使是現在回想起來，當時我心裡那種又悶又痛的複雜情緒，依然如影隨形。

「……然後呢？」

「然後，我突然覺得你離我好遠。」說到這裡，我已經不想再繼續思考了。

就像沛芸說的，我不敢去挖掘問題的答案，原因是爲什麼，我不敢深究，萬一結果不如我所想，那我該怎麼辦？所以，如果可以的話，我希望由別人來告訴我答案，而那個人不是隨便哪個人都可以的。

那個人，只能是方哲宇。

當我把上面那段話原封不動地告訴沛芸時，她只嘆了口氣，白了我一眼，「沒見過這麼會裝睡的人。」

我知道她說的是我，但我沒辦法反駁。

裝睡的人是叫不醒的，我就是。

「妳以爲我會離開？」方哲宇低低說了句。

「不然呢？」我好累，想起阿仁告訴我的小道消息，「你不是要出道了嗎？恭喜你啊，往更幸福的地方飛去……」

最後那一句，我是用唱的，五個音跑了三個音，我沒有要搞笑的意思，畢竟方哲宇也沒笑，他甚至連一句話都沒說。

直到我的眼睛漸漸闔上，方哲宇還是沒有說話。

大概是因爲生病發燒的昏昏沉沉使然，我分不清什麼是眞實發生的事、什麼是我夢境的碎片。當我感覺到有人爲我蓋上被子、撫開臉上的頭髮時，我好像還在夢裡，唯一能確定的是，那個人是方哲宇。

感冒的疲倦讓我沒有力氣睜開眼睛確認這一切，我只是直覺地認爲他還在我身邊，就坐在他原本的位置上，靜靜地陪著我。

「笨蛋。」

等等，他在罵我嗎？

奸詐小人，趁人不備！

忽地，一股溫柔的力道撫上我，他的拇指輕輕地在我的臉頰上摩娑，幸好只是幾秒的時間而已，要不然我急速竄升的溫度肯定會洩漏我的清醒。

「我哪裡都不會去的。」

最後，在我徹底昏睡過去之前，我聽見方哲宇輕聲地說了。

意識朦朦朧朧，我已經分不清這句話是不是出自於我過於期盼的幻想，但如果可以，我希望方哲宇眞的有對我說出這句話……

♪

重回工作崗位的日子過得又快又慢，除了偶爾的採訪工作以外，我開始著手黃雀計畫的統整，多虧了過去累積的經驗，我一個人處理專題的負擔不算太大，反正我也沒事做嘛。

不是我誇張，現在的我跟流放邊疆沒什麼兩樣。

以前成天不在辦公室，帶著仁東二人組東奔西跑，忙起來三天三夜沒睡覺是常事，至於現在……我每天拿著一杯星巴克走進公司，總是忍不住覺得自己活像某部愛情喜劇電影的女主角，明明資質駑鈍，卻又裝模作樣。

沒事做的我成了娛樂組的板凳球員，哪裡缺人、哪裡臨時需要支援、哪位同事的小孩發燒……各種拉哩拉雜的理由促成了我上場採訪的契機。這段期間，我唯一的願望就是那個誰誰誰趕快用掉他不曉得幾年沒用的年假，就算因此我要代跑一條無聊透頂的路線也沒關係，我眞的好想工作！

至於方哲宇，他和我相反，他簡直忙翻了。

由於首映會上的一鳴驚人，《初戀日光》劇組邀請他一起跑電影宣傳，各家唱片公司的邀歌也接踵而來，自從媒體曝光了他寫過的熱門歌曲清單，所有人都搶著和他蹭上關係，彷彿有了方哲宇加持，自家藝人就能雞犬升天似的。

我唯一的固定工作行程只剩下《發燒星聞》，這讓我覺得很諷刺，我甚至有一點點期待進棚錄影，有一點點期待看見阮菁菁睥睨眾生的神色……我從沒想過會有那麼一天，《發燒星聞》竟然會爲我無趣的人生提供所剩不多的樂趣。

「早安。」

星期二上午九點，《發燒星聞》開錄前一個小時，我手拿著一杯熱摩卡，踩著高跟鞋，走進攝影三棚的化妝間。

「珊珊早啊。」負責梳化的Joan見到我，放下手中的報紙，招呼我坐到鏡前，「嗳，妳去看《初戀日光》了嗎？聽說很好看耶。」

「……怎麼走到哪都在聊這部電影？」我取過桌上的腳本，打算順一下流程。

「當然是因爲紅啊。」Joan顯然認爲我很落伍，她拿起大大的寬齒梳梳開我的長髮，「我好多朋友都看到哭，每個人都在臉書上發文說好感人，女主角好溫柔，男主角好帥。」

「最後一句話才是重點吧？」

「哈哈哈，可能吧！誰叫這部電影找來這麼多大咖，隨便衝著其中一個演員去看都划算。」她預熱好電捲棒，熟練地繞上我的頭髮，「還有，我朋友他們看完電影之後，都有轉貼那首主題曲，我好奇點來聽，天啊，眞的很好聽耶！」

來了。

我不想聊這部電影的主要原因，就是因爲大家講著講著，話題都會繞到這一首令人感動的主題曲上，然後，不曉得大家是不是都祕密收到了某個標準流程，聊到了主題曲，下一個話題永遠都是——

「聽說那首歌的製作人唱得更好，妳有聽過嗎？」Joan一邊爲我的頭髮捲出漂亮完美的捲度，一邊準確無誤地踩下我最新的地雷。

「……有啊，首映會是我去訪的。」我不能爆炸，只能裝作沒事。

聞言，Joan臉上綻放出的光采叫做興奮。

「眞的假的！妳居然在現場？」她好像忘了我的本職是記者，也忘了我的頭髮正在高溫加熱，「于珊，那個製作人本人帥不帥？他唱得眞的比男主角好聽嗎？」

「他最近很常上電視啊。」我敷衍帶過。

「眞假？好，我等一下估狗。」

好不容易打發了Joan的聊天欲望，我總算能專心看一下今天的腳本，讀沒幾行字，化妝間又響起兩下敲門聲。

「珊珊姊。」

「哈囉，阿仁。」我招招手，示意他進來，「今天有你喔？」

「我沒有啦，不過有小東就是了。我只是來問『那個』做好了嗎？有沒有需要我幫忙的地方？」那個，指的當然是黃雀計畫。

「開玩笑，我是于珊耶，怎麼會需要你這個大塊呆的幫忙？」我無情地恥笑他，阿仁裝出一副哀怨苦瓜臉……還是一顆特大號的苦瓜，「好啦，你放心，東西我差不多都弄好了，現在呢，就是萬事具備，只欠東風。」

「什麼東風？」

「時機呀，小傻……不對，大苦瓜。」我搖搖手指。

「你們在說什麼？我怎麼都聽不懂？」Joan巧手紮好我的髮型，疑惑地問：「你們是不是有什麼祕密？」

「既然是祕密，當然不能告訴妳嘍。」我優雅地笑了，沒有驚慌。

想要隱瞞什麼事，最好的辦法不是遮遮掩掩，而是光明正大。當我們越害怕被別人發現，越顯得此地無銀三百兩，倒不如坦率大方地把這件事拿到檯面上談論，當然，適當的小心謹慎還是必要的。

「小氣鬼。」Joan沒多想，逕自走到後方拿今天的服裝給我。

「阿仁，還有什麼事嗎？」我拎著洋裝，轉頭看向還坐在位子上的苦瓜仁，「沒事的話，我要先去換衣服了喔。」

「沒……哦，對了，還有一件事。」

「什麼？」

「就是小東……珊珊姊，妳等一下見到小東，問問看他最近是不是發生什麼事了。」阿仁蹙眉，「我覺得他最近有點奇怪，常常不接我的電話，有時候好像還故意避開我，感覺怪怪的。」

「是不是你白目惹人家生氣？」

「怎麼可能！我人這麼好！」阿仁激動地跳起來，也不想想自己的體重，整棟樓差點倒掉。「反正妳記得關心一下他啦，我先出去了，再見！」

阿仁怒氣沖沖地帶著和他身軀呈現巨大反差的小傲嬌離開，我很沒良心地在他背後哈哈大笑。

不過，說到小東……我們好像有好一陣子沒碰面了，最近一次是《初戀日光》的首映會，之後都只有透過LINE聯絡，他和阿仁一樣，三不五時會來問問黃雀計畫的進度，順便抱怨哪家公關很機車，也會偶爾好奇探聽方哲宇的消息。

我不只一次問過小東幹麼對方哲宇這麼感興趣，以往他總是驚慌失措地帶過，可經過這回的首映會，他倒是找到一個理由來敷衍我了，他說他很崇拜方哲宇的音樂才華。

好吧，既然阿仁說小東有點奇怪，身為善良的前輩，我當然不能坐視不管，肯定得去關心關心他才行。

上午九點五十分，距離節目正式開錄還有十分鐘，我換上造型師準備的米白色及膝洋裝提早進棚，大部分的來賓已經就座，記者席也是，唯獨最右邊的位子是空的，而那個位子，剛好就是小東的座位。

我疑惑地東張西望，正想找個人來問問的時候，小東出現了。

和阮菁菁一起。

「……小東？」我喚了一聲，小東和阮菁菁循聲看向我。

不曉得阮菁菁在打什麼主意，擔心小東受到委屈，我快步朝他們走去，只不過阮菁菁並沒有等我，她和另一位工作人員走往另一頭，還不忘留給我一抹意味深長的微笑。

我討厭她，眞的很討厭。

回過頭，我看向一臉僵硬的小東，「阮菁菁跟你說了什麼？」

「沒、沒有啊……」

鬼才相信。

「眞的沒有？」我蹙起眉，只覺事有蹊蹺，「阿仁剛才來找我，說你最近怪怪的，他很擔心，要我問問你，該不會是因爲阮菁菁的關係吧？」

「珊珊姊，真的沒有。」

「不然阮菁菁平白無故找你幹麼？」

「她、她只是問我適不適應而已……」小東完全不敢看我。

阮菁菁什麼時候變得這麼和善？我不相信，小東的說法加深了我的疑慮，他看起來很緊張，臉色蒼白，眼神游移，簡直像是有人拿把刀抵著他的後腰一樣。

「她發現了？」我心裡有了準備。

小東宛如驚弓之鳥，驚訝地望向我，「發現什、什麼？」

「我們的計畫啊，阮菁菁知道了吧？」

未料，小東一個勁地搖頭。

「不是？」我的困惑逐漸轉變成焦躁，「喂，徐東騰，你是不是男人啊？把話說清楚行不行？扭扭捏捏的，這樣我怎麼幫你！」

「我不需要幫忙！」小東慌亂地喊，即使和我對上了視線，他也很快又移開，「……阮菁菁不知道我們的計畫。我沒事，真的，珊珊姊，我……快要開錄了，我先走了！」

「等等，小東，等等……徐東騰！」

小東快步走到記者席的座位坐下，只剩下我一個人站在原地。

正如小東所說，所有的工作人員和來賓都在等待錄影，我們的爭執已經引來幾個工作人員的側目，我只能暫時放下心中的疑問，故作鎮定地走回棚內。

我站到平日的主持位置上，小東坐在對面，目光依然閃躲。

「來！正式開錄了喔，五、四、三、二——」

「歡迎收看《發燒星聞》，我是于珊，爲您介紹今天的來賓——」二號攝影機的紅燈一亮，我流利地說出開場詞。

錄影過程一切順利，今天的主題比較溫馨，少了平時的火藥味與腥羶色，來賓們討論的熱烈程度也不輸其他辛辣的集數，就連向來難以投入的我也加入了話題，大家有說有笑，氣氛十分融洽。

只是我每次cue到記者席時，都會瞥見小東不知爲何坐立難安的神情。

他到底怎麼了？

我滿頭霧水，無奈節目仍在繼續錄製中，沒有辦法當場衝過去問個清楚。

配合剪輯和廣告，每集節目長度多半會錄製五十到六十分鐘不等。很快地，現場導播示意時間差不多了，我看討論已將近尾聲，等到來賓把這個故事說完就可以收場。

「今天的節目就到這邊，感謝您的收看，下週同一時間——」

「那是什麼？」

突地，其中一名來賓指著我背後的電視牆驚呼。

「那是于珊吧！」

「眞的耶！」

「怎麼會這樣？」

「那個男生好眼熟喔……」

怎麼回事？

只見攝影棚裡的每個人都神情有異，一股沒來由的恐懼從我的腳底蔓延至全身。我想起前陣子挨的那一巴掌，想起他人對我的惡意，我不敢想像當我轉過身後，會看見什麼樣的畫面。

等我意識到的時候，我已經轉過了身，愣愣地瞪著電視牆上顯示的斗大標題，久久無法言語。

我怎麼也料想不到，電視牆上出現的，會是我和方哲宇的照片。

Chapter 12

錄影中斷了，現場一片嘈雜，棚內不知何時來了幾名記者，他們像是食人魚一擁而上，閃光燈在我眼前不停閃爍，工作人員急匆匆地帶著帶我回到化妝間。

掩上門，把那些慌亂紛擾擋在門外，恍惚之間，我忽然有種這會不會是場夢境的錯覺。

我和幾位工作人員就這麼關在化妝間裡面，沒有人說話，也沒有人敢問我剛才那幾張照片究竟是怎麼回事。滑開手機一看，網路新聞已經登出來了，標題下得很聳動，我心中只覺茫然一片。

歷經將近兩小時的等待，外頭傳來幾下敲門聲，劃破了令人窒息的靜默氣氛。

大家面面相覷，不曉得是不是該起身應門。

「誰？」其中一名工作人員警戒地問。

「我是阿仁。」

阿仁？

其他人轉頭看我，徵詢我的意見。

我點點頭，最靠近門邊的工作人員扭開了門鎖，化妝間的門才一打開，阿仁立刻大力地推了推站在他身前的小東，害得小東一個踉蹌，差點跌倒在地。

「阿仁——」

「跟珊珊姊道歉！」阿仁大喝，臉龐激動地漲紅。

我訝異地看著他們兩人，「怎麼……」

「珊珊姊，就是他！就是小東偷拍妳和哲宇哥的！」阿仁大叫，其他工作人員趕緊關上門，就怕再次引來外頭記者的注意。「他和阮菁菁合作，他背叛我們，徐東騰他背叛我們！」

「小東……」

「我沒有錯！」原本低著頭的小東忽然大喊，他握緊了雙拳，整個人都在發抖，「對！是我做的！那些照片都是我拍的，那又怎樣？」

他抬起頭，發狠地瞪著我。

好像我們之間什麼也不是地狠瞪著我。

即使如此，我仍然可以看見小東眸中的淚水充滿不安、恐懼，以及歉疚。

「……爲什麼？」我輕聲地問。

再多的理由也換不回曾經，然而，我還是只能這麼問。

「因爲我想成功！我想要賺更多錢！怎樣？有錯嗎？阮菁菁答應給我更好的工作，妳能給嗎？妳給得起嗎？」

「你混帳！」

阿仁氣得掄起拳頭往小東揍去，頓時尖叫聲四起，一旁的男性工作人員趕緊衝上前阻止，幾個人費了好大的勁才終於把場面控制住。

可是，小東說得沒錯。

站在原地，我愣怔地想。

我的確給不了他任何承諾，我幫不了他，他和阿仁甚至因爲我的關係，而受到了更多的不平待遇。

我是誰？我只是于珊，我有什麼資格批評小東的背叛？他選了阮菁菁，不是我，那是他的選擇，我……

我還是很痛，心，很痛。

「道歉！」

「阿仁，算了。」我搖搖頭。

「珊珊姊……」

我並不想強求一個對不起，那沒有用處，不會因爲有了這三個字就能緩解我的痛苦，光是看著小東站在我面前，想起他剛才的眼神，以及他剛才說過的話，就讓我覺得很痛心。

化妝間再也沒人出聲，我們各自沉默，只是沉默，沒有任何言語可以化解凝滯的氣氛。

直到有人敲門，告訴我們外面的記者已經離去。

站在化妝鏡前，我機械式地整理隨身物品，說不清心中是思緒紛亂還是空白一片，我整個人彷彿從這個世界抽離，不明白究竟是哪裡出了差錯？

是我嗎？

我又做錯什麼了嗎？

「……珊珊姊。」

回過頭，小東站在我的身後。

此時的小東就像是我所認識的那個有點傻氣、有點笨拙的小東，少了適才的激動與憤怒，他看起來好脆弱，好像隨時都有可能消失不見，可只有我自己清楚，我再也沒辦法相信他。

「小東，我沒辦法跟你說話。」我繼續收拾東西，不願與他四目相接。

「珊珊姊，我、我沒有把我們的計畫告訴阮菁菁，她不知道——」

「重要嗎？『我們的計畫』對你來說還重要嗎？」我蹙起眉，透過鏡子，看著與剛才判若兩人的小東，我眞的搞不懂了，「……小東，我不想怪你，但我現在眞的沒辦法和你談任何事，我想回家了，好嗎？」

「對不起……」

我不想接受他的道歉。

我不知道他究竟懂不懂我爲什麼難過，如果這麼輕易就能說出道歉，爲什麼當初還要選擇傷害？

我不懂，眞的不懂。

「……再見。」說完，我轉身離開。

「珊珊姊！」

就在我踏出化妝間前，小東再次喊住我。

我不知道我爲什麼還會停下腳步，可他這次似乎不打算再向我重複那句沒有意義的對不起，小東臉上的神色帶著幾分猶豫，把手上的隨身碟遞了過來。

「這是什麼？」我問。

「我覺得……妳應該要知道的事。」

♪

所有的一切彷彿都在阮菁菁的算計之中。

惡名昭彰如我，加上近來備受關注的方哲宇，不過短短幾個小時，這則新聞迅速成了社群網路上的熱門話題，後續的「深入報導」更把方哲宇和我的關係寫得亂七八糟，連他大學參加音樂比賽鬧出的抄襲疑雲也被挖了出來，逼得眞實音樂不得不召開記者會，還原當年的事情眞相。

方哲宇的風波容易擺平，然而從大眾眼裡看來，我卻是一波未平一波又起。

網友不外乎是覺得我又在衝知名度、搶收視率、炒新聞，也有不少人斷言我的私生活一定很亂，看誰紅就攀上誰，許多不具名的謠言到處流竄，網路上甚至流傳著一份我的飯局價碼。

數不清的砲火隆隆正對著我，輿論宛如海嘯一波波襲來，我所有的工作被迫暫停。

假日午後，收拾好爲數不多的行李，我直起身伸展筋骨，拉起袖子擦去額上的汗水，環顧難得乾淨的房間，沒想到卻是離開的時候。

推著行李箱來到客廳，我爲自己倒了杯水，順便打了通電話叫計程車。

此時，門口傳來開鎖的聲音，我沒有驚慌，平靜地等待來人推開了門，他的視線沿著行李箱來到我的身上，他定定地看著我，沒有說話。

「哈囉，哲哲。」我笑，招了招手。

方哲宇動也不動，他在生氣，我知道。

這陣子，方哲宇住進了公司安排的飯店，目前他不適合繼續住在這裡，他不適合和我在一起。我算不出我們有幾天沒見面了，在每一個見不到面的日子裡，我不敢想他。

我不能想他。

「……妳要去哪裡？」方哲宇站在原地。

「回家。」

停職的日子太過漫長，我無法長時間待在這裡，一如方哲宇公司的意思，我不適合待在台北，更不能出現在方哲宇身邊，最好的決定就是離開，唯一一處仍然敞開雙臂歡迎我的地方，只有家。

我喝了口水，看向依然佇立在門口的方哲宇，「怎麼了嗎？」

「什麼時候回來？」他問。

「我不知道。」我聳了聳肩。

「什麼意思？」

我累了。

回首這幾年的生活，我壓抑了多少自己的想法、做了多少自己不想做的事情，我幾乎忘了自己成爲記者的初衷，我以爲只要埋頭苦做，總有一天會有人看見我的努力，然後我就能往自己眞正想走的路前進。

最後我得到的是什麼呢？

「可能幾天，可能幾個月，也有可能不回來了。」維持著一定程度的微笑，我看著方哲宇，「我不知道，我還沒想好。」

「妳不能這樣。」

「爲什麼？我這次沒有連夜逃跑了喔。」我走回客廳，坐進我的固定座位，抱起抱枕，指尖感受著熟悉的觸感，「……對不起，這次居然把你拖下水了。」

「我不在乎。」

「你應該要在乎的。」我說，腦海裡閃過了某些畫面。心，再次狠狠地揪起。

「妳不能這樣。」他低聲重複。

我只是搖了搖頭，「……我累了，方哲宇，眞的累了。」

「留下來。」

「爲了什麼呢？」忍住心裡的酸澀，我逼自己迎向他的目光。

「我——」

「方哲宇，我沒有理由留下來。」

是呀，我已經沒有理由繼續留在這裡了……即使日後再回到台北，我也不可能回到這個家，未來將會如何，現在的我沒辦法想，我只是很想離開，離開這裡，離開方哲宇身邊。

「如果我給妳一個理由呢？」

我靜靜地望著他，沒有接話。

「我希望妳留下來。」他很認眞地對我說。

這一刻，我終於明白，原來我有多麼想聽見方哲宇這麼對我說，也許早在很久很久以前，我就在期待了，當時的我並不知道，也不敢知道，如今卻已經來不及了。

深吸口氣，眨去眼中泛起的淚霧，我搖了搖頭。

「沒辦法。方哲宇，我沒辦法爲你留下來。」

世界悄然無息，只剩下我與他低淺的呼吸聲。

「爲什麼？」

「原因，你應該要知道的。」

「什麼意思？」他皺起眉，彷彿他什麼都不知道。

看在我眼裡，卻是說不出的心痛。

「你並不是眞的希望我留下來。」

「妳到底在說什麼……」

我沒說話，只是看著他，看著他的眼神出現了一絲動搖。

他隱藏得很好，轉瞬即逝，我卻看得一清二楚，伴隨著他的遲疑，我的眼前浮現出小時候爸爸離我而去的背影、宋大翔低頭望著另一個女孩的溫柔，還有這幾日一直在我腦海揮之不去的那個畫面——

我有什麼理由留下來呢？

倏地，我笑了。

心卻痛得幾乎逼得我掉下眼淚。

「于珊……」他往前跨了一步，而我只是別開了眼。

「你早說嘛，要是我早一點知道的話，我就──」

手機鈴聲響起，打斷我強行撐起的笑容，來電通知我計程車已來到樓下，我從沙發上站起來，提起沉重的行李箱，默默地從他的身邊走過。

「于珊！」

方哲宇抓住我的手，眸底寫滿了我無法釐清的情緒。

「……再見，方哲宇。」我笑著，輕輕撥開他的手，「我會……如果可以的話，我會和你聯絡的。」

就這樣，我關上門，頭也不回。

離開了我們曾經一起居住的住所，離開了我們共同擁有的記憶，看著電梯的樓層數一層一層下降，我的心似乎也一層一層卸下武裝，所有的痛、所有的傷，都在我坐上計程車，望著窗外的景色流逝遠離時，逐漸擊垮了我。

淚水剛被抹去，復又落下。

那些複習過不下百回的回憶，一幕一幕，不停地浮上心頭，我想制止，卻不知道該怎麼做，我可以閉上眼睛，我可以假裝看不見，可我停不了混亂糾結的思緒，更沒辦法停下腦海中屬於方哲宇的歌聲……

我喜歡方哲宇。

從好久以前開始，在我不知道的時候，我就喜歡他了，可是，我忘了提醒自己，也忘了告訴他，我只是默默地等，等待他來告訴我。

我不是公主，方哲宇也不是王子，我不夠資格演出一齣睡美人的戲碼，我不該什麼都不做，只是盲目地希望方哲宇成爲我所等待的那個人，任性地期待他來吻醒我們的愛情。

王子不一定喜歡公主，方哲宇也不會一直喜歡我。

我懂了，卻懂得太晚。

那些過往，那些曾經，一點一滴累積成喜歡的心意，驀然回首，我才發現自己有多麼愚蠢，也多麼驕傲，而方哲宇給我的，卻是近乎寵溺的包容。

可是，方哲宇，你爲什麼不告訴我呢？

爲什麼非得等到我好不容易發現自己喜歡你時，才知道你決定不再注視著我？

是不是因爲我太任性，所以你才會忘了告白，轉身愛上另一個比我更好的人？

我沒有答案，再也不會有了。

小東那日交給我的隨身碟裡，那幾張照片全是方哲宇與安妡當街擁吻的身影。

我與方哲宇之間曾有過的種種美好，就像被一波洶湧海浪猛然摧毀的沙灘城堡，一瞬間全部消失了。

什麼都沒有了。

我只能咬住手背，不讓自己哭出聲音。

♪

回到台中的第一個夜晚，我失眠了。

只要閉上眼睛，有關方哲宇的一切就會排山倒海地向我襲來，和他在一起的日子有多快樂，回憶帶來的痛苦就有多巨大，而我阻止不了自己去回想。每一次想起，卻是一再地提醒自己這些快樂再也回不來。

往後幾天，如此反覆。

直到一個星期過去，也許是麻痺了，也許是累了，我就像是想把這幾年沒睡好的份一口氣補回來似的，睡得昏天暗地，二哥于季好幾次偷偷進房探我的鼻息，深怕我會從此一覺不醒。

或許，我是眞的不想醒來。

如果不醒，我或許還能作夢，夢到方哲宇依然在我身邊。

「珊珊，妳什麼時候可以回去工作啊？」用完午餐，媽媽從廚房端來水果，「妳看，電視台也沒在報妳的新聞了，主管沒有打電話給妳嗎？」

當了好多年的異鄉遊子，幾乎只有連假和春節才能回家，畢業後進了新聞業工作，更加沒有所謂的假日，好不容易排到一、兩天的休息時間，往往全都拿來補眠，回台中的次數少之又少，媽媽總是抱怨想見我還得提前預約。

沒想到有那麼一天，我會聽見她這麼說。

我盤腿坐在沙發上，取了塊鳳梨往嘴裡塞，「怎麼？妳看膩我啦？」

「哪有，我是擔心……」

「就是說啊，這麼漂亮的女兒怎麼會看膩？每天看都嫌少哩！」渾厚的嗓音傳來，一身運動衫打扮的爸爸推開家門，身上還背了半個人高的高爾夫球袋，「珊珊，不要怕，爸爸支持妳，我們不要回去了，哦？」

聽聽爸的語氣，簡直是在哄我「他壞壞，我們不要跟他好了」，害得我咯咯直笑，一塊鳳梨吃了好久都吃不完。

我一直沒有和爸媽解釋工作上的紛擾。

雖然新聞報得很多，可我總是安撫他們看看就好，電視裡沒幾件事情是眞的。明知道我是故意輕描淡寫地帶過，爸媽也從來沒有給我太大壓力，面對親朋好友的疑問，他們更是替我擋在前頭。

大哥、二哥自然沒那麼好打發，打從接下《發燒星聞》的主持棒開始，他們老早做好了隨時迎接我回家的準備，據他們的說法，他們就是在等我爆炸，相信我哪天一定會幹出一票轟轟烈烈的大事。

只不過，他們萬萬沒想到他們向來引以爲傲的妹妹我，準備許久的革命計畫還沒上線，就被敵人給先下手爲強，轟得七零八落，夾著尾巴回鄉了。

于仲安慰地抱了抱我，于季嘴賤地說我眞是丟他的臉。

至於和方哲宇之間的事，或許是察覺了我不想談，他們兩個很有默契地絕口不提。這樣很好，畢竟，我還不想聽見他的名字。

看完午間新聞，習慣睡午覺的媽媽回到房裡，客廳只留下我和爸爸兩個人，一個翻著報紙，一個不停按著遙控器的選台鍵。

「妳這樣看得到節目嗎？」

「看得到啊。」我說。

客廳的氣氛變得有些僵硬，我自顧自地看電視，爸爸埋首於報紙，在我的印象中，每次我們單獨相處，不論何時何地，永遠都會演變成這樣。

「珊珊。」

「嗯？」

「工作很辛苦吧？」爸爸溫聲問。

我一怔，隨口應了聲。

「雖然妳不說，可爸爸知道，妳受的委屈一定比妳告訴我們的還要多。」爸爸說著，不知是否想要掩飾尷尬，他開始整理看完的報紙，「妳呀，從小到大都是很有主見的孩子。不曉得妳記不記得，妳小時候爲了我給小季多一顆糖果，氣得跑來問我是不是重男輕女，義正嚴詞地講了一堆不知道從哪裡學來的話，吵著說妳不要糖果，妳只是想跟我討一個公平。」

這件事我記得，那時候我眞的很生氣，氣到邊哭邊說，而且最後我也沒拿回糖果，因爲我耍脾氣跑回房間，哭著哭著就睡著了，醒來就忘得一乾二淨了。

「國中的事先不說了，我印象最深的是妳讀高中的時候。」

高中？

我心中的警報聲響起。

「爸，你該不會要聊我被打的事吧……」

「當然！妳都不知道，當初我聽妳媽跟我提起的時候有多生氣！」過了這麼多年，爸爸的怒氣似乎沒減半分，他皺著眉頭直叨念：「妳本來就長得漂亮嘛，圍著妳的蒼蠅多嘛，可妳那個同學實在太過分了，怎麼可以不問青紅皂白就打人呢？珊珊，妳也是，被人誤會也不把話說清楚！枉費妳平時恰北北，眞正遇到事情卻是站在那裡乖乖挨打。」

所以，我也沒什麼變，不是嗎？

我笑了，有點苦澀。

高二那年，我最要好的朋友誤會我搶了她的男朋友，她哭著找我對質，斬釘截鐵地認定是我欺騙她、背叛她，她的態度讓當時的我選擇賭氣，什麼都不抗辯，挨了她一巴掌以後，從此不再和她往來。

其實，我有點後悔沒有和她說明眞相。

並不是想爲自己辯白，而是想早一點告訴她，她的男朋友不如她以爲的安份，他私下約了很多女生出去，我不過只是其中之一，很多女同學都有耳聞，只有她傻傻地被蒙在鼓裡。

我有時候會想，如果我當時冷靜下來跟她說清楚，或許她就不會在得知男友腳踏多條船後，因爲難以承受，做出了傷害自己的決定……不過，就算我說了，她會不會選擇相信我，卻又是另外一回事了。

「還有，宋大翔啊——」

「等等，爸，你在幫我做什麼回憶錄嗎？」我受不了，直接喊停。

「不是啦，我就……」

看著爸爸尷尬地支吾其詞，我一時湧現的不耐忽然平息了下來。

那一刻，我突然明白爸爸不是故意惹我心煩，他只是不曉得該和我聊些什麼，我們早就沒有了共通的話題，剩下的，只有過去。

「……爸，我能問你一件事嗎？」

「可以啊！當然、當然，想問什麼就問吧！」爸爸開心地直點頭。

他完全沒料到我接下來的問話會讓他雀躍的心情頓時凝結。

「你愛媽媽嗎？」我輕聲地問。

幸福美滿的糖衣終究會有消融的一日，長大後的我終於提起勇氣問出這個問題。

爸爸愣了許久，才說：「妳怎麼會……」

我沒有作聲，只是默默地望著他驚訝的目光逐漸黯淡，半晌，他先別開了眼，將臉埋進掌心。

「原來妳一直在想這件事啊……」

「嗯。」我的聲音幾不可聞。

他抬起頭看我，神情越見難受。

「我沒想到妳會……我以爲……」

爸爸嘆了口氣，久久未發一語，最後他開口邀我到外頭走走。

我能理解爸爸的用意，他不想讓媽媽聽見，雖然他知道媽媽沒睡到下午三點是不會起床的，可他不想冒險，就算是微乎其微的可能，他都不想讓媽媽聽見這件令她痛苦的往事。

也許，光憑著這點，我就不該再繼續追問下去，但對現在的我來說，光是這樣還遠遠不夠，我需要知道更多。

午後艷陽正熾，走在綠意盎然的公園步道，爸爸和我之間隔著一小段距離，並肩向前直行。我默默走著，平心靜氣地等待爸爸開口。

「……那個人，她結婚了。」

「是嗎？」聽到這個消息後，我說不清心中的感覺爲何，「什麼時候的事？」

「我不太記得，很久了……」爸爸停頓了一會兒，約莫正在思索，「沒記錯的話，大概是妳國中的時候吧？」

「所以，你是因爲她結婚了才——」

「當然不是！」爸爸激動地反駁，他扭頭看我，眼裡全是懊悔，「我沒想到我會讓妳有種感覺，我一直以爲我有做好一個爸爸的職責，我……珊珊，我哪裡做得不夠嗎？」

「我不是那個意思。」我的心好似被什麼揪了起來，「爸，你做得很好，眞的。我只是……我只是很擔心，我很害怕你會離開，你對我這麼好，如果哪天你不要我們了，那我該怎麼辦？我……我不希望你離開，可是也不想用親情綁住你。」

「珊珊……」

眼淚悄悄泛花了視線，我彷彿重新回到幼時，在房間裡聽見爸爸關門離家的聲響，急急忙忙放下玩到一半的娃娃跑到家門口，來不及喊，也喊不出聲，只能無助地看著他的背影漸漸遠離……

「爸，為什麼你會做出那樣的事？」以前的我不敢問出口，這個疑問卻始終在心中盤旋不去，就算于仲告訴我，那不是我們可以插手干預的事，他希望我別管，可是，不是每個傷口放著不管就會自己痊癒，或許于仲可以，于季可以，但我不行，我還是無法理解。

不能理解，又怎麼能釋懷？

聞言，爸爸嘆了口氣，「……我做錯了。」

「為什麼？」

「做錯就是做錯，需要什麼原因嗎？」面對我的進逼，爸爸神情複雜地一笑，此時的他看起來比任何時候都還要蒼老，「有些人可以一時衝動，有些人卻是一失足成千古恨。做錯了事，就得要承擔後果，對我來說，這一切責無旁貸。」

爸爸說，他得知女方懷孕之後，曾經懇求她拿掉孩子，可對方不肯，她想生下來，她不要名份，也不要爸爸的陪伴，她只是想要孩子而已。

「她沒騙我，她是說真的，但我知道她的經濟狀況，我怎麼可能坐視她們母女生活艱難不管？我可以給的，我一定得給。另一方面，我也不可能瞞著妳媽一輩子，我做不到，可是，誠實，有時候也是一種傷害。」

媽媽嚇壞了，根本沒辦法接受。

如同于仲曾經告訴我的，那一段時間，是我們家最難過的一段日子。

「珊珊，妳問我爲什麼，我眞的沒辦法回答，再多的理由都不能合理化我的錯誤。」爸爸迎向我的目光，不閃不避，「但我可以跟妳保證，我從來沒有因爲別人放棄我的家人，連閃過這樣的念頭都沒有，我盡了我全部的心力彌補妳們，我以爲我可以讓妳們知道我愛妳們，可我沒想到這件事竟然影響妳這麼深……」

爸爸微弱的話尾消失在空氣裡，有好一陣子，我們陷入沉默。

「……所以，你愛媽媽嗎？」閉了閉眼，我回到最初的問題。

「我愛她，我發誓，我只愛過她一個人。」

爲什麼愛一個人，卻還是讓她受傷呢？

我沒有繼續追問，我知道，這個問題沒有答案。看著爸爸被風霜刻畫出痕跡的面容，我知道他說的都是眞心話。

抬頭仰望天空，我驀地想起了我曾經問過的另一個問題。

「……爸，你相信永恆的愛情嗎？」

「如果我說我相信的話，妳會相信我嗎？」

「會呀。」我勾起笑，笑容裡卻帶著沉重，「我不會不相信你，我只是不相信自己。」

或許，人本來就有「可以得到」和「得不到」的東西，我以爲我能夠擁有的，偏偏是我得不到的，例如陸以南，例如宋大翔，例如……

方哲宇。

僅僅只是想起他，就讓我難受得想要逃開。

「珊珊。」爸爸輕聲喚我，目光滿溢關心，「爸爸不曉得妳發生了什麼事，妳不想說也沒關係，但爸爸想告訴妳，無論如何，妳都要相信自己值得被愛，好嗎？」

我無法點頭，我答應不了。

「爸，你先回家吧，我……」我頓了頓，深吸了口氣，試著控制翻湧的情緒，「我想一個人靜一靜。」

爸爸點頭，留下我先行離去。

一個人的公園安靜得很寂寞，走近被陽光熨得暖燙的長椅，我選擇坐在有樹蔭遮蔽的那一邊，看著麻雀靈巧地飛上飛下，腦子裡什麼也不想去想，不管是爸爸剛才說過的話，還是始終在我心裡揮之不去的方哲宇。

一陣窸窣的聲音傳來，拉回了我飄遠的注意力。

那是阿吉。

阿吉穿過草叢，撲簌簌地抖掉身上的落葉，慢悠悠地晃了過來。我怔怔地望著牠，向來我行我素的阿吉走到我的腳邊，前前後後繞著，柔軟的長毛撫過我的小腿，我蹲下身，撫摸牠褐黃色的身軀。

不知為何，我突然很想哭。

「阿吉，你喜歡我嗎？」

阿吉懶洋洋地瞥了我一眼，彷彿記憶中的某個畫面。

「不喜歡，對不對？」我眨掉眼中的淚，笑了。

是呀，阿吉最討厭我了。

不管我再怎麼喜歡牠，牠總是用這樣冷漠的態度對我。

抱著膝蓋，我輕輕撓了撓牠的肚子，阿吉慵懶地睇起眼。

「對不起，以前我對你太壞了……」

阿吉掀掀眼皮，沒有理我。

「我不該總是拿草搔你的鼻頭，也不該拿罐頭引誘你又不給你吃，放學回家也很愛吵你睡午覺，還有……」我摸著阿吉的背脊，腦海中的畫面一轉，浮現出另一個人，「可是，我覺得你也很過分啊……」

沒錯，我任性、我驕縱、我無理取鬧又自以爲是，你明明都知道，幹麼選擇照單全收？你可以生氣啊，你可以討厭我啊，你也可以不理我，如果你想的話，你還可以叫我滾，反正，什麼都好，就是不要在我喜歡上你之後，卻又轉身離開……

這樣的我，從來留不住任何人。

這樣的我，又該怎麼相信自己值得被愛？

所有的一切都被我弄得一團糟，我一敗塗地，同樣的難堪一次又一次地攤在我面前，沒有人喜歡我，沒有人愛我，我的失敗一次又一次被證實，我甚至失去了當面詢問他的勇氣……

這樣的我，又怎麼敢奢求方哲宇留在我身邊？

我哪來的資格？我什麼也不是。

我不過是于珊，只是于珊而已，從來就不是他的誰。

「方哲宇，你這個混帳……」

我討厭你，討厭死你了。

奪眶而出的眼淚停不住，我一邊掉淚，一邊輕輕拍打阿吉溫暖的身軀。

牠不明所以地抬頭，黑溜溜的眼睛盯著我打轉。

「臭阿吉，看屁啊，嗚……」

被罵得無辜，阿吉歪歪頭，轉身把臉藏進牠的毛肚子。

我放聲大哭，像是想把所有的悲傷一口氣傾盡。

哭過了，也許一切就能忘了。

然而，一旦意識到不管我再怎麼哭泣，方哲宇再也不會因爲我的眼淚前來，深不見底的孤單逼出更多的淚水，我抱著自己，疼痛掐著心口，痛得我無法承受。

午後的公園，只有我一個人。

從今以後，都只有我一個人。

不知過了多久，遠遠地，有人喊了我的名字。

「——于珊？」

♪

那日的意外訪客是陳哥，沒錯，就是那個陳哥，我的師傅。

他因爲採訪專題來到台中，趁著空檔來尋找失意的弟子聊聊天，沒想到會看見一個落魄的女人在空無一人的公園抱狗痛哭……這絕對是我人生最糗的事情，沒有之一。

而我同樣沒有想到，陳哥會爲我帶來一個不曾出現在我生活中的選擇。

「獨立記者？」

「是啊，妳要不要考慮看看？」陳哥拿起吸管攪弄玻璃杯裡的冰塊，「說眞的，我覺得這條路很適合現在的妳。」

「我怎麼覺得聽起來好像不是什麼好事……」

「是好是壞，就看妳怎麼想了。」他笑了笑，繼續爲我解釋，「一般獨立記者最欠缺的就是關注度，這反而是妳最不缺乏的。」

「太多了，多到漫出來了。」

「既然如此，妳何不利用手上的爛牌，打出一局令人跌破眼鏡的逆轉勝呢？」陳哥的笑容一如以往地高深莫測，「這是一份很有挑戰性的工作，于珊，跑了幾年安逸的娛樂線，妳該不會怕了吧？」

「陳哥，激將法用得很爛，失敗。」我毫不留情地吐槽。

所謂的獨立記者，也稱爲公民記者，不屬於任何一間新聞社、電視台，獨立記者可以自行選擇想要探討的議題進行調查，利用網路或其他媒體平台發表報導。

陳哥之所以認爲這很適合現在的我，便是因爲我擁有比一般記者更高的知名度，不管發表什麼言論，都會廣泛地引起大眾注意，如果能夠好好利用這一點，或許不失爲一個化危機爲轉機的大好機會。

「于珊，我不年輕了，我有太多顧慮，現實讓我沒辦法去做我想做的事，但妳可以，妳還有選擇，世界這麼大，妳不該把自己困在這裡。」

有時候，我會覺得所有的壞事都在瞬間發生，宛如無法停止的海嘯猛烈襲來，我來不及抵擋，也無法抵擋，世界崩壞的速度超乎我的想像，然而，當我困在瓦礫堆裡動彈不得的時候，總有人適時給了我一縷陽光。

經過整夜的思考，我在陳哥來訪的隔天回到台北，向公司提出辭呈。

接下來幾天，我和家人說明了自己的決定，爸媽爲我準備了一場小小的送別會，並在大哥的幫忙下，迅速買好機票，二哥于季開車送我到機場時，忍不住抱怨我根本是在逃難。

也許是吧。

我只能一笑。

距離登機還有一段時間，受不了冷氣的低溫，我拉緊披在肩上的外套，離開候機室，打算藉著四處走動來暖暖身子，偏偏機場就那麼點大，沒什麼地方好去，百無聊賴之下，我走進免稅商品店，來到化妝品櫃上試聞香水。

我低著頭隨意拿起一瓶又一瓶造型雅致的香水嗅聞，這時身後一聲突如其來的驚喜呼喚，嚇得我差點沒失手把最貴的那瓶給摔在地上。

「珊珊！」

「……宋大翔？」

轉過頭，我微微一愣，只見宋大翔眉眼全是笑容，開心地朝我走來，我趕緊將香水還給一旁的櫃姐，快步走出免稅店。

「妳怎麼會在這裡？出國玩嗎？」他左右張望一陣，意有所指地問：「……只有妳一個人？」

「一個人犯法？」

「不，我只是好奇怎麼沒看見妳家忠犬。」宋大翔自以爲幽默地笑了笑，逼得我忍不住翻了個白眼。

「你少亂說。」

他一笑，又問了一次，「出國玩？」

「工作。」

「妳什麼時候復職？」

「我前幾天提辭呈了。」不顧宋大翔訝異的神情，我繼續說：「雖然行政程序還沒跑完，不過我本來就處於停職，所以不會耽誤到公司的事。」

「那工作是指？」

「我想成爲獨立記者。」說出這句話的同時，我感到一股久違的自信燃起。

聞言，宋大翔笑容一斂，瞬也不瞬地盯著我看。

「幹麼？」我被看得莫名其妙。

「方哲宇不知道吧？」

心下一堵，我臉上微僵，以沉默代替了回答。

「我就知道。」

「……說來話長。」我不想解釋太多。

宋大翔聳聳肩，「洗耳恭聽。」

關於和方哲宇之間的事情，我並不打算對宋大翔和盤托出，可我也很清楚知道，在我還沒上飛機之前，我是絕對不可能擺脫他的，人在機場，想逃也沒地方跑，於是我只好認命地和他一起到附近的咖啡廳坐坐，順便買杯熱咖啡暖身。

「我也覺得妳挺適合當獨立記者的。」聽完我如何接受陳哥的建議，宋大翔點頭贊同，「那才是妳眞正想做的事吧？」

「或許吧。」我倒入牛奶，看著牛奶在咖啡中畫出白色的紋路，「老實說，我現在已經不太想這些了，想得越多，怕得越多，能做的也就更少了。」

「眞有哲理。」

「經過這麼多事，我再不從中悟出點道理，我就不是冰雪聰明的于珊了。」雖然這些領悟，全是多麼痛的領悟。

宋大翔笑了笑，喝了口咖啡。

「那你呢？你要去哪裡工作嗎？」我捧著溫熱的杯子問。

「日本，有個經紀公司請我過去談談。」

我眨眨眼，「唉唷，不錯嘛，原來這就是挖角呀？」

「妳終於知道自己放掉多大的大魚了吧！」宋大翔朝我拋來媚眼，「現在後悔還來得及喔，我有車有房，最重要的是，我單身。」

「噯，你可不可以不要老是提這些？」好不容易能像朋友一樣相處，爲什麼非得把話題又拉回感情事上？我搖搖頭，莫名覺得心煩。

「珊珊，妳認爲我在開玩笑？」

「嗯哼。」

「我沒有。」宋大翔直直看進我的眼裡，「我是認眞的。」

那一刻，我沒有閃躲。

那些與他相處的曾經，也被重新翻了上來。

「……宋大翔，我愛過你。」

「我也——」

「可是，都過去了。」我平靜地說著，即使酸澀，卻沒有遺憾，「上次你問過我，如果有時光機，我會想回到什麼時候？我的答案從來不是你，從來不是我們在一起的時光，我不是對你仍有怨恨，而是因爲我知道，我們就只能是這樣。」

不管重來多少次，結局都會是一樣的。

「……因爲我劈腿？」

我輕聲說：「也因爲我不夠重視你。」

「什麼意思？」

「我不該只顧著工作，忽略了你的想念。」

宋大翔愣住了，也笑了。

「不，是我管不住下半身，不該怪妳。」他搖頭。

語畢，我們相視一笑，同時喝了一口咖啡，泯去所有的不愉快。

我不再求一個原因或者一個答案，聽完爸爸親口訴說的過去，我明白不是每一件事都有合理的解釋，雖然身為記者，追根究柢是件好事，但……回憶嘛，都是過去的事了，如果可以，只要回想起來那些開心的事就好。

至於難過的事，就算了吧。

「第一站去哪？」

「德國。」我說，喝完最後一口咖啡，登機時間也快到了。

本來我想自己過去，可宋大翔好盧，根本趕不走，他半是貼心、半是煩人地陪著我回到候機室，眾人排成了一列長長的隊伍等待上機，我落在隊伍的最後頭，宋大翔手上是我的隨身行李。

「對了，妳的計畫呢？」

「你說黃雀計畫？」

宋大翔眉頭一皺，「這什麼老派的名字？」

我瞪他，「關你屁事。」

「哈哈，別生氣嘛！」

宋大翔發現踩到我的地雷，先是爽朗大笑，再來又想動手動腳，伸出手就想揉我的頭頂。

我閃得很快，不讓他碰。

「問這個幹麼？」我站遠他一步，以策安全。

「我只是在想，我還有個人情沒還。」宋大翔微笑著注視我的防備，「周佑民的事，我很謝謝妳。」

我不解，卻忍不住好奇，「……你可以幫我什麼？」

「讓妳的小黃雀變成浴火鳳凰。」宋大翔笑了，笑得像是個運籌帷幄的奸臣。

面對宋大翔的提議，說不心動，絕對是騙人的。

雖然小東選擇替阮菁菁工作，但我依然相信他在阮菁菁面前保住了我們的祕密，即使如此，我卻再也找不到機會讓黃雀計畫公諸於世，我原本以爲它只能是個遺憾了，沒想到宋大翔會願意幫我這個忙。

「你確定？」

「怕什麼呢？頂多跑去日本發展，娶個日本妹，永遠不回台灣嘍。」

我一點都不懷疑宋大翔有這個本事。我把阿仁的聯絡方式給了宋大翔，請他自個兒跟阿仁討論件事。

登機的隊伍漸漸縮短，很快地，只差幾個人就輪到我了。

「于珊。」

很久沒聽宋大翔這麼喊我，我有些愣怔。

他靜靜地看著我，「妳還有什麼事忘了嗎？」

「……例如什麼呢？」我反問。

此時，空服員接過我的護照和登機證。

「例如，方哲宇？」他說。

站在空橋的入口，我停下了腳步。

「于珊？」

「再見，宋大翔。」我只是露出微笑，與他道別。

Chapter 13

離開台灣的日子過得很快，時間一下子過去了三個多月。

這段期間，我跑遍了七個國家，包括第一站德國，還有接下來的奧地利、比利時、土耳其、義大利、法國，以及荷蘭。

因爲離開得匆忙，我並沒有時間去思考自己的報導領域，就像沒有目的的背包客，也像是小時候玩的大富翁遊戲，我到了當地才決定自己的下一步，沒有預設目標，沒有任何概念，端看當時上帝爲我擲了多少骰子。

在德國的青年旅社，我認識了來自土耳其的女孩，卡洛。

她告訴我，目前德國的人口組成約莫有五分之一是外來移民，近年來因爲就業、經濟、治安等等問題，德國已經不再像以前一樣歡迎其他國家勞動人口的進入，國內甚至掀起了一股發起自極右派人士的反移民抗爭。

卡洛帶著我認識德國當地的土耳其家庭，與他們的聊天過程中，我能感受到孩子對於自我認同的迷惘，這也讓我聯想到台灣不被重視的新住民權益，原本只能從新聞裡略知一二的消息，透過卡洛的口述，漸漸在我的腦中有了雛型。

告別了卡洛，離開德國，我一步步往更廣、更深入的目標邁進。

剛開始我覺得自己根本就是無頭蒼蠅，被採訪對象拒絕、被罵、被丟東西都是家常便飯，即便順利採訪完畢，也不知道那些內容有沒有用處。每當晚上我累得跟狗似的躺在硬梆梆的床上時，心裡都有種被掏空的感覺。

可是，也許是習慣了這種步調，習慣了從漫無邊際的問題裡尋找答案，後來的我開始學會享受這樣的過程，一切漸漸變得順利起來。

在奧地利一間咖啡廳遇見的健談大叔，竟是多年前的社運領袖；比利時萍水相逢的年輕人帶著我勇闖非法移民群聚的酒吧；好心的卡洛應我要求，陪著我回到她的故鄉，探訪其他曾經懷抱著德國夢的土耳其人。

有了初步的根基，我開始在網路上記錄所見所聞。

抵達德國的時候，我申請了一個全新的部落格，正如陳哥所想，我的名氣吸引了爲數眾多的網友前來觀看，瀏覽人數居高不下，雖然大部分的網友比較喜歡輕鬆的生活紀錄，我所撰寫的移民議題以及其他主題嚴肅的文章，僅僅只有少數人會關心，卻也讓我很滿足了。

我從來沒有想過……不對，是我忘了原來人生可以如此簡單，在複雜的環境裡待久了，我早就忘了那個因爲一篇報導登上版面而開心不已的自己，我以爲我再也找不回當時滿懷熱情的初衷，沒想到，我還能是原本的于珊。

當我選擇脫下高跟鞋，踩著髒兮兮的運動鞋四處奔波，即使過往的光鮮不再，心裡的踏實卻是比起任何時候都還要實在。

若不是離開了台灣，也許我一輩子都不會有這樣的經歷。

儘管在每一個失意的時刻，在每一個孤單的時刻，在每一個累得只想蹲在大街上大哭的時刻……我還是會想起他，想起那個總是一直陪伴著我的他。

但，也只是想起而已。

「Sammy，休息一下吧？」荷蘭的沙發主羅斯，遞給我一杯熱可可。

我停下敲打鍵盤的動作，呼出了一口氣，「謝謝。」

「又在更新部落格？」

「這是我的工作嘛。」我笑了笑。

「後天就要走了，有沒有什麼事想做？」羅斯喝著啤酒問我。

我啜飲了口甜膩膩的可可，想了想，「如果可以的話，我想訪問——」

「不要再提工作了！」羅斯仰天長嘆，他看起來超想把我抓起來大力搖晃，好晃掉我體內那些讓他渾身不舒服的工作狂基因，「這裡可是阿姆斯特丹，自由的天堂！勤勞的亞洲人，看看妳的左右吧！」

我差點沒笑死。

「妳大老遠跑來地球另一端，總不能只爲了採訪工作吧？」

「不然還能爲了什麼？」

「妳——」羅斯瞠大眼，不敢置信地上下打量我，「Sammy，我是不知道妳們國家的審美觀如何，但妳在我們這裡可是大美女，妳知道我的意思嗎？大、美、女！」

拜託，我不管在哪裡都是大美女。

我甩甩髮，挑挑眉，「我知道啊，所以呢？」

「所以妳不覺得妳應該適時放下工作，走到外頭，找找看有沒有合妳心意的好男人，喝杯酒，調調情，來一段美麗的異國戀曲嗎？」

「這麼說來，我眼前就有一個好男人啊。」

我嫵媚地朝他眨了眨眼，惹得羅斯身上的雞皮疙瘩差點掉滿地。

「所以我討厭女人。」羅斯抿緊唇，丟給我一記嫌惡的目光，戲劇化地搖了搖頭，「尤其是像妳這樣聰明又漂亮的女人。」

「少來，你最愛我了。」

我翹起腳，朝我的「好姊妹」勾了勾手指。

羅斯傻在原地，他根本被我吃得死死的。

「不行，我得把這台邪惡的機器給淨化！」羅斯回過神來，身高將近兩百公分的他，伸長手就能從沙發的另一頭搶走我膝上的筆電。

「等等！羅斯，我還沒存檔！」

「哈哈，來不及了！」羅斯欠揍地朝我搖屁股。

我抱著抱枕尖叫，換來羅斯不知死活的大笑。

算了。

來歐洲這幾個月，我學得最透徹的就是Let it go。

「勤勞的小螞蟻，來聽聽一些美好的音樂吧，人生不該只有工作。」愛好享樂的蟋蟀羅斯逕自熟練地操作著我的筆電，不曉得在忙些什麼。

我才不在乎，躺在沙發上，獨自緬懷逝去的那一小段文章。

「不是我在說，我這人的音樂品味還是挺不錯的，既然妳不想出門，我只好用網路帶妳體會一下音樂的美妙嘍。」

「不好意思，我根本不懂什麼音樂。」

「沒關係，好音樂是不受阻礙的，和眞愛一樣。」

敢情這人還一點都沒有同情或安慰我的意思？我撇撇嘴，繼續瞪著天花板，姑且不說其他……音樂和愛情，我還眞的怕了。

「Sammy，說眞的，妳眞該聽聽這個人的創作，他好像也是台灣人。」

「那又怎樣？白痴蟋蟀，你知道台灣人口比荷蘭還要多嗎？你家隔壁賣杯子蛋糕的老王說不定也是台灣人啊。」Taiwanese is everywhere!

羅斯翻了個白眼，完全不想鳥我。

「怎麼這麼久？你會不會用電腦——」

正當我想搶回被綁架的筆電，突如其來的音樂聲止住了我。

這麼多年了，我的音痴症狀並沒有減輕半分，我還是五音不全，我還是人稱的木耳，我唯一能夠準確認出來的，只有方哲宇的音樂。

羅斯放給我聽的，就是方哲宇的音樂。

「……他是誰？」

「就跟妳說很好聽了吧！」羅斯沒注意到我的聲音有些發顫，只是隨著音樂用手指敲擊節奏，「不過說到他是誰啊……嗯，我覺得他挺神祕的，他的頻道只有音樂，一點個人資料都找不到，大家之所以會猜測他是台灣人，也是因爲他有放上幾首帶有台灣傳統元素的歌曲。」

「給我看看！」我搶過電腦仔細查看。

羅斯說的沒錯，這個屬名爲「A-Ji」的頻道，只專注於分享音樂，頻道主幾乎每天都會上傳曲子，或多或少，或長或短，有的有搭配歌詞，有的只是純音樂。當我一聽見他的歌聲，我就知道他確實是方哲宇了。

「白痴，什麼名字不取，取什麼阿吉……」

方哲宇，這算什麼？

這到底算什麼？

怔怔地看著頻道裡上百首曲子，我沒有答案。

♪

我養成了一個習慣，一個壞習慣。

我每天都會聽A-Ji的音樂，一天一首，循環播放，每分每秒，只要有空，我就會戴上耳機，聽聽他的聲音。

上百首的音樂，能聽上百天，我獨自一人的旅程，逐漸有了配樂。

我走在倫敦街頭，聽他用中國古風編曲的流行音樂；夜晚熱鬧的愛爾蘭酒吧，我與當地人分享他所譜寫的台語歌曲；重回法國的那天，坐在艾菲爾鐵塔前的草地上，我用冷掉的三明治搭配他彈奏的吉他民謠。

我讓方哲宇的音樂陪著我，就像他依然在我身邊一樣。

但這取代不了他。

我承認，我想念他，很想。

很快地，我的旅程又過了將近一百天，A-Ji上傳曲子的頻率卻越來越慢，不少人在底下留言關心他的近況，可惜A-Ji從來不回留言，沒人知道他到底怎麼了。

看著來自世界各地的關心，我刪掉了原本想送出的訊息，深深吸了口氣，隨意點了首歌曲播放，暗自猜想也許他只是工作太忙罷了。

過了幾天，宋大翔打電話告訴我，他和阿仁把《發燒星聞》的播放帶調包成黃雀計畫的專題影片，雖然沒能全程播放，但也足夠引爆話題，趁著輿論鼓譟，他再透過社群網路和通訊軟體散布黃雀計畫的完整影片，話題延燒之快，就連政府官員都注意到了這起事件，上期的立法院質詢甚至還有立委提及。

聽到這裡，我覺得有句俗諺該改一下，惹熊，惹虎，不可惹到宋大翔。

宋大翔說，有非常多人在網路上討論這部專題影片，這讓我很開心，也感到很欣慰。

對我而言，我不希望看完黃雀計畫的觀眾只是無謂地謾罵，認爲媒體都在騙人，我更希望大家能夠藉此思考背後的原因。

觀眾的選擇，絕對可以影響節目製作的方針。

「對了，妳有看到方哲宇的新聞嗎？」宋大翔問。

「你又不是不知道，我連臉書都沒在用了。」我翻了個白眼，雖然他看不見。

「他和安妡——」

「在一起了？」宋大翔話還沒說完，我急著搶白。

終於，拖了好幾個月，他們也該在一起了。

「于珊，妳在說什麼？」宋大翔的語氣很不解。

「他們不是兩情相悅，順利交往了嗎？」喉嚨一陣緊縮，我試著撐起笑，不讓話筒那一端的宋大翔發現我的不對勁。

「妳到底在說……」

「什麼？誰叫我？」不及細想，我選擇裝傻地拉開手機朝另一頭大喊，喊完了再轉向手機拋下一句：「嗳，長途電話很貴，我先掛了喔！」

「等等，于——」

不等宋大翔說完，我直接按下通話結束鍵。

怔怔地盯著螢幕暗下的手機，突然想到剛剛用的是LINE的網路電話，根本不用錢……算了，宋大翔會理解我的。

當天晚上，我徹夜難眠。

睜眼閉眼，見到的全是那個我怎麼也抹滅不了的身影。

沒睡好的下場就是隔天提早結束了預定的採訪行程，拖著疲憊的身子，我沒有回去民宿補眠，反而背著筆電去到附近的小咖啡館，希望可以利用咖啡因趕跑睡意，完成昨天沒寫完的稿子。

敲了幾個字，我忍不住看向瀏覽器的標示。

不行。

再敲了幾個字，我已經打開了Chrome。

看著空白的搜尋欄，我無奈地嘆了口氣，眼眶不知怎地酸澀了起來……我知道，我不讓自己看個明白是不會罷休的。

好不容易打完「方哲宇」三個字，我才發現我的手指竟然在發抖。

然而，眞正讓我心跳一停的，卻是那條幾日前以「方哲宇拒絕安妡，動怒阻止採訪」爲標題的熱門新聞。

怎麼回事？他做了什麼？他、他幹麼拒絕人家？人家是宅男女神耶！

不對，這不是重點。

我點進更早之前的周刊爆料頁面，映入眼簾的，即是小東當時交給我的擁吻照片……明明不是第一次看了，卻還是讓人覺得心痛。

爆料內容和我所想的差不多，根據幾張照片和身邊友人的說法，周刊認爲方哲宇和安妡早已兩情相悅，才會深夜在安妡家樓下深情擁吻，難捨難分。

接下來的發展急轉直下，方哲宇難得召開了記者會，嚴正聲明安妡和他只是普通朋友，眞實音樂的發言人同樣也爲安妡提出了相距不遠的說法，唯一不同的是，安妡承認自己喜歡方哲宇，但她早在周刊拍到照片的那天就告白被拒，兩人說好維持朋友關係……

看著新聞，我的心臟撲通撲通地跳著。

怎麼會這樣？

那，那些照片——想到這裡，我差點沒揍自己一拳。

當了那麼久的娛樂記者，難道不知道記者最會的就是捕風捉影、看圖說故事嗎？那些照片自然是在好幾百張連拍之下，精挑細選出拍攝角度最足以誤導觀眾的震撼大作，怎麼可能會是眞的呢？可是……

眞的是我誤會他了嗎？

我的手顫抖著，點進新聞下方的記者會影片。

只見方哲宇在工作人員的陪同下，冷靜地走進臨時充當記者會場地的會議室，發表了一段簡單明瞭，並且不容斷章取義的聲明稿，釐清他與安妡的關係。

整段過程裡，刺眼的閃光燈不停地打在他的臉上，光是透過螢幕都能感受到那股壓力，待他說完，台下此起彼落的發問嘈雜，方哲宇卻不再發言，只由一旁的工作人員代爲回答。

不到十五分鐘的記者會快閃結束，工作人員給出的回應都是公司擬定好的，既官腔又無趣，記者要的不是這些，嗜血的他們不會就這樣放過方哲宇。

果然，就在方哲宇正準備離開時，眾多記者一湧而上，攝影鏡頭、手機、錄音筆，全部都擠到了他身邊，場面頓時失控。

「方哲宇，請問你和安妡進展到什麼程度？」

「如果沒有交往，爲什麼會有照片流出？」

「能不能解釋一下！」

「你和于珊是不是有不可告人的關係——」

沒料到會提到我的名字，電腦螢幕前的我狠狠一愣。

很顯然地，方哲宇也是。

他停下腳步，直直看向那名發問的記者。

我目不轉睛地盯著畫面中的方哲宇，他看起來依然面無表情，然而，只有我知道，或許這個世界上只有我知道……

他生氣了。

「消息來源指出，于珊之所以倉促出國，是因爲介入了你和安妡的感情？請問于珊是不是介入你們感情的第——」

「你不懂她，就閉嘴。」

「請回答我的問題，請問于珊是不——」

下一刻，方哲宇直接打掉了那個提問記者的攝影鏡頭。

畫面全黑。

我的心跳卻無法緩和。

……不行，我需要冷靜一下。

我急著要平復心情，伸手想取過桌上的咖啡，不聽使喚的手卻推倒了杯子，我嚇得慌亂站起，熱燙的咖啡蔓延了半張桌子，服務生趕緊帶著抹布跑來，我一面抱著筆電往後退，一面連聲道歉，耳邊卻聽見了我再熟悉不過的樂曲。

那是一首鋼琴曲，我聽過的鋼琴曲，緩緩地從筆電裡流洩而出。

鋼琴樂音一聲一聲敲著我不知所措的心，不自覺地，我彷彿隨著樂曲回到過去，回到方哲宇第一次帶我去錄音室的那天，那是我第一次聽見這首曲子，他說，這是一首以我爲靈感的曲子……

微弱的樂聲在我心底撞出巨大的回音，我什麼也沒辦法思考，最後，音樂停下，我回到現實，回到這個沒有方哲宇存在的現實。

我朝螢幕瞥去。

那時，這首曲子還沒有名字。

如今，方哲宇已經為它填上了一個名字，叫做〈唯一〉。

「小姐？小姐，妳沒事吧？小——」

來不及細想，我抓起隨身背包，直接往機場奔去。

♪

我要瘋了。

重申一次，我要瘋了。

我從來沒想過這樣的場景會在我的人生中再次上演，在計程車後座上坐立難安，我拚命拜託司機先生能開多快就開多快，最好是像法國大導演盧貝松執導的《終極殺陣》一樣快！法國計程車不就是要像電影裡一樣殺紅了眼嗎？

司機先生淡淡地看了一眼後照鏡，要我坐好兼安靜。

我沒辦法，我冷靜不下來。

計程車一抵達戴高樂機場，車子還沒停妥，我也不管司機先生有沒有收好我交給他的鈔票，整個人迫不及待地跌出車外。

來不及站穩步伐，我開始狂奔，在人來人往的機場裡狂奔，發揮我國中時跑百米的速度，發揮我飛躍羚羊的潛能，我穿過人群，直接往航空公司櫃台跑去。

「給我一張飛台灣的機票！」大掌一拍，豪氣干雲。

大口大口地喘著氣，我吐出吃進嘴裡的長髮，只見頂著一頭優雅髮髻的地勤小姐用她漂亮的灰眸冷漠地望著我，用她那一口濃厚法國腔的英文，以一種不可一世的態度告訴我，今天已經沒有機位了，明天請早。

「不，妳不懂，我有很重要的事要立刻回去……」

「抱歉，」她看起來一點也不抱歉，「我無能爲力。」

「眞的連一個機位都沒有嗎？」

「小姐，我不需要騙妳，最後一個航班已經登機完成。」法國地勤微乎其微地翻了一個白眼，「如果有需要的話，我可以幫妳安排明天的候補。」

「候補？如果排不到呢？」

「第一班排不到有第二班，第二班排不到有第三班，第三班再排不到……」她勾起我這輩子看過最欠揍的假笑，「再等一天嘍。」

我氣到差點想跨進櫃檯狠狠揍她兩拳。

但是不行。

要是眞的做了，我大概這輩子都回不了台灣。

深深地吸了口氣，吐出心裡混雜著著急的挫敗，我咬著唇，正打算走到一旁的座位區想辦法，這時，有人拉住了我的肩膀。

「于珊？」

聽見熟悉的嗓音，我僵立在原地，腦袋頓時一懵，我不敢回頭，眼淚卻一口氣泛上了眼眶，明知道那人是誰，我卻怎麼樣也不敢回頭。

他怎麼會在這裡？

「于珊？」

這一定是夢吧？他不可能在這裡，一定是我……

「于——」

我逃跑了。

就連自己也不知道爲什麼，我頭也不回地逃跑了。

「于珊！」方哲宇在我身後大吼，霎時，我的心臟大力一震。

于珊，妳爲什麼要跑？妳回台灣不就是要見他的嗎？我在心中詰問自己，腳下的步伐依然沒有停歇，想法亂了，呼吸亂了，機場冰冷的空氣讓不爭氣的肺部開始刺痛。

倏地，我停下腳步，後方緊追而來的他跟著停下。

彎下身子，我吸吐著難以進到肺部的氧氣，心裡亂成一片。我有好多好多問題想當面問他，若沒有親眼看著他的表情、聽他親口說出答案，我知道，我永遠也放棄不了這個早已在我心中紮根的他。

「妳跑什麼！」方哲宇拽過我，怒不可遏地瞪著我。

他額上有汗，和我一樣喘著氣。

「你怎麼會在這裡……」望著他不再平靜的雙眼，我顫聲問。

「來找妳。」他理所當然地回。

「工作呢？」

「誰管它。」

「可你不是出道——」

「我沒有！」

「沒……」我的腦袋一片空白，慢了半拍才知道他衝著我喊的那聲沒有是什麼意思，他沒有出道，沒有當歌手，沒有……我喉頭一哽，再次迎向他的目光，「可是……你怎麼會知道我在這裡？誰告訴你的？」

「……宋大翔。」他低低吐出一個名字。

「什麼？」

「我說是宋大翔跟我說的！」方哲宇神色忿忿，明明是在生氣，看起來卻像是被我遺棄的小狗，「……妳就這樣離開、就這樣出國，妳什麼都不告訴我，結果卻和宋大翔聯絡？」

我只是望著他，說不出話來。

「爲什麼不問我？」幾乎是氣音，方哲宇低聲問。

「什麼……」

「妳明明看到了那些照片，爲什麼不問我是怎麼回事？爲什麼就這樣逃開？爲什麼……」他話聲一頓，蹙緊了眉，直直看進我的眼裡，「妳爲什麼總是什麼也不說就離開？」

他的眼神帶著埋怨，好像我一點也不在乎。

方哲宇根本不懂，不懂我有多在乎。

「我拿什麼問你……」聲音不住地顫抖，我害怕到好想在他面前消失，「發生了那麼多事，我根本不知道我能相信什麼，我……我很害怕，方哲宇，我很害怕，我們根本什麼也不是，你要我拿什麼問你？我有什麼資格問你！」

「就憑我喜歡妳！」

他……

他剛剛說什麼？

我怔怔地望著他，動彈不得。

「妳眞的很讓人生氣。」方哲宇放下捉住我肩膀的手，他扯唇笑出了一個很疲倦的弧度，「妳說走就走，說不要就不要，所有的一切任憑妳呼之即來，揮之即去……于珊，妳有沒有想過我的心情？」

我不敢去想，我怎麼敢想？

我咬住顫抖的唇，不敢回答。

「小東告訴我了。」

小東？

沒料到會聽見小東的名字，我有些茫然，小東告訴他什麼了？

「那是誤會。」

「什麼誤——」我打住，突然明白方哲宇指的是什麼，心頭一緊。

「小東交給妳的照片是阮菁菁給他的，他和妳一樣，看了照片就覺得安妡一定和我有了什麼關係……」方哲宇頓了頓，堅定地說：「安妡和我沒有關係。」

沒有關係。

腦袋打了千百個結，我忽然覺得我根本聽不懂中文。

「……你不喜歡安妡？」指甲掐進掌心，我幾乎是逼著自己問出這句話。

「不喜歡。」

「連一丁點也沒有？」

「沒有。」

「那個記者會……」

「拜記者會所賜，我終於不用出現在電視上了。」

「所、所以，你沒出道？」我又問了一次。

「嗯。」

「爲什麼不——」

「我說了，我不想當歌手。」方哲宇嘆了口氣，蹙起眉宇，好像很疑惑我怎麼都聽不懂似的，「我喜歡做音樂，就這麼簡單，唱歌不是我想做的事。」

「可你不是說唱歌能讓你得到注目，你……」

「我想要的，只有一個人的注目。」

方哲宇看著我，只看著我。

那個人，是我。

意識到這一點，我笑了，卻也忍不住哭了。

方哲宇一把牽住我依然微微顫抖的手，暖熱的掌心烘著我的脈搏，下一秒，他悍然地拉我入懷。

「妳不可以這樣。」

「……什麼？」聽著他大聲作響的心跳，我哽咽地問。

「突然離開，突然不跟我聯絡。」他很氣，氣得像個孩子。

偎在他的懷裡，我用力點了點頭。

不會了，不會再這樣了。

半晌，方哲宇拉開了一點距離，他定定地看著我，好像怕我又會突然消失，我任憑他看，我也好久好久沒看到他了，我不自覺伸出手，細細描繪他的五官，他好看的內雙眼皮，高挺的鼻子，還有因爲緊張而抿起的——

「我可以吻妳嗎？」他忽然異常認眞地問我。

我差點笑場……不對，我是眞的笑了。

「哪有人這樣問的！」

「因爲我上次沒被問的感覺很討厭，所以我想問——」

踮起腳尖，我直接吻去他未完的話。

吻上我朝思暮想的他。

「……這算什麼？」他的唇沒離開我，摩娑著。

撫著他的臉頰，我勾起笑，深深地望進他的眼底，「你說呢？」

方哲宇揚唇，再次吻上了我。

那一刻，我重新找回了屬於我的歸屬。

我不是公主，也不再奢望當童話故事裡的公主；你不是王子，卻是堅持守護著我的騎士。忘了時間，忘了傷痛，忘了誤會，記起那些刻劃在心上的點點滴滴，我緊緊擁抱住身前的你，聽著你的心跳與我合而爲一……

我們忘了告白，卻沒有忘了相愛。

謝謝你出現在我的生活裡，認識你，是我最慶幸的事情，愛上你，是我永不後悔的決定，接下來的日子，請讓我們一直、一直在一起。

我的阿吉。

我的，方哲宇。

（全文完）

後記

這世界上總有個人會為你而來

嗨嗨，我是兔子說，很開心又和大家見面了，這是我第三本故事，不曉得大家看得愉快否？喜歡于珊和哲哲嗎？

其實我一開始並沒有打算寫于珊的故事。即使心裡一直出現她的名字，但我真的一點也不想寫，我早早和我家編輯講好了另外一個故事，大綱什麼的都決定得妥妥的，第一章也寫得非常愉快，我甚至覺得這大概會是我寫得最順的故事了，這時候——

于珊出現了，非常強勢地出現了。

原有的故事馬上卡住，第二章連一個字兒都寫不出來，我滿腦子全是于珊于珊于珊……這女人眞的很可怕，想要什麼就非得要得到什麼，於是我只好就範，乖乖地捎信給親愛的編輯，告訴她，女王降臨，誰都擋不住。

于珊初次出場是在《給我一個理由不愛妳》擔任重要的女配角，我一直很喜歡她，喜歡她的直率、她的自信、她的敢愛敢恨，她是被捧在手掌心的公主，也是能夠獨當一面的女王，可其實，她也只是平凡的女孩，就像你，就像我，她也有藏在心中的小祕密，也會在職場上遭受挫折、會在感情上經歷失敗……說眞的，雖然是親媽我下的手，但我眞的覺得于珊好衰啊，為什麼她的命運如此不順遂？

幸好，她有哲哲，眞的幸好。

我想，要是沒有方哲宇的陪伴，于珊大概早就不是于珊了。

對于珊來說，方哲宇是她的避風港，只要身後有他，她就可以去闖，可以去做任何她想做的事；而對方哲宇來說，目睹了兩次她的失戀，他能做的只有兩個選擇，一是放生她，二就是撿起來顧，哲哲毫無疑問地選擇了第二個選項，于珊成了他打定主意守護的公主，他並不是王子，卻是最適合她的男人。

說到這個，每每寫到像方哲宇這樣的暖男角色，總是會有人問我，像他們這樣的暖男是眞的存在嗎？我總是反問，爲什麼不呢？世界上的人這麼多，沒道理沒有的，如同一個鍋配一個蓋，也許只是那個暖男負責暖的不是我們罷了。

我們總是羨慕別人的戀情美滿，卻不相信幸福會降臨到自己頭上，這不是一件很弔詭的事嗎？憑什麼她可以，我們就不行呢？不管是女孩、還是男孩，我們始終要相信這個世界上總有個人會爲你而來。

《忘了告白》的寫作期間，算是我人生很重要的轉折期，也發生了很多事情。以往，我不太喜歡清楚寫出年代，也不喜歡把標誌性的事物放進故事裡，比方說臉書、LINE……要是它們像MSN、即時通、無名小站一樣，被淘汰不見了，到了那時，故事閱讀起來就會很有時代感，感覺就像是復古老故事，我光想到就有點發毛。

可是，我萬萬沒想到《忘了告白》非常重要的取材來源《康熙來了》，會在故事完成的這一年吹熄燈號，甚至連故事裡提到的《超級名模生死鬥》都在同一年宣告結束……就像于珊說的吧，這才是人生，於是我一口氣將這些時代的眼淚紀錄到後記裡面，若干年後再看，也許還能喚醒當時的記憶。

瞧，我就是打著一口氣復古到底的主意。

比起前兩本書，《忘了告白》耗費的心力說多嘛，寫起來又很愉快，說少嘛，我前後不曉得修過了幾次，修到親愛的編輯忍不住提醒我這是「最後一次」，不准再婆婆媽媽、龜龜毛毛的了。

唉，不瞞你們說，最後一次之後，我還是再修了「最後一次」……沒辦法，這對愛在心裡，只差最後臨門零點零一腳的小情侶實在太折磨人了，他們不急，倒是急死了數度倒在鍵盤前面掙扎不已的作者我。

可說來說去，我還是很喜歡和角色們相處的過程，透過劇情的推展和人物之間的對話，一步一步帶著他們找到自己的幸福，或許是因爲如此，每當故事來到最後一個字，我都會這麼想：果然，寫作是很開心的事。

如果可以的話，我希望，我可以一直寫下去。

謝謝用心閱讀這個故事的你們，謝謝一直以來支持我的你們，說不清的感謝與愛，只能藉著文字傳遞我的心情，希望你們能在故事中找到愉快、找到感動，如此一來，平凡的故事便有了無與倫比的意義。

最後，我依然必須大力感謝我的編輯蔓蔓姊，雖然我很龜毛又愛拖稿，但妳總是願意給我很大的空間嘗試，謝謝妳的陪伴和包容，妳就是我的小幸運（愛心）。

謝謝大家，我們下一段旅途再見！

兔子說

城邦原創 長期徵稿

題材

(1) 愛情：校園愛情、都會愛情、古代言情等，非羅曼史，八萬字以上，需完結。
(2) 奇幻/玄幻：八萬字以上，單本或系列作皆可；若是系列作，請至少完稿一集以上，並附上分集大綱。

如何投稿

電子檔格式投稿（請盡量選擇此形式投稿）

(1) 請寄至客服信箱service@popo.tw，信件標題寫明：【投稿城邦原創實體書出版／作品名稱／真實姓名】（例：投稿城邦原創實體書出版／愛情這件事／徐大仁）
(2) 稿件存成word檔，其他格式（網址連結、PDF檔、txt檔、直接貼文於信件中等）恕不受理；並請使用正確全形標點符號。
(3) 請附上真實姓名、性別、聯絡電話、email、POPO原創網會員帳號、作者簡介與出版經歷。
(4) 請加入POPO原創市集(www.popo.tw/index)申請成為作家會員，並將投稿作品公開放上該網站至少4萬字，若想全文公開也可以。

紙本投稿

(1) 投稿地址：10483台北市民生東路二段149號6樓A室
城邦原創實體出版部收
(2) 請以A4紙列印稿件，不收手寫稿件。
(3) 請附上真實姓名、性別、聯絡電話、email、POPO原創網會員帳號、作者簡介與出版經歷。
(4) 請自行留存底稿，恕不退稿。
(5) 請加入POPO原創市集(www.popo.tw/index)申請成為作家會員，並將投稿作品公開放上該網站至少4萬字，若想全文公開也可以。

審稿與回覆

(1) 收到稿件後，約需2-3個月審稿時間，請耐心等候通知。若通過審稿，編輯部將以email回覆並洽談合作事宜，如未過稿，恕不另行通知。
(2) 由於來稿眾多，若投稿未過，請恕無法一一說明原因或給予寫作建議。
(3) 若欲詢問審稿進度，請來信至投稿信箱，請勿透過電話、部落格、粉絲團詢問。

其他注意事項

(1) 請勿抄襲他人作品。
(2) 請確認投稿作品的實體與電子版權都在您的手上。
(3) 如果您的作品在敝公司的徵稿類型之外，仍然可以投稿，只是過稿機率相對較低。

國家圖書館出版品預行編目資料

忘了告白／兔子說著. -- 初版. -- 臺北市；城邦原創, 民 105.01
面；公分. --（戀小說；52）

ISBN 978-986-92469-1-0（平裝）

857.7　　104026559

忘了告白

作　　者／兔子說
企畫選書／楊馥蔓
責任編輯／楊馥蔓

行銷業務／林政杰
總 編 輯／楊馥蔓
總 經 理／伍文翠
發 行 人／何飛鵬
法律顧問／元禾法律事務所　王子文律師
出　　版／城邦原創股份有限公司
台北市中山區民生東路二段 141 號 6 樓
電話：(02) 2509-5506　傳眞：(02) 2500-1933
E-mail：service@popo.tw
發　　行／英屬蓋曼群島商家庭傳媒股份有限公司城邦分公司
聯絡地址：台北市中山區民生東路二段 141 號 11 樓
書虫客服服務專線：(02) 25007718．(02) 25007719
24小時傳眞服務：(02) 25001990．(02) 25001991
服務時間：週一至週五09:30-12:00．13:30-17:00
郵撥帳號：19863813　戶名：書虫股份有限公司
讀者服務信箱 email：service@readingclub.com.tw
城邦讀書花園網址：www.cite.com.tw
香港發行所／城邦（香港）出版集團有限公司
地址：香港灣仔駱克道 193 號東超商業中心 1 樓
email：hkcite@biznetvigator.com
電話：(852)25086231　傳眞：(852) 25789337
馬新發行所／城邦（馬新）出版集團 Cité(M)Sdn. Bhd.
41, Jalan Radin Anum, Bandar Baru Sri Petaling,
57000 Kuala Lumpur, Malaysia.
電話：(603) 90578822　　傳眞：(603) 90576622
email:cite@cite.com.my

封面設計／黃聖文
電腦排版／游淑萍
印　　刷／漾格科技股份有限公司
經 銷 商／聯合發行股份有限公司
電話：(02)2917-8022　傳眞：(02)2911-0053

■ 2016 年（民 105）1月初版　　Printed in Taiwan
■ 2021 年（民 110）4月初版 15 刷

定價／260元

ISBN　978-986-92469-1-0

POPO城邦原創 www.popo.tw　城邦讀書花園 www.cite.com.tw